*Was sie will*

*Julia Strassburg*

# *Was sie will*

*Roman*

ANAIS

## 1. Kapitel

# *Die Sache mit den Schmetterlingen*

Seltener Besuch aus Kreuzberg. Grund genug für Tessa, die Kamera aus der staubigen Ecke zu holen. Es ist schon ein paar Monate her, seit dem letzten Treffen mit ihrer Freundin Lexi.

»Wieso wohnst du auch im Prenzlberg?!«

»Prenzlberg« ist Mitte-Jargon, das kann Tessa nicht leiden. Außerdem passt diese Art zu reden nicht zu der überzeugten Kreuzbergerin. Die, wie Tessa nicht ganz neidlos feststellt, abgenommen hat. Und wie. Grandios sieht sie aus. So grandios, dass man dies festhalten sollte. Tessa ist etwas zwiegespalten, was ihre Freude betrifft. Sie selbst kann nicht gerade behaupten, ihr Körpervolumen geschmälert zu haben. Der einzige Weg, sich nicht über den eigenen Speck zu ärgern, ist, sich die Schönheit ihrer Freundin zunutze zu machen. So freut sie sich mit Lexi über ihre tolle Taille, die Jeans, die jetzt wieder sitzt, und auch darüber, dass die Orangenhaut »nur noch im Neonlicht der Kabine bei H&M« zu sehen ist. Ja, sie freut sich für Lexi, trotzdem. Und hofft bei dieser Gelegenheit auf ein paar gute Fotos.

Leider sind Stino-Frauen nicht so zeigefreudig. Es gehört etwas Überredungskunst dazu. Lexi ist Tessas einzig verbliebener Draht zur Vanilla-Welt, zumindest privat. In ihrem Job als Grafikdesignerin kann sie sich den Luxus, ausschließlich mit Gleichgesinnten zu arbeiten, nicht leisten. Deshalb ist die Fotografie in erster Linie eine Leidenschaft, bei der sie selten nach Auftrag arbeitet. Beim Fotografieren ist sie von Anfang bis Ende in einem Schaffensfluss. Das ist besser als jede Therapie. Nicht, dass sie eine nötig hätte. Hin und wieder hat sie diese Phasen, aber die hat sie im Griff. Tessa hat ohnehin vieles im Griff. Die Damen, die normalerweise für sie posieren, sind zuweilen so ungehemmt, dass sie gezwungen ist, sie zurechtzuweisen. Banale, affektierte Bilder vermeidet sie unbedingt. Pornografisch darf es ruhig mal werden. Aber gefälligst geschmackvoll.

Tessa ist der festen Überzeugung, dass Exhibitionismus eine natürliche Eigenschaft der Frau ist. Jeder Frau. Deshalb ist es Frauen so ungemein wichtig, dass sie eine gute Figur behalten. Es gibt nur wenige Männer da draußen, die tagtäglich vor dem Spiegel stehen (während der Partner mit im Raum ist, wohlgemerkt) und ihre Pölsterchen so genau untersuchen. »Bin ich dir zu dick?«, »Gefällt dir mein Busen?«, »Findest du nicht auch, dass Jennifer Lopez einen ähnlichen Hintern hat wie ich?« All diese scheinbar unbedeutenden Fragen (wie Mann glaubt) sind nichts anderes als bedürfnisorientierte Hilferufe, seinen Körper zeigen zu dürfen und natürlich die entsprechende Anerkennung vom Gegenüber zu ernten.

Lexi, die bereits vor der Diät einen tollen Körper hatte, geniert sich in Grund und Boden. Ihr Grundbedürfnis scheint vergraben unter einer dicken Schicht Selbstschutz. Versteckte Eitelkeit. Schade drum. Da sitzt sie nun, fast nackt, mit einem Glas Wein in der Hand auf dem Dielenboden von Tessas Wohnung. Perfekter Körper, grauenvolle Haltung. Bildschönes Gesicht, entsetzlicher Ausdruck. Ihre Unterwäsche möchte sie anbehalten. Was soll man da noch sagen?

Doch Lexi ist trotz allem nur eine Frau. Frauen brauchen Komplimente, damit sie blühen. Es scheint, als bräuchte Lexi ein paar mehr davon. Und Tessa hat Geduld. Sie ist es gewohnt, dass Menschen sich sträuben, obwohl sie doch eigentlich wollen. Beim Sprung über den eigenen Schatten hilft sie gern, indem sie da ist, fordert, aber nicht drängt. Ganz ungezwungen, bis Lexi merkt, dass sie es selbst auch will.

Nach einem Glas Wein, sparsamen, aber gezielten Komplimenten scheint die Strategie aufzugehen. Lexi schaut mit leicht wüstem Blick in die Linse. Immerhin. Ihr langes braunes Haar fällt wellig über ihren Oberkörper. Reden tut sie nun auch. Natürlich über Männer. Über einen bestimmten: über den Richtigen. Da ist sie sich ganz sicher.

»Dieses Mal wirklich!«

Tessa lächelt müde, lotst ihre schöne Freundin auf die Couch.

»Bitte mit dem Rücken zu mir. Die Haare auf die andere Seite … jaaa, sehr schön … sehr sinnlich.« Lexis prallen Hintern betrachtend, folgt Tessa der Geschichte über die berüchtigten Schmetterlinge, welche die Freundin »seit Jahren nicht mehr« hatte.

Tessa fragt sich, was diese Schmetterlingsmetapher immer wieder soll. Sie würde die Sache mit den aufsteigenden Gefühlen ganz anders beschreiben. Bei Tessa sind es niemals Schmetterlinge, die sie sanft schweben lassen. Es sind mindestens Falter, aggressive Nachtfalter, die ihr in den Eingeweiden kreisen, sich vermehren, immer angriffslustiger und ungemütlicher werden. Selbst in der Zeit der ersten großen Liebe war es so, erinnert sie sich. Während ihre Freundinnen sich sachte von den Schmetterlingen in ihrem Bauch zum Leichtsinn haben verführen lassen, wurde Tessa von ihren Faltern brutal in den Wahnsinn getrieben. Zum Glück gibt es Männer, die Tessas Falter mögen. Sie dienen dann als Netz, als Puffer. Aus so manch emotional überschäumender Lage haben sie Tessa schon erlöst. Tapfer haben sie ihren Mann gestanden, haben ausgehalten, Tessas Schläge eingesteckt, bis auch der letzte Falter seinen finalen Flügelschlag getan hatte. Nein, dafür reicht nicht bloß normaler Sex. Das wäre schön, der Einfachheit wegen. Aber so ist es nun mal nicht. Ihre geflügelten Begleiter sind anspruchsvoll und nur schwer zu drosseln. Die Männer, die wacker das Gefecht mit ihnen aufnehmen, werden für einen Moment zu Tessas ganz persönlichen Helden. Und auch für sie ist weitaus mehr drin als das undankbare Rein-raus-Spielchen. Es ist ein Geben und Nehmen, ein Spiel im Einklang.

Das war nicht immer so. Aber vor ein paar Jahren hat Tessa festgestellt, dass sie nicht die Einzige mit diesem Problem ist. Seitdem ist es eigentlich gar kein Problem mehr. Nur manchmal, wenn sie darüber nachdenkt, weshalb sie keine richtige Partnerschaft hat. Dann wird sie grüblerisch. Fragt sich, ob sie ihrer Leidenschaft denn wirklich immer nachgehen muss. Sie muss! Tessa hat sich für ihren Trieb entschieden. Seither entscheidet dieser Trieb für Tessa.

Lexi weiß, dass ihre Freundin SMlerin ist. Tessa geht sehr offen mit ihrer Neigung um, macht keinen Hehl daraus. Nachgefragt hat sie nie, wie Tessas Sexleben im Konkreten aussieht. Wenn sie an SM denkt, hat sie Bilder von brachialer Gewalt in ihrem Kopf. Zischende Peitschen, welche die Luft zerschneiden. Böse Blicke schwarzhaariger Frauen mit streng gebundener Mähne. Nackte maskierte Sklaven, die um Gnade winseln. Gewalt, Schmerzen, Kälte, Distanz. All die Dinge, die sie mit Tessa niemals in Verbindung brächte. Seit sie Tessa kennt, ahnt sie, dass mehr hinter dieser Sache stecken muss. Aber nachzufragen würde möglicherweise Lexis Bild von Tessa beeinträchtigen. In welcher Dimension auch immer. Deshalb hält sie sich dezent zurück, erkundigt sich lieber nach der Liebe selbst als nach den Dingen, die sie tatsächlich interessieren.

Der Wein hat Lexis blaugrauen Augen etwas Gläsernes verliehen. Schön sieht das aus, so wirr. Und dann kommt sie. Diese Frage. Die Frage, die nur Mütter und natürlich Vanilla-Freunde stellen. »Und? Was macht die Liebe?«

Die Antwort: »Schmerzen, unnötige Gedankenwichserei …« verkneift Tessa sich lieber, ersetzt sie durch ein nachsichtiges Achselzucken. Die Sanftmut ihrer nackten Freundin sollte nicht durch ihren Alltagssarkasmus zerstört werden. Dafür genießen beide diesen Moment schon zu sehr. So langsam brandet der Wein auch bei Tessa. Roter Wein hat eine andere Wirkung als weißer, findet sie. Das ist merkwürdig, ja, aber wahr. Tatsächlich macht der rote philosophisch, bewirkt eine innere Ruhe, lässt einen gedanklich abgleiten. Der weiße hingegen macht flatterig. Was Tessas Faltern stets entgegenkommt. Zuweilen trinkt sie ihn bewusst, eben aus diesem Grund. Mutig macht Wein ja ohnehin. Das macht sich auch bei Lexi mehr und mehr bemerkbar. Breitbeinig, mit einer Hand im Schritt sitzt sie auf dem Boden.

»Wie ist das? Gefällt dir diese Pose?«, fragt sie mit kühler Überheblichkeit. Das steht ihr. Tessa spricht das aber lieber nicht aus. Zu zerbrechlich ist Lexis Wagemut. Noch immer hat sie ein Ziel: Lexis Selbstüberwindung. Der Wein füllt weiterhin die Gläser, Lexi trinkt, wird mutiger. Ihre Hand verlässt den Schoß, um nach ihrem Glas zu greifen. Tessa sieht den Abdruck ihrer Schamlippen. Sie stellt scharf, drückt ab.

»Das beste Foto bisher!«

Begeistertes Quieken hinter der Kamera wird mit Schamesröte auf der anderen Seite quittiert. Das Bild ist echt. Auch die Körperhaltung stimmt. Lexi an ihrem Wein nippend, die Beine gleichgültig gespreizt, das Gesicht entspannt. Der linke Ellenbogen verdeckt die linke Brust, während sie trinkt. Der rechte Arm lässig auf den Sitz des Sessels gelegt. Ein gutes

Bild, glaubwürdig. Lexi protestiert gekünstelt, obgleich Tessas Verzückung ihr schmeichelt. In einem solchen Moment ist es das Beste, unbeteiligt zu wirken. Je mehr Aufmerksamkeit sie Lexis Unsicherheit bietet, desto schneller wächst diese. Raffiniert gleichgültig schaut Tessa schnell die anderen Bilder durch, bemerkt immer wieder, wie unecht ihre Freundin doch zu Beginn wirkte. Sie will Lexi einen Impuls geben, sich authentisch zu verhalten. Die Zeit der Komplimente endet hier. Nach Zuckerbrot ist nun zwar nicht die Peitsche, aber zumindest ein wenig Anstoß nötig.

»Hey, das kannst du doch besser, oder nicht?!«

Dass Tessas Stimme jetzt strenger ist, bemerkt Lexi nur am Rande. Schon während ihres gemeinsamen Studiums war Lexi wahnsinnig zielstrebig. Nach vorne wollte sie, an die Spitze. Sie wollte nicht irgendein Zeugnis, sondern das beste. Tessa nutzt dieses Wissen um die kleine Schwäche ihrer Freundin mit Freuden für sich. Ja, vielleicht ist es Manipulation. Aber wer sagt, dass eine Manipulation, aus der etwas so Schönes resultiert, schlecht sein muss? Letztendlich ist es lediglich eine Art Führung, eine Verführung zum Ursprung.

Nun ist Lexi bei der Sache. Sie lässt sich gern verführen, posiert gekonnt sexy, den stolzen Blick auf Tessa gerichtet. Endlich befreit sie jene Seite, die sie sonst nur gedanklich und in besonderen Momenten zulässt. Sie weiß, dass sie darf. Die Vermutung, Lexi zeige sich mädchenhafter, sobald das Eis gebrochen ist, findet keine Bestätigung. Das ist nicht etwa schlimm für Tessa. Überraschungen bringen neue Kreativitätsschübe mit sich.

Lexi räkelt sich bewusst nachlässig, liederlich. Wie schön, denkt Tessa, sie ist jetzt ganz bei sich. Beim Trinken lässt sie den Wein absichtlich überlaufen. Die Mundwinkel geben ihn weiter an ihr Dekolleté. Ein blutroter Fleck erblüht auf dem weißen BH. Ihre Pose ist nicht gefällig. Genau das ist es, was ihren Ausdruck nun umso ehrlicher macht. Ihr Blick – ordinär. Tessa sieht durchaus Potenzial, heute ein weiteres gutes Bild zu schießen.

Insgeheim jedoch weiß Lexi, dass es hier nicht ausschließlich um das Foto geht. Sie will gefallen, will Tessa gefallen, genießt es, nackt zu sein, entblößt. Vor ihrer Freundin darf sie das. Keine Fragen, keine Urteile. Dies auszusprechen würde jedoch wiederum eine Reihe von Fragen in Lexi aufwirbeln. Fragen, die sie in ihrem aufgeräumten Leben nicht gebrauchen kann. Sie ist zufrieden, so wie es ist. Zufrieden mit ihrer Sexualität. Jede Konfrontation mit einer abweichenden Form überforderte sie, würde sie augenblicklich zu ihrer Jeans greifen lassen. Was für Lexi eine vorübergehende Offenheit, ein kurzer Zustand, ist für Tessa ein Lebensgefühl. Sie lebt diese Offenheit, ist eins mit ihr und kann letztlich auch nicht mehr aus ihrer Haut. Zuweilen stößt sie damit auf Unverständnis. Vielen ist diese Einstellung nicht distanziert genug. Für Tessa fühlt es sich richtig an. Seit sie andere wie sich kennt, erst recht.

Lexis Bereitschaft ist vergänglich, darüber ist sich Tessa im Klaren. Es ist lediglich eine Laune, beeinflusst durch ihre Suggestion. Nun ist es an der Zeit, einen weiteren Schritt zu gehen.

»Zieh das olle Ding doch aus.« Wieder richtet sie den Blick auf den kleinen Screen ihrer Kamera. Jetzt bloß kein Augenkontakt. Lexi muss weiterhin nach ihrer Aufmerksamkeit lechzen. Heimlich triumphierend sieht Tessa aus dem Augenwinkel, wie der BH endlich fällt. Schau her, rufen Lexis Blicke, schau dir meine Brüste an. Lexi greift nach ihrem kleinen Busen.

»Die sind leider auch geschrumpft durch die Diät.«

Tessa tut ihr den Gefallen, wirft einen fachmännischen Blick darauf, gefolgt von aufbauenden Worten.

»Die sind wunderschön! Und das weißt du auch!«

Lexi lächelt. »Ja, die sind ganz okay. Hätte mich schlimmer treffen können.«

»Kann's weitergehen?«

»Ja!«

Die letzten Schichten sind gefallen. Ein nackter Körper steht im Raum, zwischen ihm und Tessa bloß eine Linse. Sie drückt ab, schießt ein Bild, ein weiteres und noch eins. Ihre Freundin überrascht mit Posen, auch sich selbst. So liebt Tessa ihre Arbeit, so ist es dieser Fluss aus Nähe und Ferne. Lediglich die Kamera sorgt für den letzten wichtigen Abstand. Vergleichbar in etwa mit einem guten Film. Auf einmal fühlt man sich tief verbunden mit den Darstellern. Beim Fotografieren wird diese Verbundenheit nicht bloß von einer Seite empfunden. Es ist ein Duett, dessen Melodie noch lange in Lexi nachklingen wird. In Tessa sowieso.

*

Am nächsten Morgen schmeckt Lexi der Kaffee besonders gut. Der kleine Kater ist nach der ersten Tasse bereits verschwunden. Die anderen Spuren der Nacht noch nicht. Reden tut sie allerdings nur über ihren neuen Freund, Ralph. Tessa lauscht und staunt über Lexis ungetrübtes Vertrauen in die Liebe. Das ist eine Offenheit, die sie selbst verloren hat. Sie nennt sie gern »Naivität«. Diese Bezeichnung hilft, die selbst errichteten Mauern aufrechtzuerhalten. Tessas Vorstellung von Beziehung erfordert Nähe auf einer Ebene, die nichts mit Alltäglichkeit zu tun hat. Was für Lexi das Normalste von der Welt zu sein scheint, fällt Tessa schwer. Die Konfrontation mit Lexis Weltbild zeigt ihr, dass sie ab und zu auch mal ihre eigene Sichtweise in Frage stellen sollte. Tummelt man sich ausschließlich unter Gleichgesinnten, stößt man nur selten auf Hindernisse. Trotz allem ist man kein Freigeist, wenn man Wege meidet, bloß weil sie schon beschritten sind. Das Schöne am Leben ist doch, dass man sein eigenes Puzzle daraus basteln kann.

Es klingelt. Ralph ist da, um Lexi abzuholen. Aufgeregt stürmt sie zur Tür, drückt auf die Freisprechanlage.

»Hallo, mein Schatz!«, ruft sie.

Kurzzeitig schnürt es Tessa die Kehle zu. Mein Schatz … das ist so … fremd.

Als sie die Tür öffnet, kommt ein blonder Mann mit Ziegenbärtchen im Eiltempo die Treppen herauf. Er grinst. Lexi setzt Prioritäten, fällt Ralph um den Hals. Bei ihrem langen Kuss blenden sie Tessa völlig aus.

»Das ist Ralph!«, sagt Lexi nach endlosen Sekunden. Ihr feuchter Mund ist durchblutet.

»Wäre ich nie drauf gekommen. Ich bin Tessa, hi.«

Ralph lächelt selbstsicher, schüttelt mit großer Pranke Tessas Hand, widmet sich dann wieder Lexis Umarmung. Wieder diese Beklemmung in der Brust. Sie möchte verschwinden, für sich sein, die Tür einfach schließen. Diese Augenhöhe bei Vanillas ist verstörend. Liebe hin oder her, Beziehungen gehören organisiert, müssen Regeln unterliegen. Sonst sind sie zum Scheitern verurteilt. Sie hustet – Stressbewältigung. Lexi schaut sie an. Ihre Augen sind klar und strahlend.

»Danke für das tolle Shooting!«, sagt sie.

Die Entspannung kehrt zurück.

»Bitte, gern!«

Eine knappe Umarmung zum Abschied, dann dreht Lexi sich zu Ralph. Tessa schaut den beiden nach, wie sie Hand in Hand das Treppenhaus hinunterschweben, in ihrem Eintagsfliegenglück. Aber immerhin Glück, würde ihre beste Freundin Gela sagen. Denn was zählt, ist doch der Moment. Tessa schließt die Tür zum Hausflur, hier hinter ihren Mauern ist es sicher.

## 2. Kapitel

# *Eine Insel für Helden*

Das Telefon klingelt. Wie spät es wohl ist? Dafür, dass sie so viel Arbeit mit Lexi hatte, ist die Auslese an guten Bildern beachtlich. Etwas Seltsames passiert mit der Zeit, sobald sie am Rechner sitzt: Sie vergeht. Oft schneller als ihr lieb ist. Besonders Bildbearbeitung schluckt Minuten, ja sogar Stunden in sensationellem Tempo. So auch heute. Gute Laune kichert in den Hörer. Sofortiges Erwachen aus dem Bildschirmkoma.

»Hallo Gela.«

»Süße, wie geht's dir? Ich bin ja so energiegeladen momentan«, sprudelt es auf der anderen Seite. Und: »Warte mal kurz...« Eine Hand schiebt sich auf den Hörer. Gemurmel im Hintergrund. Gelas Stimme, dann die eines Mannes. Gela ist Tessas beste Freundin und engste Vertraute. Zu Tessas Bedauern ist sie vor einem Jahr nach Hannover gezogen, diese Entscheidung stößt bei ihr auf großes Unverständnis. Fünf Jahre ist Tessa jetzt schon in Berlin, ohne es auch nur einen Tag bereut zu haben. Dass jemand freiwillig Tessas neue große Liebe – das wunderbare Berlin – verlässt, ist für sie unbegreiflich. Grund für Gelas Umzug war ein Mann. Ein dominanter Mann.

»Subs tun so was für die Liebe«, erklärte Gela stolz auf Tessas Frage, weshalb sie eine pulsierende Metropole gegen eine freudlose Beamtenstadt tausche.

»Aber davon verstehst du nichts«, fügte sie herausfordernd hinzu.

Tessa ignorierte die kleine Provokation.

»Ja klar. Subs ziehen um, Tops lassen umziehen, oder wie? Seit wann kannst du denn mit solchen Begrifflichkeiten etwas anfangen? Die waren dir doch sonst immer zu kategorisch, zu schubladig«, erwiderte Tessa amüsiert.

Gela lächelte. »Okay, okay. Vielleicht wollte ich auch tatsächlich mal weg aus der großen, bösen Stadt. Ich bin schließlich in Berlin geboren. Gabriel ist eben ein guter Grund für eine Veränderung.«

Das klang schon eher nach der dickköpfigen Gela, die sie kannte. Gela brauchte ständig Veränderungen. Das hatte sie in gewisser Weise mit Tessa gemeinsam. Gabriel war die erste Konstante im Leben ihrer Freundin. Auch überraschte es Tessa nicht, dass Gela zwar mit ihrer neuen Liebe die Stadt, nicht aber die Wohnung teilen wollte. Diese letzte Freiheit ließ sie sich nicht nehmen. Gabriel machte das nicht lange mit. Mit dem Umzug kamen die Regeln – Gabriels Regeln. Gela war froh um ihre weise Entscheidung, nicht gleich mit ihm zusammengezogen zu sein. Nicht einmal ein halbes Jahr später beendete sie die Beziehung wieder. Regeln waren nichts für Gela. Nach ein paar Wochen Tränenmeer stellte sie endlich wieder trocken fest: »Ich bin halt keine richtige Sub und SM ist was für Entscheidungsvermeider!«

Allen war klar, dass lediglich Gabriel nicht der Richtige war. Gelas Sehnsucht nach einem dominanten Mann war keineswegs versiegt, jedoch für Einsichten dieser Art war es zu früh. So befreite sich Gela zwar von Gabriel, nicht aber von dieser Stadt. Auch nachdem weitere fünfeinhalb Monaten vergangen sind, wohnt sie noch immer dort. Die Hoffnung auf Gelas Rückkehr in die Hauptstadt gibt Tessa trotzdem nicht auf. Sich für ein Leben in Hannover zu entscheiden ist doch irgendwie ziemlich maso, selbst für Gela.

Gela nimmt die Hand vom Hörer. »Du hörst dich müde an«, sagt sie plötzlich.

»Äh, woher willst du das wissen? Ich komm hier ja gar nicht zu Wort«, mosert Tessa.

»Hör dir doch mal deine Stimme an! Was ist denn bloß los?«

Gelas Laune steckt an, tut gut.

»Nichts weiter, ich arbeite halt noch. Du hast mich vom Rechner weggeholt.«

»Na, dann ist ja gut. Wird höchste Zeit, dass du Feierabend machst.«

Ein Blick auf die Uhr bestätigt diese Aussage: Es ist halb sieben.

»Sag mal, musste am Wochenende och arbeiten?« Da ist dieses Ungeduldige in Gelas Stimme. Ihre Frage ist an dieser Stelle nicht beendet. Außerdem passiert es nicht oft, dass der Berliner Dialekt durchrutscht. Normalerweise gibt sie sich viel Mühe, hochdeutsch zu sprechen. Da muss mehr dahinterstecken.

»Wieso?«, fragt Tessa wissend.

»Na sag doch mal.«

»Nein, bisher nicht.«

»Dann sorg unbedingt dafür, dass das auch so bleibt!«

»Weil?«

»Weil wir auf eine Party gehen, und du kommst mit!«

Schön, wenn man Freunde hat, die einem Entscheidungen abnehmen.

*

Die Deutsche Bahn wäre sicher erstaunt, wüsste sie um den Inhalt mancher Gepäckstücke. Ein Schaffner ist Tessa behilflich, den Koffer ins Abteil zu tragen. Große Augen sind sagenhaft praktisch. Ein Blick, kombiniert mit einem mädchenhaften Lächeln, und schwups ist der Koffer nicht bloß im Zug, sondern auch in der Ablage über ihrem Platz.

»Vielen Dank, das wäre doch nicht nötig gewesen.« Klimper, klimper. Männer sind so einfach gestrickt.

Im Gepäck hat Tessa neben herkömmlicher Kleidung eine Gerte und ein Latexoutfit. Die Party ist ja auch keine herkömmliche Veranstaltung, sondern eine Playparty. Gelas Mitbewohner Jan wird auch dabei sein. Denn Gela, die mal wieder nach Veränderung dürstete, ist vor Kurzem in eine WG gezogen. In Hannover-Linden – dem einzigen Viertel Hannovers, das Tessas Meinung nach annähernd reizvoll ist. Ganz in der Nähe findet auch die Playparty statt. Tessa fährt oft auf Veranstaltungen außerhalb Berlins. Dorthin, wo sie kaum jemanden kennt. Zu viele vertraute Gesichter nehmen ihr die Partylaune. Anonym ist es spannender. Auf dem Plan steht nicht etwa, zu tanzen oder Leute kennenzulernen. Tessa verfolgt ein viel direkteres Ziel. Sie will sich Jan vorknöpfen. Auf der Zuschauerbank wird Gela sitzen, vielleicht auch behilflich sein. Das ist schon länger geplant.

In Hannover angekommen, nimmt sie sich ein Taxi. Es ist nicht weit bis zu Gela. Eigentlich ist kein Ort in Hannover wirklich weit vom nächsten entfernt. Das haben Kleinstädte so an sich. Jede Stadt hat ihre ganz persönliche SM-Szene. Hannover hat nicht viel zu bieten. Das Publikum repräsentiert sich bescheiden. Gothic-lastig zwar, dennoch ohne pompöse Selbstdarstellungen. Hannover besticht durch Diskretion. Tessa weiß das zu schätzen. Eine unspektakuläre Tangoschule reicht den perversen Hannoveranern als Räumlichkeit. Dem verwöhnten Berlin würde dies nicht genügen. Dort fehlt es den Partygästen meist an Besonnenheit, die hier fast jeder zu haben scheint. Die Berliner Szene verschwendet ihre Nächte damit zu erörtern, wer mit wem in welchem Outfit anwesend ist. So scheint es zumindest Tessa. Was wahrscheinlich daran liegt, dass sie inzwischen zu viele Leute kennt. Zu viele, um sich auf einer Party gehen zu lassen, ohne urteilende Blicke im Nacken. Obwohl »Kennen« in diesem Zusammenhang eine absolut großzügige Formulierung ist. Die meisten Leute »kennen« sich dort lediglich über die Profiltexte und Bilder, mit denen sie sich im Netz darstellen. Den Profileignern ist es wichtig, sich möglichst aufsehenerregend und apart darzustellen.

Auch Tessa musste feststellen, dass sie nicht davor gefeit ist, vorschnell zu richten. Oft hat sie jemanden von vornherein abgelehnt, bloß weil der Text im Profil nicht hinlänglich intellektuell oder, trivialer noch, lässig war. Die persönliche Inszenierung spielt in der Szene eine exorbitante Rolle. Der ursprüngliche Antrieb, eine Party des Spielens oder des erotischen Aspektes wegen zu besuchen, gerät leider sehr schnell in den Hintergrund. Tessa weiß um die Fehler der eitlen Szene. Sie weiß auch um ihre eigene Tendenz, Teil davon zu sein.

»It's Showtime!«, flüstert Gela, als die drei ihre Mäntel an der Garderobe abgeben.

»Schauen wir mal«, schmunzelt Tessa, zieht die Nase kraus.

Latex hat Tessa erst vor Kurzem für sich entdeckt. Natürlich nicht diese engen Ganzkörperkondome, die an Taucheranzüge erinnern. Es muss elegant sein, auch fantasievoll. Tessa verehrt unter anderem die Mode der Roaring Twenties. In diesem Stil gibt es massenhaft überteuerte Latexfummel. Der Perversenzuschlag macht auch vor schöner Kleidung nicht Halt. Am heutigen Abend fiel ihre Wahl auf eine Latexkorsage mit Nadelstreifen. Dazu ein langer schwarzer Rock, der sich eng an ihre Hüften schmiegt. Kleine weiße Gummischleifen zieren die Kniekehlen. Getreu dem Motto »Die Mischung macht's« wirkt dieses Outfit ebenso niedlich wie böse.

Es ist früh, gerade erst 21 Uhr. Was vermutlich auch typisch Hannover ist. Noch wartet sie in der Garderobe, Tessas Gerte, im Ärmel ihres Mantel. Jan reicht ihr die Leine – speziell für diesen Anlass gekauft. Auf Tessas Wunsch hin ist er nackt, bis auf ein Halsband. Tessa befestigt die Leine daran, gibt sie jedoch weiter an Gela. Es ist Jans Fantasie, an einer Leine durch die Menge geführt zu werden, nicht ihre. Außerdem würde es weder zu Tessas Outfit noch zu ihrem Image passen. Ein Sub an der Leine? Zu gewöhnlich.

Die drei betreten die Bar im Vorraum. Gela schreitet mit ihren Zwölf-Zentimeter-Absätzen voran. Auch sie liebt diesen Augenblick, braucht ihn. Dieser Moment, in dem alle Augen auf sie gerichtet sind. Auf ihr rotes Abendkleid, den Schlitz an der Seite, bis hoch zur Hüfte. Tuschelnde Paare, lauernde Blicke. Hier ist das zulässig, ja sogar erwünscht – zumindest von Gela. Ihr dunkles Haar trägt sie brav gebunden. Was schade ist, denn sie hat eine herrlich volle Mähne. Tessa ist heute nicht in der Stimmung, ein Mittelpunkt zu sein. Sie möchte zurück zum Ursprung, möchte diese Party erleben. Ungezügelt, unanständig und natürlich zweckdienlich. Zudem hatte sie eine stressige Woche. Beratungsresistente Kunden haben ihre Geduld auf die Probe gestellt – mehrfach. Freiberufler in Berlin, ein hartes Brot, an dem sie täglich zu knabbern hat. Aber sie will es so. Wollte es immer. Jan kniet zu den Füßen seiner Begleiterinnen. Gela krault fürsorglich seinen Hinterkopf.

»Gela, lass das. Es ist schon demütigend genug, dass ich hier auf dem Boden sitzen muss. Das ist echt peinlich. Ich fühle mich wie ein Hund«, grummelt Jan.

»Wuff«, macht Tessa – und spitzt die Ohren. Er muss? Wer sagt das? Sie weiß, sie sollte sich mehr um ihn kümmern, ihm seinen Platz am Boden reizvoller gestalten. Doch es schmeckt so fade, immer wieder diese Klischees zu bedienen. Wie unecht er kniet – erwartungsschwanger, und doch unzufrieden. Es ist nicht einmal wichtig, dass er kniet. Nicht notwendig, zumindest nicht auf diese bemüht devote Weise.

Jan braucht hin und wieder eine harte Behandlung, obwohl er nicht so wirkt. Er ist introvertiert, redet selten und wenn, dann ist er zumeist sarkastisch. Seit er Medizin studiert, ist er buchstäblich zum Eremiten geworden. Tagelang hängt er über seinen Büchern, wie besessen wälzt er Lexika, während draußen das Leben vorbeizieht. Gela hat Schwierigkeiten, ihn davon zu überzeugen rauszugehen. Zugegeben, er gehört zu den Besten seines Jahrgangs. Mit den sozialen Kontakten hapert es jedoch. Als er aber hörte, dass Tessa mitkäme, blieben seine Bücher im Schrank. Vorläufig.

Tessa und Jan begegneten sich zum ersten Mal vor einem Monat auf einer Party im »Acanto«. Es war eher ein Antesten, ein Beschnuppern, als tatsächlich ein Spiel. Gela hatte ihn im Schlepptau. Es dauerte nicht lange, und Jan bot seine Massagedienste an. Sie schlug ihm seinen Wunsch nicht ab, ließ sich die High Heels abstreifen, streckte ihre Zehen genüsslich zwischen seine Finger. Tessa, die sich bis zu diesem Zeitpunkt ziemlich langweilte, war hocherfreut über den Eifer, den Jan an den Tag legte, als er ihre Füße massierte. Gänzlich versunken, hielt er ihren Fuß andächtig an seiner Fessel.

»Du hast die schönsten Füße von allen anwesenden Damen hier«, sagte er.

Tessa musste lachen, denn er merkte nicht einmal, wie unbeholfen das klang.

Doch dieser kleine emsige Medizinstudent verstand sein Handwerk uneingeschränkt. Sie befahl ihm, sein Oberteil auszuziehen.

»Zeig mal, ob der Rest ebenso vielversprechend ist!«

Jan machte einen verkopften Eindruck, lachte nervös, aber gehorchte. Viel zu sagen hatte er nicht. Seine Schmerzempfindlichkeit wurde an den Brustwarzen getestet. Diese lag höher als bei den meisten, stellte Tessa genussvoll fest. Während sie seine winzigen Nippel bearbeitete, fragte sie seine Eckdaten ab. Auf diese Weise brachte sie ihn zum Reden.

»Name?«

Tessa lächelte zu diesem Zeitpunkt nicht mehr. Jan sah sie perplex an.

»Äh ... den weißt du doch schon.«

»Beantworte meine Frage! Oder möchtest du, dass ich dir einen Namen verpasse? Es ist keine schöne Sache, in der Öffentlichkeit ›Drecksau‹ oder womöglich ›Schweinenase‹ genannt zu werden. Verstehen wir uns?«

Jan verstand. Die nächsten Antworten kamen wie aus der Pistole geschossen. Mit jeder Frage verstärkte Tessa den Druck zwischen Daumen und Zeigefinger. Jans Gesicht verzerrt, Tessas immer gelöster. Familienname, Geburtsdatum, Größe und so weiter. Sie musterte ihn wie ein Stück Vieh. Die Erregung war ihm deutlich anzumerken. Sie legte ihre Hand auf die gewölbte Stelle seiner Latexhose.

»Na, du hast doch sicher auch hier schon mal Maß genommen! Und wie viel?«

Jan fühlte sich ertappt, konnte sich selbst nicht erklären, woher dieses Gefühl kam. War er doch sonst nicht derart leicht zu erschüttern. Schamesröte, weiche Knie, lästige Magenschmerzen und dazu dieser unerklärliche Ständer. Verfallen war er, wollte mehr von diesem Spiel. »15 Zentimeter«, murmelte er, obwohl er nicht überzeugt klang.

»Ich überprüfe das bei Gelegenheit«, sagte Tessa.

Mit fiebrigem Kopf küsste er die Spitzen ihrer Zehen, bat um ein weiteres Treffen. Tessa knüpfte Bedingungen daran.

Ihm war in diesem Moment so ziemlich alles recht. Und so stand fest, dass es ein Wiedersehen geben würde. Wann dies stattfinden sollte, ließ Tessa bewusst in den Sternen stehen. Zum Abschied wollte sie seinen Personalausweis sehen, um nachzuprüfen, ob er auch in allen Punkten die Wahrheit gesagt hatte. Dabei stolperte sie erneut über seinen Familiennamen, der sie amüsierte. Seither nennt sie ihn nur noch Dr. Schmidt.

Jetzt, da Jan vor ihr kniet, schweigsam, cholerisch, hat Tessa die Lust beinahe verloren. Gela reagiert mit gespielter Empörung:

»Hast du das gehört?! Er weiß seinen Platz nicht zu würdigen.« Sie schaut erwartungsvoll zu Tessa. Die hat aber nicht vor, sofort auf Jans vorlaute Äußerung zu reagieren. Es verstimmt sie zudem, dass ihre Begleiter sie in dieses uninspirierte Spiel hineinziehen wollen. Gela und Jan kennen sich schon eine Weile aus dem Internet. Schon bevor sie ihre WG gründeten, trafen sie sich regelmäßig. Erst auf Stammtischen, später privat. Bisher immer freundschaftlich. Doch heute will Gela dabei sein, wenn Tessa mit Jan spielt. Sie möchte herausfinden, ob sie ausschließlich masochistisch ist, Ausschau halten nach neuen Möglichkeiten. Manchmal hat sie sadistische Fantasien, träumt davon, jemanden zu beherrschen. Sie weiß, dass der Realität oft Grenzen gesetzt sind, ist deshalb froh, dass sie Freunde hat wie Tessa und Jan. Die sadistische Freundin, mit der sie an ihrem masochistischen Freund üben kann. Eine wunderbare Konstellation, wie Gela findet.

Ruhe bewahren. Vielleicht braucht Tessa noch eine Weile, um tatsächlich anzukommen. Womöglich kommt die Inspiration mit der Entspannung. Sie drückt Jan zehn Euro in die Hand, das Ende der Leine in den Mund.

»Hol uns was zu trinken, Dr. Schmidt! Ich möchte einen Chardonnay. Gela, was nimmst du?«

»Für mich auch!«

Jan trottet davon. Er ist mager, etwas schlaksig dabei. Seine Haut ist weiß, seine Haltung nicht gerade spektakulär. »Wirklich keinerlei Körpergefühl!«, stellt Tessa fest. Als Jan die Gläser an der Bar entgegennimmt, steht sie plötzlich neben ihm. Er zuckt zusammen. Ein wenig Weißwein schwappt auf seinen Unterarm.

»Du willst doch, dass ich Lust habe, mit dir zu spielen, oder?«

Ihre nachdrückliche Stimme verursacht Unruhe. Immerhin ein Anfang. Jan nickt. Sie weiß, er ist unsicher. Auf Fremde wirkt er im ersten Moment oft etwas arrogant. Diese Wirkung hat er auf Tessa nicht.

»Dann solltest du ganz schnell an deiner Körperspannung arbeiten!« Grob biegt sie seine Schultern zurück, schiebt ihn vor sich. Die Leine, eben noch in seinem Mund, schleift nachlässig hinter ihm. Sie ist viel zu lang, wahrscheinlich bei »Futternapf« erstanden. Bemühte Körperhaltung, von Perfektion weit entfernt.

Die Weingläser fest umklammert, überlegt er, ob der Platz zu Gelas Füßen nicht die bessere Option ist, und macht sich auf den Weg. Tessa weiß ihn daran zu hindern. Ein Fuß auf der Leine reicht aus, hält ihn zurück. Wieder verliert er Wein. Er dreht sich um, grinst verlegen.

»Heb die Leine auf!«, ordnet sie an. Noch ist sie ruhig. Mit der Spitze ihres High Heels schiebt sie die Schlaufe ein Stück über den Boden. Das gefällt Jan. Sein Gesicht hat eine gesunde Farbe bekommen. Die Augen sind auf Tessa gerichtet. Er verkriecht sich in ihrem Blick, versteckt sich vor den Zuschauern. Nun spürt er, dass er nackt ist, nackter als je zuvor. Tessa meint es ernst, auch das kann er spüren. Respektloses Verhalten verdient eine Lektion.

»Würdest du bitte kurz den Wein halten?«, flüstert er Tessa ins Ohr.

Sie lacht grell. »Das ist hoffentlich nicht dein Ernst!«

Ihre Hand greift nach seinem dunklen Schopf. Tessa weiß, wie sie zupacken muss, damit es schmerzt. Nicht zu flächig, einfach greifen. Geschickt ungeschickt. Jan stöhnt auf.

»Au ... aua ... okay, okay... ich mach ja schon.«

Der frühe Abend bietet eher selten spannende Szenen. Erst viel später widmen sich die Gäste dem eigentlichen Grund ihres Erscheinens. Obwohl Tessa und ihr ungeschickter Untergebener nicht außergewöhnlich sind, bieten sie gegenwärtig den einzig aufregenden Anblick. Dieser Umstand sorgt für Publikum. Erniedrigungsbeihilfe.

Jan sinkt zu Boden. Gerade will er die Gläser dort abstellen, als Tessa ihn anfaucht.

»Untersteh dich! Die Gläser bleiben in der Hand! Und dass du mir ja nichts verschüttest.«

Die Gläser auf Schulterhöhe, nähert sich sein Gesicht vorsichtig der Leine. Zähne greifen nach dem weichen Leder. Beim Aufrichten vergießt er Wein. Tessa gibt ihm eine Ohrfeige. Eine intime Ansage, ein Statement. Tessas Statement. Der Schreck signiert sein Gesicht, verursacht einen desorganisierten Dr. Schmidt.

»Darf ich bitte zu Gela gehen?«, fragt er, den Blick gesenkt.

Tessa nickt. Sie fühlt sich gut, energiegeladen – endlich. Die Latexkorsage liegt eng an ihrem Körper, schnürt ihr ein wunderbares Dekolleté. Zwischen den Brüsten schwitzt sie ein wenig. Sie fährt mit dem Finger dazwischen, den Blick auf das Hinterteil ihres Opfers gerichtet. Mit ihren 1,69 Meter, mit Absätzen 1,79, ist sie wesentlich kleiner als Jan. Er ist 1,90 Meter groß. Und doch wirkt er klein und zart irgendwie.

Als Tessa wieder am Tisch sitzt, nimmt Gela sie zur Seite. Ihre Miene ist besorgt.

»Er hasst es, öffentlich gedemütigt zu werden.«

Tessa sieht Gela belustigt an.

»Na, das will ich doch hoffen!«

»Nein, Tessa, bitte sei vorsichtig. Er ist ein lieber Kerl. Ich will nicht, dass du ihm wehtust ... also ... natürlich schon ... aber nicht so ... du weißt, wie ich das meine ...«

Natürlich weiß sie, worauf Gela hinauswill. Jan und Tessa haben keine Erfahrung miteinander, sind nicht eingespielt. Ihre Verantwortung für Jan sollte weit über diesen Abend hinausreichen. Zumindest, wenn sie noch weitergeht. Doch diese ganzen Gedanken ermüden, verderben ihr die Lust an der Party, die Lust am Spontansein, die Lust an der Lust an sich.

»Ich habe alles mit Jan vorher geklärt. Er weiß, dass er keine weiteren Ansprüche an mich hat. Ich denke, damit ist er auch ganz zufrieden.« Tessa bemerkt, wie hart ihre Worte klingen, weiß aber nicht, welche Formulierung an dieser Stelle angebrachter wäre. Schnell fügt sie hinzu:

»Vertrau mir doch einfach. Du kennst mich doch.«

Gela setzt erneut an: »Ich will ja auch gar nicht den Moralapostel spielen. Jan wirkt immer härter, als er ist.«

Diese Grundsatzdiskussionen – nicht jetzt, nicht hier. Vielleicht morgen, oder vielleicht auch nie. Tessa bricht das Gespräch ab, nimmt das Weinglas und stellt fest:

»Da ist ja nicht besonders viel dringeblieben.«

Jan schaut unterm Tisch hervor, die Brauen sorgenvoll nach oben gezogen. Um zu veranschaulichen, wie wenig Wein tatsächlich übrig geblieben ist, leert sie ihr Glas in einem Zug.

»Du weißt ja, was du zu tun hast, Jan! Und vor allem, wie es mir gefällt.«

Jan lümmelt sich unterm Tisch hervor, die Schlaufe der Leine noch immer zwischen den Zähnen. Dann steht er auf, geht mit durchgedrücktem Rücken zur Bar. Tessa ist kurzfristig zufrieden.

»Was er braucht, ist die Gerte, ein bisschen Schmerzen, damit er sich entspannt. Zwischendurch ein paar Küsse und hinterher jemanden, der einfach da ist«, glaubt Gela zu wissen. Tessa gibt Gela einen Kuss auf den Mund.

»Nur weil du so bist, heißt das noch lange nicht, dass andere auch so ticken.«

Ertappt. Gela grinst.

»Na ja ... Ich weiß eigentlich wirklich nicht, worauf er steht. Er redet nicht gern darüber.«

»Soso ...«

Jan kommt zurück. Die Leine baumelt munter aus seinem Mund. Auch zwischen seinen Beinen baumelt es. Unvorteilhaft. Tessas Blick wechselt zwischen beidem hin und her. Er bekommt ein feuerrotes Gesicht. Ihr Versprechen drängt sich ins Gedächtnis. Maßnehmen wollte sie. Vielleicht hat sie es ja vergessen? Tessa liebt es, Verunsicherung zu stiften. Ihr Augenspiel verändert sich, verharrt zwischen Jans Beinen. Jan kämpft gegen eine Erektion, bleibt erfolglos, hofft weiterhin auf Tessas Vergesslichkeit. Die frisch gefüllten Gläser in den Händen kommt er näher, steht nun vor Tessa.

»Soll ich den Wein auf den Tisch stellen?«

Tessa nickt, öffnet ihre Handtasche. Jan ist ein nervöses Bündel. Er stellt die Gläser ab, will sich wieder unterm Tisch verkriechen. Raus aus den lauten Blicken, weg, runter zu vertrauten Füßen. Etwas wird aus der Handtasche gezogen. Sie hat nicht vergessen. Oft verlegt sie ihre Schlüssel, sucht jedes Jahr wieder nach ihrem Reisepass oder vergisst ihr Handy bei einem Kunden. Aber ihre Worte vergisst sie so gut wie nie.

»Hiergeblieben!«, ruft sie. Erstaunlich, wie aufmerksam Jan auf einmal ist.

Nun ist Tessa in ihrem Element. Sie zieht Latexhandschuhe aus der Tasche, über ihre Hände. Die Handschuhe der unpersönlichen Wirkung wegen. Ganz langsam. Sein Blick haftet auf Füßen, ein großer, lackierter Zeh – sein Fixpunkt. Er riecht den Duft von Latex, schwillt noch mehr. Sie nimmt seinen Ständer. Jan bebt. Es wird Maß genommen, mit kritischem Blick. Er schluckt. Tessa spürt, wie sehr sie ihn in diesem Moment spaltet. Spürt, wie dicht Unwille und Geilheit beieinanderliegen. Ja, es liegt eine notwendige Effekthascherei in ihrem Vorgehen. So banal dieses Spiel auch sein mag, er scheint Demütigungen dieser Art zu brauchen. Tessa weiß das. Zumindest lässt sie ihn glauben, dass sie um sein ambivalentes Begehren weiß. Mehr als den Glauben in Tessas Wissen benötigt er nicht, um alles, was sie ihm antut, tatsächlich zu brauchen.

»Da haben wir wohl ein bisschen übertrieben!«, stellt Tessa fest, als sie 14,5 Zentimeter vom Maßband abliest. Jan presst die Augen fest zusammen, wie ein Kind, das versucht, sich mit der eigenen Blindheit unsichtbar zu machen. Gela schaut verlegen zu Boden. Nun muss Tessa schnell sein, handeln, bevor sich Gelas Unsicherheit auf Jan überträgt. Sie nimmt ihre Hand.

»Lass uns mal schauen, ob hinten ein Raum frei ist.« Die Aufregung ihrer Freundin setzt sich fort. Statt sich die Verantwortung für Jan mit ihr zu teilen, hat sie nun doppelt zu tun. Jan bei Laune halten, Gela die Unruhe nehmen. Ein Job, der Konzentration erfordert. Nicht immer hat sie Lust, alles so bewusst zu steuern. Sich, ihre Mitspieler, die Gesamtsituation. Manchmal will sie einfach austeilen, ihren Alltagsstress loswerden, abscheulich sein. Dann lässt sie es zu, dass sie zum Täter wird – zum Übeltäter. Ohne Rücksicht. Doch dafür braucht es Zeit, Vertrauen und Menschen, die mit ihrer Neigung völlig eins sind. Tessa hofft deshalb tunlichst auf das Vertrauen ihrer Mitspieler, das Jan zumindest zu Gela und die hoffentlich zu ihr hat. Sie bittet Gela, die Gerte aus dem Ärmel ihres Mantels zu holen. Gela, froh, nun endlich Teil des Vergnügens zu sein, pariert.

Der Spielbereich der »Salto Mortale« befindet sich, durch zwei Glastüren getrennt, im hinteren Bereich. An der Tür hängt ein Pappschild. Darauf mit Edding geschrieben: »Bitte schweigen!« Ein langer Raum, mit Vorhängen in kleine Areale unterteilt. Zwei große Bereiche auf der rechten Seite, mit Netzen abgegrenzt, erlauben einen Blick, aber keinen Zugang zu den Spielenden. Blickdichte Stoffe teilen die linke Seite. Leises, lustvolles Stöhnen dahinter. Die Stille ist so gegenwärtig, dass schlagartig die Stimmung umschlägt. Es wird angenehm ernst, so wie alle drei es gern haben. Tessa begutachtet die Ausstattung der Kabinen. Gela führt Jan an der Hand. Die Wahl fällt auf einen Gyn-Stuhl in Kabine drei. Zwangsläufig, die anderen Kabinen sind alle belegt. Der Stoff des Vorhangs fällt, sie sind unter sich. Jan steht nur da, schielt auf den Boden.

»Setz dich auf den Stuhl!«, fordert Tessa.

Jan schiebt seinen Hintern über die Lederkante, lässt die Beine baumeln.

»Sitzt man so auf einem Gyn-Stuhl?«

Schwermütig hievt er seine Beine auf die Ablageflächen. Seine Haltung gefällt ihr nicht. Die Gerte hilft nach. Ein Schlag trifft seinen Oberschenkel.

»Aufwachen!«, fährt sie ihn an.

Jan vibriert, die Beine gespreizt. Gela kuschelt sich an Tessa.

»Sag mir einfach, was ich tun soll«, flüstert sie.

Tessa legt eine Hand in Gelas Nacken, küsst sie. Die Ruhelosigkeit verebbt. Endlich Entspannung. Gelas üppiger Busen wippt zwischen ihnen. Sie greift danach, denkt auch an Jan dabei. Mit seiner Lust will sie spielen. Gela macht mit, gibt sich Tessas Kniffen hin, die immer schmerzhafter werden. Selten hat sie solch eine Kusskompatibilität erlebt wie mit Gela. Ihre Lippen scheinen füreinander gemacht, ihre Zungen – eine Einheit. Jedes Mal wieder. Auch Gela hat Jan nicht vergessen. Das ist spürbar an ihrem Kuss. Normalerweise ist da ein Anstieg. Gelas Zunge wird forscher, schneller, dazu kommen kleine Geräusche. Doch heute, nichts davon.

»Was ist los?«, fragt Tessa.

»Wir sollten uns um ihn kümmern«, murmelt Gela. Wieder hat sie diesen gütigen Blick. Tessa greift in das pralle Fleisch von Gelas Hinterteil, zieht sie unsanft an sich.

»Das tun wir gerade, Gela!«, zischt sie.

Gela nickt, die Augen geschlossen. »Okay, du entscheidest ab jetzt.«

Ein letzter Kuss zwischen ihnen besiegelt die Einigung. Gela bekommt eine Gerte in die Hand gedrückt. Tessa begibt sich zu Jans Kopfende, greift grob nach seinem Kiefer.

»Körperspannung, ich will, dass du mitmachst!«

Bestrebtes Nicken.

»Ich habe nichts gehört!« Ihr Griff verstärkt sich.

»Ja …«, presst er aus erzwungener Schnute hervor.

Gela beginnt mit kleinen Schlägen auf die Innenschenkel. Ein interessierter Körperteil zwischen Jans Beinen richtet sich auf. Tessa tritt einen Schritt zurück, nimmt sich raus, lässt los.

Die erste Runde hat sie erfolgreich gemeistert. Beide Spieler sind platziert, der Startschuss ist gefallen. Durchatmen. Gela findet einen Takt, spielt Pingpong auf Jans gespreizten Schenkeln. Das geht einige Minuten so weiter. Jan rekelt sich, die

Augen geschlossen. Sie stoppt, geht zu Jan, küsst ihn. Nun übernimmt Tessa das Ruder. Jans Körper, eben noch gelöst unter Gelas Wellnessschlägen, erstarrt. Die Erholung findet unter Tessas Blick ein Ende. Er sitzt vor ihr, ausgeliefert und ahnend. Gelas Hände streicheln sein Haar. Tessas Mund füllt sich mit Flüssigkeit, Appetit. Diese landet nun mit verachtender Geste auf Jans Ständer. Erschrocken, aber betört schaut Jan sie an. Speichel läuft von seinem Bauch.

»Dreh dich um!«

Er beeilt sich dieses Mal. Es ist nicht leicht, auf diesem Stuhl eine Haltung in verkehrter Richtung zu finden. Seine Hände umklammern die Lehne. Unsanft zerrt sie ihn in Position. Er stöhnt, lacht nervös. Gela streichelt, krault, beruhigt. Tessa schlägt zu. Einmal die rechte Backe, dann die linke. Jan bewegt dankbar das Becken. Links, rechts, links ... erst langsam, dann schneller. Tessa spürt diese gewisse Regung, spürt Stärke. Schneller, auch härter. Ein neuer Rhythmus. Rechts, rechts, rechts, links ... Er schreit, zieht das Kinn zur Brust. Elektrizität in der Luft. Laden beim Ausholen. Entladung beim Treffer. Seine Angst steigert ihre Härte – steigert seine Hingabe – steigert ihren Rausch. Gemeinsam steigen sie auf, schaukeln sich hoch, Schlag für Schlag. Tessa sieht Striemen, hört Schreie, riecht Angst. Feuchtigkeit in der Luft, auf seiner Haut, zwischen Tessas Schenkeln. Und auch in Gelas Augen.

»Übernimm mal kurz!«, fordert sie die beunruhigte Beobachterin auf.

Gela lässt Jans Hand los. Küsst ihn. Es ist der erste richtige Kuss der beiden Freunde. Innig, nah, intim. Sie nimmt die Gerte, schlägt zu. Feuchte Handflächen, weiche Knie. Sie schlägt härter, als sie wollte, zuckt solidarisch mit.

»Komm schon, Gela«, motiviert Tessa. Mit Ergebnis. Sie schlägt wieder und wieder. Jan schreit, Gela stöhnt mit ihm.

Jeder Schlag entlockt ihr ein kleines Geräusch der Überwindung. Klammern werden aus der Handtasche geholt. Tessa greift um Jans Oberkörper, findet seine Brustwarzen, befestigt sie daran. Er atmet fauchend durch die Zähne ein.

»Bitte, bitte nicht!«, keucht er.

Gela hört augenblicklich auf, lässt die Gerte sinken.

»Mach weiter!«, sagt Tessa energisch.

»Aber du hast doch gehört, was ...«

»Du sollst weitermachen!«

Wie angewurzelt bleibt Gela stehen, verwirrt, überfordert. Sie kennt Grenzerfahrungen nur aus passiver, ihrer Sicht. Die Angst verleitet zum Abbruch, fordert erneute Führung und folglich Sicherheit vom aktiven Part. Aber ist Jan ebenso gepolt? Oder will er tatsächlich aufgeben? Tessa spürt, dass Jan noch eine ganze Menge mehr verträgt, als Gela vermutet. Ein kurzes Aufbäumen ist normal. Sie ärgert sich trotzdem, kein Safeword vereinbart zu haben. Für Gela wäre selbiges in diesem Moment hilfreich. Tessa geht zu ihrer irritierten Freundin.

»Ich möchte lieber wieder zuschauen«, flüstert diese.

Die Gerte landet wieder in Tessas Händen. Klammern quälen noch immer Jans Brust. Er ringt mit sich. Gedanklich ist Tessa auch bei Gela. Jan hat glücklicherweise kaum etwas von dem kleinen Disput mitbekommen. Er ist längst woanders. Die Schläge haben ihn auf eine Insel geführt, seine kleine Superheldeninsel. Weit, weit weg. Dort besiegt er seine Dämonen, ist ganz Körper, ohne störende Gedanken. Ein befreiter Geist in herrlich schmerzender Rüstung. Er schreit nicht mehr, atmet tief, atmet sich in den Schmerz, der ihn umgibt. Sein Körper ist nass geschwitzt, seine Haut wund. Zitternde Beine. Sie spürt, dass sie aufhören sollte. Ein letzter Schlag, vielleicht noch ein weiterer ein allerletzter. Zur Ruhe kommen, Ruhe. Als hätte jemand die Geräuschkulisse lauter gedreht, sind wieder Stimmen vernehmbar. Wispern, Ächzen, kleine Schreie. Gela ist bei Jan, fordert ihn auf, sich umzudrehen, ist behilflich dabei. Tessas Mund ist trocken, sie ist außer Atem. Gela und Jan halten einander. Sie tritt näher, lässt es zu, dass Jan nach ihr tastet, hält seine Hand. Gemeinsames Schweigen, trockene Münder, ein Gedanke.

»Wollen wir an die Bar?« Kollektives Nicken. Mehr wird vorerst nicht gesprochen. Zu dritt verlassen sie den Spielbereich. Es wird lauter, aber nur außen. Die Party ist im vollen Gange. Die Gäste sowieso. Wie spät es wohl sein mag? Wasser und Wein runden das soeben Erlebte ab, spülen es hinunter. »Danke«, flüstert Jan. Gela umarmt ihn, Tessa lächelt.

Es geht weiter in die WG, auch in diesem Punkt sind sich alle einig. Dort angekommen, gibt es Mitternachtsrührei à la Gela.

»Was anderes haben wir nicht mehr da«, rechtfertigt sie sich grundlos, denn es geht allen gut. Jan serviert einen roten Wein zum Essen. »Rührei und Wein? Das ist widerlich!«, lacht Gela.

»Außerdem hätte weißer viel besser gepasst«, fügt sie hinzu. Doch Tessa hat gerade etwas anderes im Blick. Jan. Er wirkt verändert. Seine Körperhaltung ist ganz anders. Wie er die Gläser hält beim Eingießen, mit gestrecktem Rücken, aufmerksamem Blick.

»Soll ich lieber weißen holen? Ich habe noch einen Riesling in meinem Fach«, erklärt er fachmännisch in bourgeoiser Manier. Tessa runzelt die Stirn. Interessant, Jan geht regelrecht auf in seiner Rolle.

»Ja bitte, ich möchte lieber weißen«, sagt sie, um ihre Vermutung zu testen.

»Ach was, Tessa«, lenkt Gela ein. »Dann muss er ja noch eine Flasche aufmachen.«

Tessas Blick wendet sich nicht ab. »Ich bestehe darauf«, sagt sie abwesend.

Jan macht auf der Stelle kehrt, vergisst aber nicht, vorher einen freudigen Diener zu machen.

»Kommt sofort!«, sagt er beschwingt.

»Merkst du was?«, fragt Tessa.

»Was meinst du?«

»Na Jan. Ist er immer so? Ich meine, schau dir mal an, wie glücklich er auf einmal ist.«

»Na ja, er hatte ja auch gerade eine Session mit zwei heißen Frauen.« Gela rekelt sich wie in einem schlechten Film auf dem Bett. Doch Tessa ist grad nicht nach Albernheiten. Sie ist fasziniert von ihrer Entdeckung.

»Ja schon, aber das ist es nicht. Ich glaube, dass er einfach gern bedient. Das ist sein Ding.«

»Du meinst, so richtig dienermäßig?«

Tessa nickt achselzuckend. Jan kommt zurück, die offene Flasche in der Hand.

Kerzengerade steht er, als er Tessa Wein einschenkt. Auch Gela ist nun an dem weißen interessiert.

»Ich brauche aber ein neues Glas«, stellt sie fest und zwinkert Tessa zu.

»Selbstverständlich«, schießt es augenblicklich zurück. Eine Verbeugung, und schon ist er wieder auf dem Weg in die Küche.

»Siehst du!«, grinst Tessa.

»Das kann doch nicht sein. Wieso ist mir das früher nicht aufgefallen. Wir wohnen doch zusammen. Das ist ja unglaublich praktisch. Unser Badezimmer müsste mal wieder gewischt werden. Das kann er ja eigentlich mal machen, wa.«

Beide kichern. Gelas Glas wird gebracht. Jan schenkt Weißwein ein, bleibt dann vor den beiden stehen.

»Habt ihr sonst noch Wünsche? Darf ich vielleicht deine Füße massieren, Tessa?«

Tessa schlüpft aus ihren Heels. Es ist höchste Zeit dafür, denkt sie, streckt den Fuß in seine Richtung. Jan kniet augenblicklich nieder, beginnt mit der Massage.

»Es macht dir richtig Spaß, uns zu bedienen, stimmt's?«

»Ja!«, sagt Jan versunken.

»War das schon immer so? Oder wurde das jetzt durch das Spiel ausgelöst?«, fragt sie weiter.

»Wir haben dich weich gekloppt«, gluckst Gela.

Jan grinst, wird dann putzig ernst.

»Ich finde es wunderbar, wenn ich schönen Frauen etwas Gutes tun darf. Das ist wie Mäuschen spielen. Man ist ja nicht wirklich dabei. Man sorgt nur dafür, dass es allen gut geht, und dann zieht man sich zurück.«

Das passt zu Jan, denkt Tessa. Er redet ja ohnehin nicht gern, ist etwas soziophob und lieber für sich. Auf diese Weise ist er allein und doch unter Menschen. Niemand stellt ihn zur Rede. Es werden Dinge verlangt, die er einschätzen kann. Er tut sie gern, weil er weiß, für wen und weshalb. Das ist wunderbar, denkt sie und streichelt Jans Kopf. Fast wie Therapie. Sozialphobien sind die Folgen moderner Zeit. Daran ist dieses affektierte Miteinander der heutigen Gesellschaft schuld, steigert sie sich weiter in diesen Gedanken hinein. Tessa fühlt sich nun auch irgendwie heldenhaft. Schließlich rettet sie gerade eines der verlorenen Lämmer, zumindest irgendwie. Auch wenn sie eigentlich weiß, dass ihre Gedanken bloß Auswüchse ihres Narzissmus sind. Jans Schüchternheit ist ja auch nicht wirklich pathologisch. Doch wer möchte nicht einmal als Held gefeiert werden? Sie küsst ihn auf die Stirn. Überrascht von dieser liebevollen Berührung, schaut er sie an. Als er bemerkt, dass er nichts zu befürchten hat, Tessas Kuss keine perfide Folgeaktion mit sich bringt, massiert er friedlich weiter. Tessa muss lachen. Es amüsiert sie, verdächtigt zu werden, etwas im Schilde zu führen. Aber Jan darf auch von der liebevollen Seite kosten. Kontrastprogramme sind so oder so Tessas Steckenpferd.

Da sitzen die drei Helden nun auf Gelas Bett. Der eine den Kampf bereits hinter sich, die andere noch immer als Retter unterwegs. Die Dritte im Bunde, etwas unschlüssig dazwischen, beginnt derweil Tessas Schultern zu kneten. Der Grafikerknubbel – so nennt sie die kleine Verspannung der Schultermuskulatur – schmerzt, als Gela dort ihren Daumen hineindrückt. »Sei bitte vorsichtig«, brummt Tessa.

»Ach, guck mal, wer hier mimost!«, lacht Gela. Tessa macht sich los, schlüpft aus dem zweiten Schuh, rutscht hoch zu Gela. Sie bekommt ihre Haare zu fassen, schmeißt sich auf den Zappelkörper. Schreie wie am Spieß. Gela wehrt sich. Obwohl sie in der Lage wäre, Tessa zu besiegen, denn sie ist um einiges muskulöser, gewinnt Tessa die Oberhand. Der ganze Körper wird eingesetzt, ihr Opfer zu halten. Rittlings sitzt sie auf ihrer Brust, die Arme ihrer Gegnerin unter ihren Schenkeln. Das ist Muskeleinsatz, relativ anstrengend. Die rechte Hand presst sich auf den Mund, Daumen und Zeigefinger der linken verschließen die Nase. Es ist die aufkommende Furcht in Gela, dieser Grusel, dem sie unterliegt. Schockstarre. Tessa öffnet Gelas Luftzufuhr wieder, rutscht tiefer und landet zwischen bereits dienstwillig geöffneten Beinen. Das Kleid bekommt sie an der Hüfte zu fassen, schiebt es nach oben. Gela hält still, atmet tief und schnell. Wie immer trägt sie nichts darunter.

»Schlampe!«, sagt Tessa liebevoll, fährt mit einem Finger zwischen Gelas Schamlippen. »Hmmm«, macht Gela. Dann rutscht Tessa zur Bettkante. Jan kniet noch immer dort, spielt Mäuschen und ist fast verwundert, dass Tessa ihn überhaupt sehen kann, als sie ihre Hand in seinen Nacken legt. Ihr Finger, feucht von Gela, fährt über seine Lippen. Es bleibt wenig Zeit zum Lippenschürzen, zum Genießen, denn die Hand in seinem Nacken zwingt ihn aufs Bett.

»Zeig uns mal, wie lieb du deine Mitbewohnerin hast, Dr. Schmidt.« Tessas Formulierung erinnert nicht bloß Jan an die eigentliche Beziehung zu Gela. Seine Mitbewohnerin, gerade noch in exhibitionistischer Wonne badend, fühlt sich plötzlich nackt und gar nicht mehr wonnig.

»Du Sadistin!«, flüstert Gela, wohl wissend, was Tessa damit bezweckt.

»Vielen Dank, Gela.« Beherzt greift sie zwischen Gelas Beine.

»Meine Güte, so nass warst du aber bis eben noch nicht«, stellt sie fest.

»Dein Mitbewohner scheint Wirkung auf dich zu haben.« Wie Champagner perlt der Sarkasmus über Tessas Lippen. Sie schiebt einen Finger in ihre nasse Freundin, bevor diese reagieren kann. Gela stöhnt, flucht zugleich. Jan wäre am liebsten unsichtbar. Das Bein angewinkelt, versucht er seinen Ständer zu verbergen. Tessa zieht an Gelas Schamlippen, fest, ohne Pause. Gela fühlt die Dehnung der festen Haut, spürt ihre Klitoris hinterhältig kribbeln, irgendwo dazwischen, im epidermalen Nirgendwo.

»Aber du brauchst dich nicht zu schämen, Gela. Dr. Schmidt findet Gefallen an dir als Schlampe. Angela, die Wohngemeinschaftsschlampe, für jeden zugänglich!«

Worte haben so viel Macht. Erst recht so beiläufig gesprochene. Angela ist Gelas wirklicher Name. Sie hasst es, so genannt zu werden. Darauf hinzuweisen ist natürlich nicht nötig. Aber Gela tut es trotzdem, so gut es eben noch geht. Tessa wendet sich an Jan, flüstert:

»Das hier ist eigentlich dein Job! Es ist schließlich deine WG-Hure.«

Vorsichtige Finger tasten sich zwischen Gelas Beine. Er ist viel behutsamer als Tessa – ehrfürchtig fast. Augenblicklich ist es still. Ungeschickt verfehlt Jan immer wieder die Klitoris. Gela seufzt, traut sich aber nicht, etwas zu sagen. Ihre Augen sind geschlossen. Bloß kein Blickkontakt mit ihrem Mitbewohner. Schiedsrichterin Tessa greift ein. Jan bekommt die gelbe Karte. Daraufhin gibt er sich Mühe, nimmt die Zunge zur Hilfe, und plötzlich ist er nicht mehr aufzuhalten, leckt wie ein Experte, lässt sich mitreißen von Gelas Reaktionen.

Winden, Aufbäumen, Stöhnen. Tessa genießt die Rolle des Voyeurs. Verweise gibt es heute nicht mehr. Nur noch Genuss. Jans Zunge hat es plötzlich nicht mehr eilig, langsam ertastet er ihre Möse, achtet immer wieder auf Reaktionen, lässt sich durch sie führen. Er möchte ihr Gutes tun. Es ist reizvoll, das Geschehen von außen zu betrachten und trotzdem Teil davon zu sein. Eigentlich ist es kein wirklicher Voyeurismus, sondern ein passives Mitwirken. Tessa riecht Jans Schweiß und Gelas Lust. Tiefes Seufzen, sogar von Jan. Zwischendurch wirft Gela ihr selige Blicke zu. Sie verlässt ihren Posten. Gelas Brüste sind das Ziel. Gela hält die Luft an. Vorfreude. Dr. Schmidt, beharrlich vertieft, ist ihr Komplize bei der Herstellung wundersamer Gegensätzlichkeiten.

Ein schmerzhafter Griff genügt, die andere Hand an Gelas Hals. Sie beginnt zu zupfen, rupft Gelas Brust wie eine Gans. Die helle Haut wird scheckig, rote Spuren werden hinterlassen. Keiner hält sich mehr zurück. Gelas Orgasmus: ein gemeinschaftlicher Höhepunkt. Zwei staunende Augenpaare schwelgen mit ihr. Der Mund geöffnet, der Atem angehalten. Nachbeben. Zucken, Lächeln. Eine unglaublich tiefe Stirnfalte, Zucken, wieder Lächeln. Schließlich, die Stirn wieder glatt, ein tiefes Durchatmen. Tessa ist nah. Beiden. Vier Hände halten Gela noch ein wenig in ihrem Schwebezustand. »Hi«, schmunzelt sie, als sie die Augen öffnet.

»Ich muss unbedingt was trinken.« Jan, wieder in seinem Element, greift nach der Flasche Wein. Tessa schüttelt den Kopf. »Wir hätten jetzt lieber Wasser.«

Gela streckt sich, schlüpft aus ihrem Kleid. Ein letztes Glas Wasser wird getrunken. Müdigkeit macht sich breit. Tessa zieht sich aus. Trotz Erschöpfung schminkt sie sich ab und findet sich außerordentlich vernünftig im Vergleich zu anderen Nächten. Als sie die Schnürung der Korsage löst, spürt sie ihre Nieren wieder an die richtige Stelle stürzen. Eine Erlösung. Zu dritt liegen sie im Bett. Tessa löffelt Gela. Gestrandet am Fußende des Bettes liegt Jan, massiert die Füße seiner Erlöserinnen. Jeder hat in dieser Nacht eine kleine Exkursion unternommen, auf seine ganz persönliche Insel. Sie liegen gemeinsam und irgendwie auch jeder für sich.

*

Der Morgen beginnt mit einer Hand auf Tessas Hintern. Gela streichelt ihn, ihren Rücken, umkreist liebevoll die Schulterblätter, drückt ihr schließlich einen Kuss in den Nacken. Tessa seufzt, öffnet die Augen, rekelt sich behaglich in dunkelblauer Bettwäsche.

»Guten Morgen, Chefin. Na, Kaffee?«, flüstert Gela.

Jan, der tatsächlich die ganze Nacht zu Füßen der beiden Damen geschlafen hat, meldet sich zu Wort: »Das kann ich doch machen.«

»Davon sind wir ausgegangen«, gähnt Tessa.

Das lässt er sich selbstverständlich nicht zweimal sagen. Normalerweise ist es Gela, die sich nach einer Party um

Tessas Wohlbefinden kümmert. Mütterlich, wie sie ist, sorgt sie für alles. Jedes Mal, noch bevor Tessa erwacht. Für frische Brötchen und starken Kaffee, für Joghurt, Zigaretten, die Tessa immer nur mit Gela raucht. Gela kann eben nicht anders. Auch heute will sie aufspringen, ihrem Ruf als gute Gastgeberin gerecht werden. Ein Bein bereits aus dem Bett, hält Tessa sie zurück.

»Entspann dich doch mal!«

Gela dreht sich um.

»Ja, ich will doch nur schauen, ob Jan alles findet.«

Tessa hebt die linke Braue.

»Gela, er wohnt hier …«

»Ja …«, Pause. »Ich weiß, ich hab aber Hunger, und er macht ja nur Kaffee. Um Brötchen kümmere ich mich dann.«

»Das können wir ihm sagen, sobald der Kaffee kommt.«

»Ja aber …«

»Was aber?«

»Ich komme nicht so richtig damit klar, dass Jan das alles für uns tut. Gestern Nacht, das war was anderes, aber jetzt? Ich meine, sonst tut er das ja auch nicht und …«

»Kontrollzwang nennt man das, meine Liebe!« Tessa lacht.

Gela hadert mit sich, hört zu, handelt schließlich doch. Auf dem Weg in die Küche ruft sie:

»Jan, haben wir noch Nutella?«

Alles ist wie immer, denkt Tessa und dreht sich noch einmal um. Beim Frühstück ist Gela wieder entspannt, fröhlich wie eh und je. Tessa lauscht den Umzugsgeschichten der zwei frisch gebackenen WGler. Danach begutachtet sie den Rest der Wohnung. Neben Gelas Zimmer und der Küche gibt es lediglich einen weiteren Raum – Jans Reich. Wie erwartet, gibt die Einrichtung nicht viel her. Ein Bett unter einer Dachschräge, ein Schreibtisch, ein winziger Kleiderschrank, dafür ein umso größeres Bücherregal, vollgestopft mit Sachbüchern. Das einzige Highlight: ein Skelett. Auffällig ist auch, wie ordentlich das Zimmer ansonsten ist. Lediglich der Schreibtisch verrät, dass dies nicht bloß der Musterraum eines Billigbaumarktes ist. Aufgeschlagene Bücher, Zettelwirtschaft zwar, trotzdem nicht ein einziges kleines Staubkörnchen. Die Hand des Skeletts legt sich auf Tessas Schulter.

»Das ist Jans Exfreundin. Jan hat sie etwas vernachlässigt, weil er nur an seine Bücher denkt«, kichert Gela, die hinter dem Skelett steht. Jan nimmt ihr die Knochenfrau ab, schiebt sie samt Rollgestell wieder an ihren Platz. Er wirkt verärgert.

»Sie sieht Kate Moss verdammt ähnlich. Findest du nicht?«, fährt Gela fort.

Jan schweigt sich aus. Tessa setzt sich in den Chefsessel an seinem Arbeitsplatz.

»Außer lernen, was tust du sonst noch?«

Jan zuckt die Schultern.

»Kate die Glatze polieren«, ruft Gela, die inzwischen wieder bei dem Knochengerüst ist und mit selbigem ein Tänzchen durch Jans Zimmer andeutet.

»Gela, lass das bitte, sie gehört der Medizinischen Hochschule, ich habe sie nur geliehen.«

Jetzt muss auch Jan lachen, über seinen Versprecher.

»Ich wollte sagen: Lass *es* bitte stehen, nicht sie.«

Tessa lacht kurz mit, bis ihr Blick auf ein tatsächlich verstaubtes Relikt aus Jans Vergangenheit fällt. Sie steht auf, schiebt den Schreibtischstuhl unter das Regal.

»Gela, sei so lieb und halt mal den Stuhl fest.«

Als Jan bemerkt, was Tessa vorhat, greift er ein.

»Nein, bitte, das ist völlig uninteressant.«

Aber das Team hat längst gehandelt. Tessa steht noch immer auf dem Stuhl, barfuß, zum Glück, denn das olle Teil wackelt bedrohlich. In ihren Händen hält sie ihre Trophäe, die einst Jan errungen hat. Ein Pokal. Jan setzt sich aufs Bett, das Gesicht in beide Hände vergraben. Resignation. Sie liest laut die Gravur vor.

»Dem Schützenkönig alles Gute. Jan Schmidt – Schützenkönig 1996! Schützenverein H.« Gelächter. Es ist ein innerer Tanz, ein Fest der Herabwürdigung. Jan verstummt in purer Scham.

Gela kichert: »Abgründe tun sich auf!«

»Oh bitte«, sagt Jan, spielt den Gelangweilten. »Das ist lange her. Ich war 13 Jahre alt!«

»Ach?«, sagt Tessa grinsend. »Wieso steht der Pokal dann noch immer jubelnd auf deinem Regal? Ganz oben!?«

»Warst du nie in einem solchen Verein? Oder was Vergleichbarem?«

»Nein.« Sie steigt vom Stuhl.

»Ich kann noch einen draufsetzen!«, tönt Gela und reißt den kleinen Kleiderschrank auf.

Jan versucht, das Kommende zu verhindern, aber da hat sie auch schon den richtigen Griff getan. Der penibel aufgeräumte Schrank wird ihm nun zum Verhängnis. Alles ist auf den ersten Blick sichtbar. Gela fischt ein Jackett heraus. Es ist eine jägergrüne Vereinsuniform mit einem Wappen. Nun kann Tessa sich nicht mehr halten vor Lachen.

»Das ist ja wahnsinnig sexy, Jan! Ich hätte nicht gedacht, dass du solch wunderbare Dinge in deinem Schrank hast«, amüsiert sie sich.

Jan ist sauer. Sich von seiner Mitbewohnerin so vorführen zu lassen, gefällt ihm nicht.

»Woher wusstest du überhaupt davon?«

»Ich sollte doch neulich deinen Pullover in den Schrank legen. Dabei habe ich zufällig deine Uniformjacke entdeckt.«

Tessa würde gern weitermachen, würde Jan zu gern nötigen, die Uniform anzuziehen. Doch die beiden Streithähne sind nicht mehr zu bremsen, die Stimmung scheint im Keller. Jetzt ist erst mal Schlichten angesagt. Die Jacke wird zurückgehängt, der Pokal auf dem Schreibtisch abgestellt. Tessa schlägt vor, einen weiteren Kaffee zu trinken – Friedenskaffee. Gesagt, getan.

Der Tag vergeht viel zu schnell. Wie jedes Mal, wenn Tessa bei ihrer Gela ist. Es wird gegessen, gekuschelt, viel geredet, gelacht, zum Abschied auch ein bisschen geweint. Auch Tessa kullern zwei Tränchen, als ihre Freundin sie fest an ihre Brust presst:

»Ich werde nicht viel Zeit haben in den nächsten Wochen, aber sobald sich das ändert, komme ich nach Berlin.«

Dann ist Jan an der Reihe.

»Passt gut aufeinander auf«, sagt Tessa, zieht den großen schlaksigen Jan zu sich herunter. Er wirkt distanziert, seine Umarmung nicht liebevoll genug. Tessa ist unzufrieden. Ein Abschied sollte sich niemals so anfühlen.

»Ist alles in Ordnung? Wo bist du denn schon wieder?«, fragt sie bedacht.

»Ach, das ist normal«, erklärt Gela. »Jan ist schon wieder bei seinen Büchern, da wette ich drauf.«

»Woher willst du das denn schon wieder wissen?!« Jan wirkt verstimmt.

Nun merkt auch Gela, dass etwas nicht in Ordnung zu sein scheint.

»Was ist es denn dann?«, fragt sie fast genervt.

»Würdest du mich bitte kurz mit Tessa allein lassen?«

Gela macht große Augen. »Was?«

»Ich möchte Tessa etwas fragen, unter vier Augen.«

Automatisch geht Tessa einen Schritt zurück. Eine Ahnung beschleicht sie. Es wäre nicht das erste Mal, dass sich ein

Freund von Gela in Tessa verliebt hätte. Zuletzt vor anderthalb Jahren, damals hatte Tessa sich auf eine Spielbeziehung mit Gelas bestem Freund Nils eingelassen. Nach sehr kurzer Zeit war klar, dass daraus nichts werden konnte. Nils war nicht mehr er selbst, hatte nicht einmal mehr eine eigene Meinung und Tessa zu seinem Vormund erklärt. Das war zu viel. Ihre Flucht zog ungeahnte Folgen nach sich. Nils' extremer Hang zur Dramatik, den Tessa anfangs sexy fand, artete aus. Um Tessa zu vergessen, so erklärte er, müsse er alles, was er mit ihr verbinde, aus seinem Leben entfernen. So kündigte er Gela die Freundschaft, von einem Tag auf den anderen. Bis heute nimmt Gela Tessa dieses leichtfertige Verhalten übel, wirft ihr flatterhafte Genusssucht vor.

Tessa spürt Gelas vernichtenden Blick. Sie weiß genau, was dieser zu bedeuten hat.

»Ich habe keine Geheimnisse vor Gela«, sagt sie beschwichtigend, in der Hoffnung, die Stimmung so wieder etwas gewichtsloser zu gestalten. Auch um Jans Anliegen zu entkommen.

»Ist schon okay, ich gehe rüber«, sagt Gela, nickt Tessa zu, verschwindet in der Küche.

»Also? Was gibt's denn so Dringendes? Scheint ja essenziell zu sein …«, versucht sie noch immer Zeit zu schinden.

»Ich ähm … ich fand es gestern sehr schön, und ich würde mich gern bedanken.«

»Mir hat es auch viel Spaß gemacht mit euch beiden. Das machen wir mal wieder.«

Tessa hört sich selber reden, hört ihre Worte wie heiße Kartoffeln aus dem Mund purzeln. Nichts ist tödlicher als leeres Gerede. Ehrlichkeit ist jetzt angebracht.

»Jan, ich …«

»Ich würde mich gern erkenntlich zeigen«, fällt er ihr ins Wort.

»Erkenntlich zeigen?« Dinge einfach wiederholen ist eine weitere Übung aus Tessas Trickkiste. Besonders hilfreich, wenn man nichts mehr zu sagen weiß.

»Meine Semesterferien beginnen gerade. Du hast es selbst gehört, Gela hat viel um die Ohren ...«

»Jaaaa?« Inzwischen ist sie sich nicht mehr sicher, ob nun ein Liebesgeständnis folgt. Gar Schlimmeres? Gespannt starrt sie auf seine Lippen.

»Es hat dir doch so gefallen, dass ich für dich Dinge tue ... also gern tue ...«, druckst er weiterhin herum.

»Sag bitte einfach, was du sagen willst«, fordert sie endgültig.

»Also gut. Ich würde gern für ein paar Wochen nach Berlin kommen und dir zur Verfügung stehen. Für was auch immer. Ich putze, ich koche, ich erfülle dir jeden Wunsch und halte alles aus, was du mir antun willst!« Fast souverän schildert Jan sein Anliegen.

Erleichterung. Tessa strahlt übers ganze Gesicht. Sie nimmt Jan in den Arm. Jetzt fühlt es sich richtig an.

»Wehe, du verliebst dich in mich!«, lacht sie in sein Ohr. »Dann bekomme ich Probleme mit Gela.«

»Heißt das, ich darf kommen?«, fragt er und hebt Tessa kurzerhand hoch.

»Meinetwegen. Mein Haushalt hat so etwas dringend nötig.« Ihre Beine baumeln in der Luft. »Aber wir stellen einige Regeln auf. Ich stelle Regeln auf.«

Er setzt sie wieder ab, nickt zufrieden.

»Wann?«

»Ich könnte schon diesen Mittwoch kommen.«

»Das ist in drei Tagen.« Sie zögert. Auf Besuch nicht vorbereitet zu sein bedeutet, dass mindestens ein mittelschweres Chaos zu Hause herrscht. Was aber, wenn der Besuch vorbeikommt, um jene Unordnung zu beseitigen?

»Mittwoch ist gut«, schiebt sie vorsichtig hinterher.

Jans Lächeln zeigt seine Zähne in ihrer ganzen Pracht.

»Wir sollten Gela unbedingt einweihen.«

»Ja.«

Das Lächeln setzt sich fort. Gerade will er zu Gela, da greift Tessa nach seiner Hand.

»Und die Vereinsuniform kommt mit!«, sagt sie mit funkelnden Augen.

So schnell Jans Lächeln kam, so schnell ist es wieder verschwunden. Es kann alles so einfach sein.

## 3. Kapitel

# *Mit Rehaugen vergewaltigt*

Dienstag, endlich Feierabend. Die Erschöpfung führt Tessa heute an einen Ort der Entspannung, vor ihren Rechner. Hier ist sie nicht die alltagsbeladene Tessa, sondern die sadistische Lara. Ihr externes, virtuelles Ich. Nach inzwischen drei Jahren in der SM-Community gibt es einige, die sie besser kennen, sie wahrnehmen, wie sie wirklich ist. Unterm Strich fiel die Auslese an potenziellen Spielpartnern eher bescheiden aus. Dieses Medium ist schnelllebig und direkt. Viele sind auf der Suche nach dem seichten Spiel zwischendurch, einem Abenteuer. Wem's reicht. Tessa möchte den Menschen kennen, erkennen, was ihn ausmacht. Unverfälscht, echt. Sie will Hingabe, die ihr als Person gilt. Auch möchte sie selbst als ganzer Mensch erfasst werden.

Sicher gab es den einen oder anderen, der ihr gefallen hat. Visuelle Menschen unterliegen gern dem Anreiz der Schönheit. Lockenköpfe mit großen Augen und schlank gewachsener Statur haben meist einen kleinen Bonus. Wissen sie sich dann noch gut zu benehmen, ist das schon mal eine ziemlich gute Voraussetzung. Einfacher wird es deshalb aber nicht. Denn trotz dieses klaren Beuteschemas waren es immer andere Eigenschaften, die letztlich überzeugten. Schlummerte unter der schönen Lockenpracht nicht ein ebenso luxuriöser Verstand, war der Reiz schnell verloren.

Inzwischen gibt es Menschen in ihrem Leben, die sie regelmäßig trifft – auf Partys, zu Stammtischen oder spontanen

Sessions: sexuelle Freundschaften. Doch es fehlt etwas Entscheidendes – das Gefühl. SM bloß zu praktizieren ist nicht einmal die halbe Miete. Tessa schlägt lieber aus Liebe als aus reiner Lust. Das ist natürlich kein Grund, seinem Verlangen gänzlich zu entsagen. Als SMler hat man viele Beziehungsmodelle zur Auswahl für die Zeit zwischen der Liebe. Wenn die große Herznummer ausbleibt, ist man eines jedenfalls nicht – allein.

Was sonstige Begegnungen angeht, hat sie selten so interessante, wenn auch knifflige Persönlichkeiten auf einem Haufen getroffen. Hier treibt er sich rum – dieser sonderliche und absonderliche Schlag Mensch. Inzwischen hat ihre Online-Mitgliedschaft auch einen praktischen Nutzen. Bequeme Kontaktpflege. Schnell, übersichtlich. Wenn es sein muss, sogar allabendlich. Alltagsstress ist da kein Hindernis. Ein paar Zeilen oder nur ein »Hallo« sind ausreichend für das brüderliche Wir-Gefühl. Das ist das Schöne am SMler-Dasein – dieses Gefühl, nicht allein zu sein mit seiner inneren Drecksau. Und hat Tessa mal keine Lust darauf, bleibt der Rechner eben aus.

Am heutigen Abend möchte Tessa lediglich Lara sein. Ein Rollenspiel? Vielleicht vor ein paar Jahren noch. Doch inzwischen Teil ihrer Persönlichkeit. Authentizität sollte variabel bleiben. Warum sich nicht immer wieder neu erfinden? Das ist leichter, als ständig darüber zu grübeln, wer man eigentlich ist. Eine Kerze wird angezündet, obwohl es noch hell draußen ist. Dann loggt sie sich ein. Sie will Jan ihre Adresse mailen, damit er morgen pünktlich und verfügbar vor der Tür steht. Vorausgesetzt, dass Gela ihn gehen lässt. Ihren Segen verschenkte sie nicht gerade, als sie von den Plänen der beiden erfuhr. Dennoch weiß Tessa, das Gela kein Problem damit hat. Sie sorgt sich bloß um ihre Liebsten und das sei ihr verziehen. »Wieso wundert mich das nicht?«, lächelte sie gequält, musterte die beiden wie zwei Kinder.

Bevor sie Jan schreibt, heißt es, sich durch den Mailtrash zu kämpfen. Manchmal ist dieser sogar amüsant. Sich einfach von den Worten, den Gedanken anderer, vielleicht sogar Fremder, berieseln zu lassen, ist zwar keine anspruchsvolle Feierabendbeschäftigung, aber besser als Fernsehen ist es allemal. Nacheinander geht sie die Mails in ihrem Postfach durch. Jede Menge schräger Vögel verfangen sich auf ihrem Profil, lassen ihre klebrigen Angebotsfedern zurück. Absender Toyboy78 fällt ihr ins Auge. Trivialer ging es wohl nicht?

*Sehr geehrte Lady Lara,*
*Sie sind bezaubernd, wenn ich mir diese Bemerkung erlauben darf. Ich bin recht neu in der Community und deshalb einigermaßen unbeholfen. Deshalb verzeihen Sie mir, wenn ich aufdringlich frage, ob ich Sie begleiten darf am heutigen Abend.*
*Demütigst Ihr Toyboy Marc*

Zunächst löst die Frage, wohin sie dieser Junge begleiten möchte, Verwirrung aus. Im nächsten Moment wird klar, dass ihr Profil auch Veranstaltungen aufzeigt, an denen sie teilnehmen will. Tessa prüft, was heute anliegt. »Salon Noir«, wie jeden ersten Dienstag im Monat. Warum nicht? Sie hat ohnehin nichts anderes vor. Der nächste Klick führt auf sein Profil. Ein trainierter freier Oberkörper verspottet sie. Eine absolute Beleidigung für ihr Grafikerauge – er hat seinen Kopf abgetrennt. Immer nur Körper, viel zu oft werden einem hier die Köpfe vorenthalten. Als ob der Körper das Wichtigste wäre, nur weil er Benutzung erfahren soll. Nichtsdestotrotz ist die Lust auf den »Salon Noir« geweckt. Gute SM-Stammtische sind selten. Der »Salon Noir« bildet eine stilvolle Ausnahme.

Aber ganz allein hingehen? Jan kommt erst morgen, auf den nächsten Salon müsste sie einen ganzen Monat warten.

Also quält sie sich zu einem weiteren Blick auf das Profil. Er ist 29, rasiert und als Sklave eingetragen. Wer hätte das gedacht ... Die Braue gehoben, die Nase gerümpft. Mehr bleibt einem nicht. Auch sein Text lässt nicht tiefer blicken als erwartet: »Ich bin ein gebildeter, sportlicher und vielseitig interessierter Mann. Meine sexuellen Erfahrungen waren von Anfang an devoter Natur. Ich habe erkannt, dass Frauen das starke Geschlecht sind und suche nach einer neuen Herrin oder einer Dame, die ich verwöhnen darf.«

Sie antwortet:

*Hallo Marc,*
*klar kannst du mich begleiten. Wir treffen uns dann um 19 Uhr direkt davor. Schick mir doch noch ein Bild von deinem Gesicht, damit ich dich erkenne. Die E-Mail-Adresse findest du in meinem Profil. Und spar dir bitte dieses Gesieze, das mag ich nicht.*

Tessa hat es gern direkt. Nicht lange um etwas herumreden, sondern auf den Punkt kommen. Das führt oft zu Überraschungen auf der anderen Seite und zeigt ihr dabei die wahre Bereitschaft. Manche trauen sich nur nach einem Treffen zu fragen, weil sie von vornherein nicht daran glauben, dass die andere Seite sofort Ja sagt. Sicherlich findet manch devotes Männlein selbst darin eine gewisse Qual, die es zu erotisieren gilt. Sie hat mich abgelehnt. Ich bin ihrer nicht würdig. Somit ist die nächste Mail vorprogrammiert. Die Frage ist nicht, ob ein Abgelehnter noch mal schreibt, sondern wann. Diejenigen, die in der Lage sind, auf ein nicht erwartetes Ja ebenso schnell zu reagieren, haben meist mehr zu bieten als unerfüllte Fantasien und personenunabhängige Vorlieben. Vielleicht steckt sogar ein Mensch dahinter. Man weiß es nicht.

Toyboy78 schreibt:

*Liebe Lara,*
*ich würde nichts lieber tun als das. Und pünktlich bin ich auch, das verspreche ich. Das Bild ist schon ein halbes Jahr alt. Aber ich habe mich nicht verändert seitdem. Ich freue mich sehr darauf, dich kennenzulernen.*
*Marc*

Sein Bild gefällt ihr: Sommersprossen, grüne Augen zu braunen Haaren, typische Mitte-Frisur. Ein Out-of-bed-Look, schnell mit einer Handvoll Gel ungekonnt zusammengewuschelt. Aber seine Sommersprossen gefallen ihr am besten und nehmen ihm glücklicherweise etwas von seiner langweiligen Sonnyboy-Fassade. Ja, er gefällt ihr wirklich.

*

Sie trägt ein schwarzes Sommerkleid, hohe Schuhe natürlich und eine kleine rote Handtasche. Ihr Stil ist klassisch. Wenn Männer sie sehen, profitiert sie zunächst einmal vom Kindchenschema. Dominante Männer glauben oft ein williges Opfer vor sich zu haben. Devote Männer sind im ersten Moment immer etwas durcheinander. Tessa findet das ganz praktisch. Auch hier greift das Überraschungsmoment, verschafft ihr einen kleinen Vorsprung. Während Mann noch grübelt, wie er sie einordnen soll, ist sie schon dabei, sich mit ihm vertraut zu machen. Sie schaut auf seine Körpersprache, seine Augen, hört auf seine Stimme. Während sie das tut, lässt sie ihre Kurven sprechen. Perfekter Hüftschwung, fokussierter

Blick, selbstbewusstes Lächeln. Ihre Stimme ist ganz ruhig. Es lebe Multitasking.

Am verabredeten Ort wartet niemand. Zeit für Improvisation. Kaum ist sie mit forschem Schritt auf dem Weg zum Eingang, hört sie ihren Namen. Sie dreht sich um. Marc, viel kleiner als erwartet, tritt zwischen zwei Autos hervor.

»Wieso versteckst du dich?«, lacht sie.

»Ich verstecke mich nicht ... na ja, eigentlich schon.«

Sie begrüßen sich mit einem Händedruck. Sein Outfit ist trotz des bestrebten Berlin-Mitte-Looks schlicht, sportlich. Sähe man von der zerschlissenen Jeans ab, käme fast der Verdacht auf, er habe Stil. Mal schauen.

»Ich fürchte, ich kann dort nicht reingehen. Meine Ex ist da und es ist alles etwas chaotisch auseinandergegangen. Ich kann ihr auf keinen Fall begegnen.« Seine Stirn wirft zitternde Falten. Tessa unterdrückt ein Lachen, versucht aber ernst zu bleiben.

»Ist ja kein Problem. Dann gehen wir eben nebenan etwas trinken.« Ein Finger, der Nagel rot lackiert, deutet auf das Nachbarhaus.

»Du siehst toll aus.« Er hält die Tür zur Bar auf. »Danke!«, sagt sie und vergisst dabei nicht, unbeteiligt wegzuschauen.

In einer der hinteren Ecken der Bar finden sie Platz. Seine Hände sind feucht vor Aufregung. Kalkuliert flüchtig berührt sie ihn, begleitet von der Frage, ob er einen Wein mit ihr trinke. Sein Nicken ist so unsicher wie sein Blick.

»Aber nur einen. Du musst ja noch fahren«, sagt sie belustigt, genießt sein scheues Lächeln.

»Was ist passiert mit deiner Ex?«

»Ich war ihr Sklave ...«

»Das ist mir schon klar. Aber wieso endete es in einem Chaos?«

»Weil es mehr oder weniger eine Flucht war. Ich war ihr hö...hörig.«

Seine Stimme versagt bei diesen Worten. Irgendwie gefällt ihr das. Natürlich bohrt sie weiter.

»Soso, hörig warst du ihr also. Das ist doch gut. Ist es nicht das, was du wolltest?«

Ihre Stimme ist pure Sanftmut, ihr Blick dagegen der Teufel. Er schluckt.

»Doch schon. Aber ... es ging irgendwann einfach zu weit.«

»Erzähl mir davon!«, fordert sie sanft.

»Ich hatte wenig Erfahrung mit Frauen, bevor ich sie traf. Ein paar Dates und zwei gescheiterte, sehr kurze Beziehungen. Sex hat nie eine große Rolle dabei gespielt. Es hat mich nicht gereizt. Als ich sie kennenlernte, wollte sie, dass ich alles von mir erzähle. Auch über meine Hemmung, mit Frauen zu schlafen.«

»Hm...«, unterbricht sie ihn. »Du scheinst schnell Dinge preiszugeben, wenn man es von dir verlangt. Das ist anscheinend gar nicht so schwierig.«

Jetzt lächelt er verlegen. Das mag sie sehr. Eine ganze Weile lässt sie ihn noch berichten. Seine innere Unruhe legt sich. Er kommt langsam bei ihr an.

»Du bist echt süß! Zum Anbeißen, weißt du das?!«, sagt Tessa, als spräche sie mit einem Schoßhund. Wieder lächelt er. Der Wein kommt. Das Glas vibriert in seiner Hand. Sie stoßen an. Klirrende Gläser. Marc hat volle Lippen. Während er trinkt, sind Tessas Augen hungrig auf ihn gerichtet. Kühl läuft der Weißwein die Kehle hinab. Seine Nervosität ist ihr eigentlicher Genuss. Sie nimmt sein Glas, stellt es ab, beugt sich über den Tisch.

»Setz dich zu mir«, flüstert sie fast.

Er gehorcht, lümmelt sich zu ihr auf die Bank. Tessa nimmt seine Hände in ihre, schaut ihm tief in die Augen. Schöne Augen – flaschengrün.

»Fühlst du dich wohl?«

Er nickt, atmet schwer, so wunderbar schwer. Sie nimmt sein Glas, stellt es vor seine Nase. Hastig greift er danach, trinkt es leer. Brav.

»Gut. Dann können wir jetzt rübergehen zum ›Salon‹.«

Ungläubig starrt er sie an.

»Wwwas? Aber ... ich ...«

Ich dachte, du fühlst dich wohl mit mir?! Denn ich werde jetzt rübergehen und du wirst mich begleiten.«

Sein panischer Blick versetzt sie in Verzückung, sie erhebt sich, um ihn noch mehr in Bedrängnis zu bringen. Ganz Gentleman, geht er bezahlen, folgt ihr verloren und bezwungen. Ihren Triumph genießend, schreitet sie voran. Wer seine Verflossene ist, weiß sie nicht. Letztlich spielt es keine Rolle mehr. Für den heutigen Abend gehört er ohnehin bereits ihr.

Sie betreten den »Salon Noir« – ein französisches Restaurant. Vertraute Gesichter beäugen neugierig das frische Paar. Tessa spürt, wie hinter ihnen getuschelt wird. Niemand scheint ihn zu kennen. Sie setzen sich. Marc ist völlig auf Tessa fixiert. Seine treuen Augen beobachten jede Geste, jede Miene, warten ungeduldig auf einen Wunsch von ihr. Doch Tessa schweigt, genießt seine innere Last. Er beginnt, sich langsam im Raum umzuschauen, beäugt kritisch und unsicher die ihn umgebenden Gestalten – wahrscheinlich auch auf der Suche nach seiner Ex. Unanständige Augenpaare erwidern den Blick, lassen ihn zaghaft wieder Tessas sicheren Anblick suchen. Sie bricht ihr Schweigen:

»Und ist sie hier?«

»N...nein, ich denke, sie ist gegangen.« Sein Stottern gefällt, lässt ein gemeines Verlangen nach Intensität emporsteigen. Sommersprossen, so viele putzige Sommersprossen. Sie hat das Bedürfnis, ihre Lippen leicht zu öffnen, ihn einfach gierig anzuschauen. Küssen sollte sie ihn noch nicht. Die Klatschpresse der Szene treibt hier ihr Unwesen, stets auf der Jagd nach grenzwertigen Storys, die im Grunde jeder hier schon auf die eine oder andere Weise erlebt hat. Doch sind die Geschichten der anderen immer spannender, skandalöser und erzählenswerter, so scheint es.

»Du machst mich so verlegen. Ich weiß gar nicht recht, was ich sagen soll«, kommt es Marc über die Lippen, sogar ohne dass ihm die Worte wegbrechen. »Lass uns gehen!« Abrupt steht sie auf. »Aber ... wir sind doch grad erst gekommen.« Ambivalenz schwingt in seiner Stimme mit. Nur zu gern möchte er diesen Ort verlassen, aber die Ungewissheit der Folgen setzt Unbehagen frei. Er hat keine Wahl, folgt ihr hastig. Am Ausgang treffen sie auf Bella Anna. Tessa kennt ihren wahren Namen nicht.

»Hallo Nina«, hört sie plötzlich Marc sagen. Tessa ist verwundert. Denn nach seinen Angaben ist er eher szenefremd. Bella Anna reagiert seltsam abweisend auf Marc.

»Woher kennst du sie?«, fragt Tessa, als die beiden im Auto sitzen.

»Aus einem anderen Leben. Nicht aus der Szene. Ist nicht wichtig«, antwortet er.

Dies ist ein Bereich, der Tessa nichts angeht. Am heutigen Abend ist alles außerhalb ihrer Rollenverteilung unbedeutend, zumindest noch. Sie wird ihn ein anderes Mal danach fragen.

»Du bist ein Angsthase!«, wechselt sie das Thema.

»Ja«, stammelt er.

Und? War das jetzt so schlimm, mit mir dort hineinzugehen?«

»Nein.«

Sie greift nach seinem Gesicht, nähert sich langsam. Seine Augen sind starr, sein Körper ist hölzern. Ihr Gesicht nur noch wenige Millimeter entfernt, fragt sie:

»Kannst du fahren, oder sind deine Knie zu weich?«

Es ist keine wirkliche Frage, das weiß er.

»Wohin fahren wir?«, fragt er, als sie ihn loslässt.

»Ich habe es gern gemütlich und mir ist nach einem Cocktail. Du zeigst mir jetzt eine Bar, von der du glaubst, dass sie mir gefallen könnte.«

»Gern.«

Die Erleichterung ist ihm ins Gesicht geschrieben.

»Ich möchte mich betrinken und du bist dafür verantwortlich, dass ich heil nach Hause komme.«

Einen Sub zu beauftragen, den Beschützer zu spielen, ist auch eine neue Erfahrung für Tessa. Aber der kleine Marc ist so verunsichert, dass man ihm durch kleine, wenn auch billige Tricks zu etwas mehr Selbstbewusstsein verhelfen muss. Die Rolle des Beschützers ist ihm zwar nicht auf den Leib, aber in die Gene geschrieben. Er ist ja schließlich nur ein Mann, beziehungsweise auf einem halbwegs akzeptablen Weg dorthin. Die Cocktailbar liegt nur drei Straßen von Tessas Wohnung entfernt. Sie haben die freie Wahl, unter der Woche ist es selten voll in diesen Bars. Sie setzen sich in eine Ecke, abseits der zwei anderen Gäste. Tessa zieht die Schuhe aus, platziert ihre Füße wie selbstverständlich auf dem Schoß ihres frisch ernannten Beschützers. Sofort tasten dankbare Hände danach, streichen ehrfürchtig an ihren Knöcheln entlang. Anscheinend gefällt ihm sein neuer Job, denn er wirkt um einiges gelöster. Tessa bestellt zwei Caipirinha. Marc muss eindeutig noch lockerer werden.

»Einen darfst du ruhig noch«, versichert sie ihm.

Er nickt, ganz versunken in seine Tätigkeit. Ein wenig gelangweilt von der Massage, setzt Tessa sich wieder aufrecht hin. Ihre Hand fährt in seine Mitte-Frisur, zieht seinen Kopf in den Nacken. Die Finger bleiben in einer Überdosis Haarfestiger hängen. Er atmet schwer, sein Körper verkrampft sich. Erst jetzt bemerkt Tessa die Ausbeulung seiner Hose.

»Du magst also Füße…«

»J…ja.«

Da ist es wieder, das ihr inzwischen so lieb gewordene Stottern. Sogleich ist jede Langeweile verflogen. Als die Cocktails kommen, lässt sie seinen Kopf los, fordert ihn auf, dem Ober die Drinks abzunehmen. »Sonst muss er sich doch zu mir runterbeugen. Das ist doch eher dein Job!«

Befremden schleicht in den Blick des Kellners. Tessa kümmert das nicht, denn dieser Blick haftet auf Marc – mit hochrotem Kopf springt er auf und gehorcht. Er reicht ihr den Caipi. Tessa trinkt gierig. Es ist schwül und stickig in dieser Bar. Das gemütliche Plüschsofa, auf dem sie sitzen, reflektiert die Hitze ihres Körpers, gibt ihr den Rest. Das Kleid klebt an den Beinen. Irgendwie gefällt ihr das. Auch Marc trinkt zügig, schneller als der reine Genuss es zuließe. Wieder fasst sie in seine Haare. Übergangslos dringt ihre Zunge tief in seinen Mund. Sie beißt sich an seiner Unterlippe fest. Sein Atem, schwer und tief, macht sie rasend. Der nächste Griff gilt dem Glas. Das rohrzuckersüße Getränk behält sie im Mund. Sie dreht den Kopf, schaut ihn an. Er lächelt nicht lange, denn der Inhalt ihres Mundes kühlt klebrig sein Gesicht. Marc fehlen die Worte, er ringt nach Fassung.

»Hol mir noch einen!«, fordert sie im Anflug eines ersten Taumels. Der Alkohol in ihrem Blut, die schwüle Luft und die Intensität dieses Mannes lassen ihr die Gier zu Kopf steigen.

Bald wird sie sich nicht mehr unter Kontrolle haben. Sie kennt sich. Umkehren will sie jetzt nicht mehr. Der zweite Cocktail kommt, wieder trinkt sie durstig, ignoriert den Alkohol. Marc nimmt ihre Hand. Seine erste selbstständige Geste heute Abend. Sein Haar ist feucht vom Caipi. Sie lässt sich seitlich in seinen Arm fallen. Er fängt sie, tatsächlich – nimmt seine Aufgabe ernst. Es ist ihr recht. Auch sie hält sich an ihre Ansage, sich zu betrinken, wie der Pegel verrät. Hände wandern unter sein Shirt, sie schnappt seine Nippel, drückt zu. Niemand schöpft Verdacht hinter der Kuschelfassade. Viel zu lieb ist Tessas Aussehen, viel zu innig scheint ihr Miteinander. Sein Sommersprossengesicht verzieht sich vor Schmerz. Sie wird feucht. Ein leerer Cocktail. Marc steht eigenständig auf, holt einen weiteren, dieses Mal mit Früchten. Ein kleiner Klaps und ein Hinweis auf seine Lernbereitschaft lassen ihn erröten. Beim ersten Zug spürt Tessa, dass sie aufhören sollte. Sie übergeht die Warnung ihres Bauchs, trinkt weiter. Um nicht ganz allein zu sein in ihrer Ausschweifung, spuckt sie Marc die Hälfte ihres Cocktails in den Mund, Schluck für Schluck. Tapfer fängt er, was die Betrunkene auf seinem Schoß ihm zuteilt. Die Wärme steigt ihr nun gänzlich zu Kopf. Sie braucht frische Luft. Marc bietet seinen Arm, zahlt.

Gemeinsam torkeln sie zum Auto, das auf dem Hinterhof geparkt ist. Er setzt sich ans Steuer, ist überwältigt, als Tessa plötzlich breitbeinig auf seinem Schoß sitzt. Ungehemmt sind ihre Küsse. Ihre Zunge ist überall. Ihre Hand an seinem Hals. Tessa ist schwindelig, sie versucht die kleine Kurbel an der Seite des Sitzes zu greifen. In amerikanischen Filmen sieht das immer so simpel aus. Der amerikanische Quarterback entführt die Schulschönheit auf eine Spritztour, zeigt seine gebleachten Zähne und mit einem Handgriff wird aus dem Autositz eine Spielwiese. Doch wie immer hat Hollywood gelogen. Sie sucht, kurbelt, ihr schwindelt. Schweratmig gibt sie auf.

»Jetzt hilf mir doch mal«, fährt sie ihn an.

Marc gehorcht. Ananasaroma liegt in der Luft. Er kurbelt, atmet, kurbelt. Sie riecht an ihm, saugt seinen Duft in sich auf – köstlich. Endlich ist der Sitz eine Liegefläche. Sie schubst seinen Oberkörper nach hinten, biegt seinen Kopf zurück. Mutige Hände umfassen ihre Hüfte. Tessa schiebt das Kleid hoch, ihren Slip zur Seite. Sie rutscht höher, ihre Schenkel legen sich um seinen Hals. Sein Atem, schnell, kurz – Ananas. Es ist unbequem, Tessas Kopf stößt gegen das Autodach. Ein letzter Blick in nervöses Flaschengrün. Dann sitzt sie auf seinem Mund. Ihr Becken kreist, sie reibt sich an seinem Gesicht. Ist das seine Nase? Da! Seine Zunge! Überfordert ist er. Aber das ist ihr egal. Nässe verteilt sich auf seinem Gesicht.

Er leckt, schluckt, versucht zu atmen. Leckt, schluckt, kneift die Augen zusammen. Ihre Hüfte kreist, das Genick schmerzt. Sie stöhnt, benutzt sein Gesicht für ihre Lust. Ein Höhepunkt nähert sich, nur der erste, so weiß sie. Multiple Orgasmen bringen nur kurzweilige Befriedigung – rein körperlich. Stets bleibt ein Kribbeln in ihrem Kopf und das ist erheblich schwerer zu stillen.

Sie greift zwischen ihre Beine, findet seine Nase, hält sie zu. Sein Keuchen ist wie ein Song von Morrissey: echt, zeitlos und rührselig. Er ringt nach Luft, schluckt, röchelt. Tessa hebt das Becken, drückt es wieder auf seinen Mund. Sie steuert seinen Atem mit ihrer Möse. Ihre Geilheit wird zum Richter über sein Leben. Natürlich nicht wirklich, aber Tessa mag in Momenten wie diesen solch dramatische Gedanken. Für heute behält sie diese für sich – trotz ihres Pegels. Der zweite Orgasmus schießt direkt in den Schädel. Zirkulierendes Blut trommelt gegen die Schläfen.

Als sie fertig ist, rutscht sie wieder auf ihren Platz. Nicht nur der Kopf bereitet ihr Leiden. Die Muskeln ihrer Oberschenkel schmerzen und das Genick hätte diese geknickte Haltung an der Autodecke nicht länger durchgehalten. Marcs Gesicht glänzt. Er lächelt entrückt. Sie reicht ihm ein Taschentuch. Er nimmt es an sich, ohne es zu benutzen. Sie lotst ihn zu sich. Im Magen ein flaues Gefühl, das ansteigt. Ihr Plan, ihn mit in die Wohnung zu nehmen, verliert sich hinter der Konzentration darauf, sich während der Fahrt nicht übergeben zu müssen. Die Lichter der Stadt lassen ihre Sicht zerfließen. Milchige Neonlichter bohren sich in ihr Hirn. Schmerzhaft. Vor der Haustür angelangt, greift sie nach seinem Oberschenkel, will sich zusammenreißen, rechtfertigen. Seine Worte »Was machst du bloß mit mir …« erleichtern, denn anscheinend hat er nicht bemerkt, wie nahe sie sich bereits am Abgrund befindet.

»Erzähl mir davon!«, sagt sie mit letzter Kraft, tatsächlich ohne zu lallen.

»Ich weiß nicht … wie. Ich bin so durcheinander«, stammelt er.

»Dann schreib es mir.«

Sie steigt aus dem Wagen. Ihr Hüftschwung lässt zu wünschen übrig. Aber das ist Tessa jetzt egal. Sie will nur noch in ihr Bett.

*

Der Weg zum Bäcker kommt Tessa an diesem Morgen besonders lang vor. Halb neun, es war eine kurze Nacht. Sprühregen, bedeckter Himmel, feuchte Luft. Der Sommer hatte dieses Jahr noch nicht viel Mitleid. Das Sonne-Regen-Verhältnis war nicht einmal ausgeglichen. An Tagen wie diesen wird man erneut in sein Winterloch gerissen. Manchmal bereut sie, nicht direkt auf der Schönhauser Allee zu wohnen. Einfach aus der Tür fallen und die Croissants bereits riechen können. Doch es hat auch seine Vorteile, nicht mitten im Geschehen zu wohnen. Tessa schätzt an ihrer Straße, obwohl sie Berlin liebt, dass diese eben nicht an diese Stadt erinnert. Sie könnte genauso gut irgendwo in Hamburg oder in einer Kleinstadt sein. Erst wenn man um die Ecke biegt, die Straßengeräusche lauter und die Vogelgesänge leiser werden, erst dann verspürt man dieses unverwechselbare Berlin-Gefühl.

Berlin ist eine Insel – einmal dort gestrandet, kommt man nicht mehr weg. Das liegt daran, dass es immer anders ist. Man hört niemals auf zu entdecken. Langeweile kennt Berlin nicht. Viele Städte haben einen beständigen Charakter, Berlin dagegen hat Facetten, verschiedene Gesichter. Es ist launisch, wie Tessa selbst. Mal grau, dann strahlend bunt. Man liebt und hasst es gleichermaßen. Tessa war süchtig danach, von Beginn an. Sie fühlt einen kleinen behaglichen Stich, als sich die schief gelegte Hauptstraße vor ihren Augen auftut, wie eine andere Welt. Nur noch wenige Meter, vielleicht zweihundert, dann ist sie da. Kaffee wäre jetzt gut.

Die Brutalität ihres Katers nimmt mit den Jahren zu. Heute ist es ein dumpfer Schmerz, als hätte jemand nasse Watte in ihre Stirnhöhle verpflanzt. Ja, Kaffee ist sicher ein Anfang. Sie biegt auf die Hauptstraße. Gut, dass es bergab geht. Ein Blick in den Seitenspiegel eines geparkten Pkws zeigt dunkle Inseln unter den Augen, die sich landkartenähnlich zu den Wangenknochen ziehen. Das meiste davon Farbe, so hofft sie – gestern Nacht hatte sie sich samt Make-up schlafen gelegt. Mit ein paar groben Wischbewegungen verschwindet der Mascara von ihrer Wange, der Lipliner aus den Mundwinkeln. Sie hätte ruhig in den Spiegel schauen können, bevor sie das Haus verließ. Hoffentlich trifft sie niemanden, den sie kennt. Die kanarienvogelgelbe Tram schleppt sich die Prenzlauer Allee hinauf, hält an der Kreuzung, spuckt schlechtgelaunte Fahrgäste aus, fährt weiter. Bedauernswert blinzelt der Alex in der Ferne aus grauen Wolken hervor. Peter Fox spricht mir aus der Seele: »Guten Morgen, Berlin, du kannst so hässlich sein!«

Was war bloß los? Diese plötzliche Kopflosigkeit des gestrigen Abends. Marc hatte sich tapfer gehalten. Aber seine Neigung ist noch eine Nummer zu groß für ihn, vielleicht sogar ein paar Nummern. Alkohol und SM, eine ungesunde Kombination. Besonders beim ersten Treffen, für den ersten Eindruck. Diese Entgleisung war nicht geplant. Marc war nicht geplant. Marc. Er war so unheimlich schüchtern. Auch Scham kann souverän sein. Nicht aber in seinem Fall. Die Situation hat ihn gefangen genommen, eingesperrt. Zu sehr.

Mit der Verunsicherung eines Menschen für einen Abend zu spielen ist eine Sache, sich ihrer dauerhaft anzunehmen eine andere. Nichts, was sie sich wünscht. Tessa will leben, keinem Neuling Händchen halten. Marc ist gerade erst in der Entdeckerphase. Wie in ihren Anfängen, als SM noch ein Geheimnis war. Ihr alleiniges, wie sie vorerst dachte. Es war eine Anhäufung wertloser Selbsterkenntnis, tatenlos im Hinterkopf brodelnd. Doch Passivität passte nicht zu ihrem Leben. Sie wollte die andere werden, die andere sein. Es fehlten lediglich die Möglichkeiten. Ihr erstes Modem, damals war DSL noch Zukunftsmusik, war die Rettung. Die Zeit der schamhaften Erforschung, des Tapsens und des Flüsterns hinter vorgehaltenen Händen liegt für sie weit in der Vergangenheit. Sie hat ihre Antworten gefunden.

»Ich lasse mich nicht mit Anfängern ein.« Diese Aussage steht ganz oben in ihrem Profil. Gab es diese angeblich dominante Frau in Marcs Vergangenheit überhaupt? Vielleicht war er clever, hat seine Hausaufgaben gemacht. Profile lesen kann jeder, deren Texte für sich nutzen, nicht. Was aber nichts daran ändert, dass er ein Grünling bleibt.

Der Coffee to go schmeckt wässrig, das bröselige Croissant dagegen frisch.

»Wer saufen kann, kann auch arbeiten.« Wie sehr sie diese Sprüche gehasst hat, in ihrer Zeit als Angestellte. Gut, dass das vorbei ist. Das Tröpfeln hat sich in Platzregen verwandelt. Es duftet nach kaltem Stein. Der Pappbecher landet achtlos im Mülleimer unter einer Laterne. Wäre es nur ein paar Grad wärmer. Pitschnass kommt sie zu Hause an. Schnell raus aus der klammen Kleidung. Das neue Outfit fällt passend zum Wetter aus – schmuddelig. Eine blaue Wohlfühlhose, dazu ein Kapuzenpullover, der seine besten Tage lange hinter sich hat. Die Haare werden bloß angefönt und grob gekämmt. Wenn Marc sie so sähe ... Das Geräusch des Rechners beim Hochfahren mischt sich schmerzhaft zwischen die matschigen Wattebausche in der Stirn. Tessa knurrt. Es ist neun Uhr. Normaler Arbeitsbeginn. Ihrer Selbstständigkeit sei gedankt – sie muss vor niemandem Rechenschaft ablegen über ihr verlottertes Aussehen oder den absonderlichen Musikgeschmack. Kein Kundenberater sitzt mit dem Finger auf die Uhr tippend vor ihr, um ihr die Kreativität abzuwürgen. Inspiration funktioniert nicht unter Druck. Es sei denn, man macht ihn sich selbst, aber das ist dann halt Motivation.

Wie immer ist Tessas Mailaccount mit Spam zugemüllt. Wie solch ein Spamfilter funktioniert und weshalb ausgerechnet immer die Penisverlängerungen durchrutschen, bleibt ein Rätsel. Nachdem die letzte unangemessene Mail dem Mülleimer zugeordnet ist, macht sie sich an die Angelegenheiten der Kunden. Feedback, Änderungswünsche, andere wirklichkeitsferne Anliegen. Es ist immer dasselbe. Unkomplizierte

Kunden hat sie eher selten erlebt. Kunden sind zumindest einschätzbar kompliziert – Gefühlsangelegenheiten leider nicht.

Im Nachhinein ist alles undurchsichtiger. Sie dachte, die Sache im Griff zu haben. Ihn. Sich. Wie konnte ihre Lust derart entgleiten? Sie sollte ihn nicht wiedersehen. So viele Dinge trennen sie. Ein ungleiches Paar. Der brave Marc, an seine Fantasien geklammert, die er dennoch fürchtet. Tessa fühlt sich verlebt, innerlich, nicht äußerlich, auch wenn der Spiegel heute anderes behauptet. Sie ist übersättigt vom vielen Denken. Vom Suchen, Finden, wieder Suchen, manchmal auch Gefundenwerden. In Sachen Liebe hat sie jene Zuversicht verloren, die Menschen leichtfertig, aber auch glücklich macht. Da ist sie sicher.

Ob er schon geschrieben hat? Wie ferngesteuert tippen ihre Finger das Passwort ein. Die Mail kam noch gestern Nacht. Ihre schmerzenden Augen wandern über die Zeilen, viel Gefühlssumpf, wenig Boden. »Mit Rehaugen vergewaltigt«, fast lächelt sie. Wie »ein Ballon, der nicht platzen darf« hat er sich gefühlt. Das ist zärtlich. »Du hast mich behandelt, wie Männer es mit Mädchen tun …« Ja das stimmt. Lachend liest sie weiter, um bei der nächsten Zeile zu stocken: »… und bist dabei zauberhaft unbeschwert gewesen.« Unbeschwert? Hatte er wirklich hingesehen, verstanden, was mit ihm geschah, trotz der vielen Eindrücke?

Nach einem erneuten Lesen resigniert sie. Unsinn, im Grunde sind die Worte austauschbar. Ein Text wie jeder andere. Er hat nur gesehen, was er sehen wollte: eine Frau, die ihm geben kann, was er sucht. Tessa traut ihrer Menschenkenntnis. Anfängeraugen sind blind, insbesondere nach einem solchen Ausflug an die Ränder der Wirklichkeit. Mehr ist es nicht gewesen, eben nur ein Abend. Tessa möchte leben, handeln, nicht begründen. Außerdem: private Nachrichten erst nach 17 Uhr. Das war immer so. Das war's. Ein Klick, adieu.

## 4. Kapitel

# *Süßsaure Gefälligkeiten*

Es sollte nur ein Nickerchen werden. Ein Schläfchen zwischendurch – Blitzschlaf. Tessa hat im Wartezimmer ihres Zahnarztes darüber gelesen. Man genehmigt seinem Körper einen kurzen, tiefen Schlaf, um dann bei der nächsten Halbwachphase topfit zu erwachen. Wie ein Rechner, den man runterfährt, damit er wieder funktionstüchtig ist. Wie das geht, hat ihr allerdings niemand verraten. Eines weiß sie aus eigener Erfahrung. Nachmittags zu schlafen macht nicht ansatzweise fit. Irgendwas war doch heute. Was war es nur? Der Schädel dröhnt, leises Pfeifen auf den Ohren. Hypochondrisch fällt der Verdacht ohne zu zögern auf Tinnitus, mindestens. Verdammte Antriebslosigkeit. Sie schleppt sich unter die Dusche – nicht zu warm, das machte der Kreislauf nicht mit, aber auch nicht zu kalt. Danach geht es schon besser. Der kleine Appetit, den sie eben noch verspürte, vergeht augenblicklich, als sie die Geschirrtürme in der Küche begutachtet. Heute wird also nicht mehr gekocht. Sie müsste unbedingt mal…

Plötzlich fällt es ihr wieder ein. Jan! Heute ist Mittwoch. Jan wollte heute kommen. Die Adresse, sie hat vergessen, ihm die Adresse zu schicken. Ja klar, Marc ist schuld. Er hat sie abgelenkt. Tessa ist durcheinander. Bis gestern war da noch dieses warme Gefühl, wenn sie an Jan dachte, so heimelig. Seit letzter Nacht ist alles ungeordnet. Sie ist gerade nicht in der Lage, eine würdevolle dominante Dame zu sein. In ihrer Wohlfühlhose, dem Schlabberlook, dem frisurbefreiten Haar.

Sie greift nach ihrem Handy, wählt Jans Nummer. Als sie in den Spiegel schaut, erwischt sie sich selbst beim Denken. »Zieh die Stirn nicht so kraus«, würde Gela jetzt sagen. Sie fährt sich durchs Haar. Es geht schon besser. Sie sieht doch gar nicht so schlimm aus. Ein bisschen Puder, etwas Mascara, womöglich ein anderes Outfit. Dann kann er kommen. Jan wird sie in den nächsten Wochen öfter in diesem Look bewundern dürfen. Soll er ruhig von Anfang an mit der Wirklichkeit konfrontiert werden. Oder nicht?

Sie schaut auf ihr Handy. Es ist ausgeschaltet, war den ganzen verflixten Tag ausgeschaltet. Das ist katastrophal, Kunden hätten anrufen können. Sie flucht, schaltet es ein. Die Pin sitzt tief in ihrem Gedächtnis. Trotzdem fiele sie ihr nicht mehr ein, ohne Mobiltelefon vor Augen. Vier Ziffern, flink getippt. »Verdammt, mach schon!« Die Begrüßungsmelodie von T-Mobile stellt die Nerven auf die Probe. Dann endlich, die Anzeige. Neun Anrufe. Sieben davon gehen auf Jans Konto, klar. Zwei weitere von Gela. Keine Kunden? Keine Kunden! Sie wählt Jans Nummer. Nach dem zweiten Klingeln hört sie eine Stimme.

»Ja?«

»Ich bin's, Tessa.«

»Ja, ich weiß, hallo.«

Jan klingt erwartungsvoll, hält sich aber zurück. Das schätzt Tessa, zeigt ihr, dass er ihre Entscheidung seinen Wünschen vorzieht. Das ist schön, nimmt ihr den Druck.

»Möchtest du noch kommen?«

Er atmet auf. »Ja, natürlich.«

»Ich schicke dir meine Adresse gleich per SMS. Ich erwarte dich morgen, pünktlich um sechs bei mir.«

Über die Tatsache, dass die Anreise bereits heute stattfinden sollte, schweigt sie sich schelmisch aus. Schusseligkeit muss nicht immer erwähnt werden. Das führte nur zu lästigen Erklärungsversuchen, die wiederum ihre Geradlinigkeit in Frage stellten. Viel nützlicher ist es, Jan auf ihre Willkür spekulieren zu lassen. So ist seine Grundhaltung bei der Anreise entsprechend demütig. Tessa spürt langsam wieder ihren Spieltrieb. Kitzelige Gedanken vertreiben die Schwermut. Jan kann kommen. Vorher will sie sich noch etwas Ruhe gönnen, ein wenig fantasieren, Ideen für seinen Empfang aushecken. Die versäumte Arbeit wird morgen nachgeholt. Es hat den Anschein, dass die Kunden gnädig sind. Kaum Mailverkehr, kein Anruf. Das Leben meint es also doch gut mit Tessa. Seelenknick ade, der Blues klingt ab.

*

Oh süßer Wankelmut. Sie konnte nicht anders, hat sich mal wieder hinreißen lassen. Das Kleid trägt Tessa sonst nur abends zum Ausgehen, Lippenrot sowieso. Ganz zu schweigen von den Schuhen. Auf dem Dielenboden gilt normalerweise High-Heels-Verbot. Jedoch die Vorfreude ist stärker, hat Tessa in Besitz genommen, und sie genießt diesen Zustand. Verlottert war gestern. Heute ist ein anderer Tag. Es ist kurz vor sechs. Pünktlich um fünf hat sie ihrem Rechner erlaubt runterzufahren, sich dann einem ausgiebigen Beautyprogramm hingegeben. Sie verströmt einen Wohlgeruch bis zu den Haarspitzen. Die Küche ist nach wie vor in einem unzumutbaren Zustand. Unzumutbar allerdings nur, wenn Tessa gewöhnlichen Besuch erwartete …

Es klingelt. 17.56 Uhr.

Zu früh zu kommen ist unduldbar, vielleicht sogar noch eine Idee schlimmer als zu spät. Eine Verspätung gibt einem fast immer genau die Zeit, um ein letztes Detail seines Aussehens zu verbessern, das sonst erst später nach Ankunft des Besuchers ins Auge fiele. Wie zum Beispiel ein eingerissener Nagel oder ein lästiges Haar am Knie, das der Epilierer verschmäht hat. Natürlich bleibt dem Unpünktlichen eine Predigt über sein Verhältnis zu Zeit und Respekt deshalb nicht erspart. Dass Tessa selbst häufiger mal auf sich warten lässt, sei hier mal außer Acht gelassen. Ein verfrühter Besuch hingegen ist aufdringlich, lässt auf einen ungeduldigen Charakter schließen. Oder aber auf einen Spieler, einen wagemutigen Provokateur.

Jan weiß um ihre Regeln in Sachen Zeit. Diese hat sie ihm ausführlich in einer Mail verdeutlicht, unter anderem. Es macht Spaß, Regeln aufzustellen, die eigentlich unnütz sind, wären sie in diesem Kontext nicht so hocherotisch. Im alltäglichen Leben sind Regeln eher lästig, halten auf, erschweren vieles. Tessa verschwendet kaum Gedanken an Pünktlichkeit, Ordnung oder dergleichen. Doch beim Spielen ist all das auf einmal bedeutsam und anregend. Auch für Jan.

Tessa führt den Hörer der Gegensprechanlage an ihr Ohr.

»Ich bin sicher, dass du im Besitz einer Uhr bist, oder?«

Spitzbübisch tönt es zurück: »Bin ich etwa zu spät?«

Tessa muss grinsen. Jan eröffnet also tatsächlich das Spiel. Er missachtet Tessas Grundsätze. Hoch gepokert...

»Komm mal hoch, Herr Doktor, mal sehen, ob du dann noch immer so wagemutig bist.«

Sie betätigt den Knopf der Gegensprechanlage. Man hört es unten im Hausflur summen. Klack, ist die Tür geöffnet, klack, wieder geschlossen. Schnelle Schritte, ein anderes Geräusch, ein Schleifgeräusch. Jan schleppt eine riesige und für sein sonst so sorgfältig ausgerichtetes Leben ziemlich unpraktische Reisetasche die Stufen herauf.

Tessa steht spottend an der Tür, beobachtet ihren putzigen Besucher. Ächzen, demonstrativ bei jeder dritten Stufe. Er weiß genau, wie er gerade auf Tessa wirken muss. Niemals war es so aufregend, Gepäck zu schleppen.

Manchmal lässt eine Stimmung auf sich warten. Wie auch bei der Playparty in Hannover während der ersten Stunde. Die Erwartungspranke schlägt zu, verdrängt die Spontaneität. Heute aber ist jene Erwartung eine Stärke, auf beiden Seiten gleichermaßen existent – voller Dynamik. Keiner wird heute enttäuscht. Jans Blick spricht Bände, als er endlich keuchend vor ihr steht. Doch dies schreckt Tessa nicht. Sie ist ebenso angefüllt mit Ungeduld, ebenso bereit. Ihr Atmen ist rastlos, flach. Augenkontakt, Bereitschaft. Tessa hat nicht vor zu beginnen. Diese bewusste Ebene zu verlassen, zöge eine unkontrollierte Handlungsabfolge nach sich. Noch nicht! Kommt Zeit, kommt Ausbruch. Eine absichtlich aufrechterhaltene Distanz kostet herrlich qualvolle Selbstbeherrschung. Aber es lohnt sich. Das Herz schlägt den Beteiligten bis zum Hals. Kühl, fast sachlich bittet sie ihn herein. Ihr Kopf ist voll von wirren Bildern, ihr Magen aufgewühlt. Es geht einzig und allein darum, dies nicht zu zeigen. Jan versucht, ebenso cool zu reagieren. Er tritt ein. Die monströse Tasche stellt er im Arbeitszimmer neben dem Schreibtisch ab. Keine Worte, keine Erklärungen, die womöglich zu Missdeutungen führen. Beide wissen, worum es geht.

»Schöne Wohnung«, sagt Jan, während er Tessas Hand zu seinen Lippen führt. Die Mundwinkel geben ihrem Gefühl nach, ziehen sich nach oben. Sie deutet auf eine ausklappbare Matratze gegenüber dem Schreibtisch.

»Dort wirst du schlafen. Tagsüber möchte ich dich nicht hier im Arbeitszimmer haben. Da bist du für die Wohnung verantwortlich. Erst nach Feierabend wird dieser Raum zu deinem Rückzugsort. Vorher bist du im Dienst. Du hältst die Wohnung sauber, sorgst für drei Mahlzeiten am Tag und zwischendurch für Kaffee. Tu niemals etwas außerhalb deines Dienstplanes, ohne dass du dazu aufgefordert wirst!«

Die erste Aufregung ist verflogen. Vielleicht auch versteckt hinter der herrschaftlichen Mauer, errichtet auf Jans vorzüglicher Folgsamkeit. Jan ist dem Schnurren nahe. Nie war Tessa so schön, niemals so leuchtend.

»Wo darf ich meine Arbeit beginnen?«, fragt er, kann sich trotz devoter Stimme das Grinsen nicht verkneifen. Kein aufsässiges Grinsen. Es fällt schwer, die angestaute Freude zu verbergen. Tessa kichert. Unbefangenheit mischt sich in ihr Spiel, hellt die Stimmung auf. Sie führt ihn in die Küche, zu den wartenden Geschirrbergen. Demütigungsberge. Jan muss sich ausziehen, nackt. Gerade will Tessa ihm eine Schürze umbinden, da fällt ihr ein:

»Hast du an deine Schützenvereinsjacke gedacht?«

»Natürlich«, sagt Jan, versucht dabei motiviert zu klingen. »Soll ich sie holen?«

Energisch schüttelt sie mit dem Kopf.

»Damit sie gleich dreckig wird? Das könnte dir so passen. Die wirst du tragen, wenn ich es dir sage, sonst trägst du diese hier!« Sie schwenkt eine Schürze vor Jans Nase hin und her. Erst jetzt bemerkt er, dass diese pink ist. Seinen Unmut behält er für sich, bemüht um eine aufrechte Haltung. Er hat sich ihren Hinweis auf der Party, was seine Körperhaltung angeht, zu Herzen genommen. Sie legt die Nackenschlaufe um seinen Hals, bindet eine flotte Schleife auf dem Steiß. Noch ein gefälliger Klaps auf sein Hinterteil und schon beginnt Jans Reise ins schmutzige Wunderland Tessas. Eine Weile bleibt sie noch im Türrahmen stehen, beobachtet nervöse Hände ihre Arbeit verrichten. Es ist ein merkwürdiges Gefühl, sein Chaos einfach so in fremde Hände zu geben. Intimer, viel persönlicher als angenommen. Während Jan sich auf intime Weise, fast nackt, mit ulkiger Schürze, Tessas persönlichem Durcheinander nähert, geht Tessa ins Arbeitszimmer. Noch mehr Nähe erträgt sie gerade wirklich nicht. Sie wird sich daran gewöhnen müssen, wohl oder übel. Der Spiegel im Flur zeigt das Bild einer schönen Frau. Sie sollte sich öfter zurechtmachen, auch ohne Anlass. Am Schreibtisch lässt sie die Schuhe von den Füßen plumpsen. Der Rechner wird hochgefahren, Tessa fährt runter. SM dominiert als Startseite. Bei Gelegenheit sollte sie das unbedingt ändern. Sie loggt sich ein. In der Küche klappert eifrig das Geschirr. Ihr Mailaccount quillt über.

Toyboy schreibt:

*Liebe Tessa,*
*ich frage mich, wie ich deine Zurückhaltung deuten soll. Der Abend mit dir war wunderbar. Ich muss dich wiedersehen! Wann? Ich kann dich noch immer schmecken.*
*Dein Marc*

Heiße Wangen, kritischer Blick. Herz und Kopf wollen mal wieder in unterschiedliche Richtungen. Wenngleich seine Mail herrlich kribbelt, stoßen ihr ein paar Dinge unangenehm auf. Marc ist fordernd. Er »muss« sie wiedersehen? Der Trieb macht ihn forsch. Sie wird nicht antworten. Egal was sie jetzt schriebe, es entspräche nicht der vollen Wahrheit. Zu heucheln, dass sie den Abend als ebenso makellos empfunden hat, wäre unehrlich. Aber ihm den Laufpass geben? Das bringt sie nicht übers Herz. Ihr Herz? Sollte es tatsächlich seit Langem mal wieder zu ihr sprechen? Vielleicht sollte sie Marc die Wahrheit sagen. Ihm sagen, dass sie eine verdammte Angst vor dem hat, was zwischen ihnen sein könnte. Panik davor, nicht geduldig genug mit einem Anfänger zu sein, ihm womöglich einen Knacks fürs Leben zu verpassen, infolgedessen auch sich selbst. Doch letztlich käme sie sich lächerlich vor, ihm nach nur einem Abend all ihre Ängste zu kredenzen. Wie eine verkorkste Endvierzigerin, bereits drei Ehen hinter sich, einige Kinder. Zu viel Hüftgold, zu wenig Kohle. Mit hängenden Brüsten und schweren Augenlidern. Aber das ist sie ja nicht. Zum Glück! Mit 29 hat sie noch ein bisschen Zeit bis zur endgültigen Verkorksung. Außerdem sind ihre Brüste großartig, ihre Augen strahlend wie eh und je. Tessa seufzt tief, schaut auf Marcs Zeilen. Ja, auch sie hat sein Aroma nicht vergessen – Wuschelkopfnote mit Ananas. Hach.

*

Die Küche war bisher immer ein Ort, den sie mied. Meistens um sich vor dem Abwasch zu drücken, dreckiges Geschirr von vornherein zu vermeiden oder um den Rechnungen von T-Mobile zu entgehen. Diese finden nach dem Briefkasten einen neuen Platz auf dem Küchentisch, bevor sie ein paar Wochen später in einem Ordner landen – natürlich erst wenn sie nicht mehr ganz so schmerzen. Seit Jan da ist, verbringt sie viel Zeit an ihrem Küchentisch. Sogar ihren Ordner hat sie mitgebracht, den mit den gesammelten Rechnungen. Dort sitzt sie friedlich lächelnd, vor sich hin sortierend. Jan kriecht derweil auf dem glänzenden Boden umher. Nackt. Die Schürze war Tessa auf Dauer lästig. Ihr fiel auf, dass der gute Doktor Schmidt seine Sache viel hingebungsvoller verfolgte, sobald er sich sämtlicher Kleidung entledigte. Mit einer Zahnbürste darf er heute die letzten Schmutzreste aus den Ecken entfernen.

Bereits nach dem ersten Tag ist sie zufrieden gewesen. Die Küche ist sauberer denn je. Diese Feststellung bleibt vorsichtshalber unerwähnt. Jan könnte mit einem Lob so oder so nichts anfangen. Selbst wenn er Freude über diese frühe Anerkennung empfände, so lechzte ein anderer Teil in ihm bereits nach einer neuen Aufgabe. Tessa hebt sich ihr Lob für einen wirklichen Überwindungsakt auf. Das bisschen Haushalt ist nicht der Rede wert. Nachdem sie die Sortierungsarbeiten abgeschlossen hat, will sie ihr erstes Wochenende in Gesellschaft genießen. Es hat schon was, morgens aufzuwachen, frischer Kaffeeduft säuselt durch die Wohnung, im Flur wird man stillschweigend empfangen. Natürlich mit gesenktem Blick. Bevor Tessa sich nach dem Aufstehen nicht ausreichend restauriert hat, ist Augenkontakt strengstens verboten. Diesen Befehl hat sie etwas anders verpackt, ihn als stille Aufgabe für die Morgenstunden getarnt. Jan hat vollstes Verständnis für Tessas Übellaunigkeit in der Früh, nimmt Rücksicht, wartet geduldig darauf, dass sie endlich das Wort an ihn richtet. Denn erst dann ist es ihm erlaubt zu sprechen.

Dass er ab und zu schummelt, weiß Tessa nicht. Auch nicht, dass er seine Herrin ganz bezaubernd findet, ungeschminkt, mit zerzaustem Haar. Heute am zweiten gemeinsamen Morgen hält Tessa ihn lange hin. Sie hat bereits ihre dritte Tasse Kaffee getrunken, sich ihre Portion Obst im Schneckentempo einverleibt. Vor sich hin ordnend, schweigt sie nun schon eine Weile, während Jan, wie am Vorabend besprochen, mit der Zahnbürste die Küche poliert. Außer dem typischen Zahnputzgeräusch und ab und an einem kleinen Seufzer nichts als Stille. Jan startet einen wagemutigen Versuch, auf sich aufmerksam zu machen. Mit der Bürste schrubbt er sich unauffällig bis zu Tessas Füßen vor. Das eine Bein über das andere geschlagen, schwebt ihr linker Fuß auf Jans Augenhöhe. Trotz der sofortigen Verzückung über ihren Fuß behält Jan sein Ziel vor Augen. Schon jetzt muss er sich das Lachen verkneifen. Denn gleich wird er Tessa über den Fußrücken schlecken.

Ob es eine Strafe geben wird, steht außer Frage. Wie diese jedoch ausfällt, kann niemand abschätzen. Nicht einmal Tessa, unterbräche man sie in ihrem Tun, könnte mit Bestimmtheit sagen, dass Provokationen immer eine schmerzhafte Bestrafung zur Folge haben müssen. Eine weitaus qualvollere Strafe wäre die Isolation. Sie könnte ihn in den Keller sperren. Zwischendurch mit Wasser und Brot versorgen, wenn überhaupt. Jan findet diese Vorstellung atemberaubend. Bereits der Gedanke daran lässt ihn vor Erregung fast platzen.

»Herr Doktor? Könnte ich mal erfahren, was das werden soll?«

Ihre Stimme klingt belustigt. Sofort zuckt er zusammen. Erwischt! Mist! Sein Plan ging dennoch auf. Sie redet. Kein Lecken, dafür Sprechen. Ziel erreicht!

Wie an einem Henkel zieht sie ihn am Ohrläppchen zu sich herauf. Seine Ohren sind knallrot, als er mit aufrechtem Oberkörper vor ihr kniet. Zerstreutes Knabbern an der Unterlippe.

»Bist du schon fertig mit den Ecken?«, prüft sie seine Aufrichtigkeit.

»Wenn ich Nein sage, sperrst du mich dann in den Keller?«

Verwundert runzelt sie die Stirn.

»Was willst du denn in meinem Keller?«

Die Färbung seiner Ohren hat sich inzwischen bis zu seinen Wangen durchgesetzt.

»Ich will ja gar nicht«, sagt er kleinlaut.

Tessa lacht. Jan versucht, sie zu manipulieren, wie goldig. Leider trifft er damit nicht im Geringsten ihre Neugier. Einen Sub im Keller zu halten zählt nicht zu den Dingen, die sie schon immer mal tun wollte.

»Und was hätte ich davon, dich in meinem Keller wohnen zu lassen?«

Er zuckt mit den Achseln.

»Das Gefühl, jemandem die Freiheit zu nehmen. Macht zu haben?«

»War das eine Frage?«

»Ähm ... na ja ... eher ’ne Mischung aus Frage und Feststellung.«

Sie klappt den Deckel ihres Ordners auf, wieder zu.

»Meine Nachbarn wären sicher sehr begeistert, mein Keller ist nämlich bloß durch ein Metallgitter verschlossen.«

Jan träumt vor sich hin.

»Hallo?«

Er zuckt kurz, lächelt selig. Sie schiebt ihn zur Seite, steht auf. Genug phantasiert.

»Zieh deine Vereinsjacke an!«

Zögerlich steht er auf. Viel zu langsam, als sei er nicht überzeugt, dass dies gerade wirklich geschieht. Tessa fasst ihm ins Genick, drängt ihn nach vorn. Es ergibt keinen Sinn zu grübeln, was nun folgen wird. Es wird so oder so passieren. Ein träger Körper setzt sich in Bewegung. Die antrainierte Pose ist futsch. Es bleiben 1,90 Meter verkrampftes Männerfleisch. Was für ein Jammer. Geduckt befolgt er die Anweisung, zwängt sich in die enge Vereinsjacke. Seine langen Arme ragen ab dem Ellenbogen aus dem grünen Stoff. Überhaupt geht ihm die Jacke bloß bis zum Bauchnabel. Begeistert schlägt sie die Hände zusammen. Diese Jacke könnte nicht schlimmer aussehen.

»Sie unterstreicht deine Unbeholfenheit ganz hervorragend«, gluckst sie hinterhältig.

Verhängnisvolle Scham. Jan kämpft gegen eine Erektion. Wie immer geht er als Verlierer hervor. Tessa zückt ihre Kamera. Panisch schnappt Jan sich ein Kleidungsstück, bedeckt seine 14,5 Zentimeter.

»Weg damit!«, befiehlt sie.

»Nein!«, antwortet Jan entschlossen.

»Oh doch!«

Es ist immer wieder erstaunlich, wie schnell eine Situation umschlägt. Besonders interessant sein Mienenspiel. Er meint es ernst, darin besteht kein Zweifel. Das macht die Sache interessant. Konfliktfokussierung. Tessa mag das. Jan eigentlich auch. Er weiß es nur noch nicht. Sie hängt sich die Canon um den Hals, geht auf ihn zu. Verschränkte Arme werden entknotet, erigierte Körperteile belächelt. Eine ruhige Stimme löst den verspannten Nacken.

»Das wird ein großartiges Foto, glaub mir. Stell dich mal an diese Wand.«

Er gehorcht, stellt sich mit gesenktem Haupt vor die weiße Tapete. Tessa outet sich als Liebhaber dieser Pose. Es ist genau richtig für das Bild in ihrem Kopf. Sie nimmt seinen rechten Arm, positioniert ihn an der Wand. Die andere Hand soll er vors Gesicht halten. Großartig, trotz Raufaser und Steckdose. Das nächste Bild soll lockerer werden, soll die Anmutung eines Modefotos bekommen. Die Kunst besteht darin, die grässliche Jacke so zu präsentieren, dass der Träger umwerfend darin aussieht. Hohe Ansprüche an ein genantes Modell.

»Dein Blick muss die Linse durchbohren. Du siehst geil aus in deiner Vereinsjacke und das weißt du auch. Frauen wie auch Männer liegen dir zu Füßen. Du bist purer Sex.«

Tessa parodiert gern den Klischeefotografen. Gefangen in der Ernsthaftigkeit seiner Vision. Besessen davon, den einen Moment einzufangen. Das schafft ein gelockertes Verhältnis zum Motiv. Die Anspannung fällt ab. Langsam dämmert es ihm, es geht nicht mehr um Erniedrigung. Er soll ein besseres Gefühl zu seinem Körper entwickeln. Was Tessa davon hat?

Jede Menge Spaß, einen selbstbewussten Sub an ihrer Seite, bestenfalls ein gutes Bild. Jan martert sich, aber der Wille ist da. Kaum käme er auf den Gedanken, ein cooler Frauentyp zu sein. Bloß ab und zu erwischt er sich dabei. Meistens wenn er vor dem Spiegel masturbiert. Das kommt selten vor, aber wenn, dann ist er der James Bond der Onanie. Pussy Galore im Visier, die geladene Waffe in der Hand – geschüttelt, nicht gerührt, oh ja. Jans Flirtversuch mit der Kamera bleibt nicht unbeobachtet. Ein aufmerksames linkes Auge verfolgt seine Verwandlung. Randbemerkungen sorgen weiterhin für Ansporn.

»Bisher würde ich die Jacke nicht kaufen. Vielleicht ein paar naive Teenager, aber eine richtige Frau überzeugst du damit nicht. Da geht noch mehr, komm schon.«

Das hat gesessen. Dr. Schmidt gibt alles, verblüfft mit gekonntem Poserblick. Sicher, er ist kein Sean Connery, erst recht kein Daniel Craig. Aber für eine Rolle als Clark Kent eventuell geeignet. Verkappte Superhelden sind sowieso liebenswerter als blasierte Agenten. Ein finales Bild. Tessa ist zufrieden.

*

Inzwischen ist es fast ein Automatismus, Marcs Mails wegzuklicken, zu ignorieren. Tessa löscht sie nicht, aber zum Lesen ist sie dennoch nicht in der Lage. Inzwischen sind es vier, nein fünf. Eine könnte man ja mal lesen. Vielleicht die letzte, die anderen sind ja gar nicht mehr aktuell. Seine Worte, wie immer angenehm devot, schmeichelhaft, auf subtile Art auch unverschämt. Die zweite Mail, die dritte, die beiden letzten. Marc gibt nicht auf. Er ignoriert die Tatsache der ausbleibenden Antwort, ohne verzweifelt zu wirken. Ihr Date liegt über eine Woche zurück. Fast hätte sie sein Gesicht vergessen. Jan zerstreut ihr Kurzzeitgedächtnis äußerst erfolgreich. Nun aber rekonstruiert jede Mail ein Stückchen mehr von jenem Abend. Bis er schließlich in voller Größe wieder vor ihr steht, neben ihr sitzt, unter ihr liegt. Toyboy, ein schrecklicher Nickname. Seit sie ihn kennt, irgendwie sexy.

Gela lenkt Tessas Gedanken wieder um. Sie sendet einen Link. Tessa klickt, landet auf einem Foto. Gela geknebelt, mit aufgerissenen Augen. Ja, das ist ihre kleine Dramaqueen. Unter dem Link kündigt Gela ihren baldigen Besuch an. In wenigen Wochen. Dann soll es auf eine Party gehen. Schön. Marc rutscht in den Hintergrund, nicht genug, um wieder ganz klar zu denken, doch ausreichend, um sich der Arbeit zu widmen. Nein, sie wird nicht antworten. Sicherlich werden die Abstände zwischen seinen Nachrichten irgendwann länger, bis sie schließlich ganz ausbleiben. Alles eine Frage der Ausdauer.

Jan bringt schwarzen Tee und frisch gebackene Schokoplätzchen. Die erste Woche hat er heil überstanden. Er macht sich gut als Hausdiener. Ein hervorragender Koch ist er auch. Gestern Abend entpuppte er sich zusätzlich als guter Zuhörer. Bis halb eins haben sie auf dem Balkon gesessen. Zu Wein und Käse über das Leben philosophiert. Tessa hat auch Marc erwähnt. Beiläufig zwar, aber Jan hat mitbekommen, dass mehr dahintersteckt. Er hat zugehört, nicht viel gesagt. Die wenigen Worte taten dennoch gut. Später löste der Wein Jans Zunge ein wenig. Ob er Fantasien habe, die ihm gleichzeitig Angst machten, wollte Tessa wissen. Trotz des Weins bekam sie nichts aus ihm heraus. Jan versprach, ihr bei Gelegenheit mehr zu erzählen. In sich gehen müsse er, einen Plan entwickeln. Tessa grinste in sich hinein.

»Alles in Ordnung?«, fragt er, während er den Zucker in der dunklen Flüssigkeit verrührt.

»Ja.«

Beide wissen, dass dies nur zum Teil der Wahrheit entspricht. Sie streicht Jan über den Kopf, drängt ihn sanft auf die Knie. Er legt den Kopf in ihren Schoß, lässt sich kraulen. Genüsslich beißt Tessa in einen der warmen Kekse. Es duftet köstlich. Die Schokolade zerfließt augenblicklich im Mund.

»Hmmm, ist das fies! So was von lecker«, gibt sie schmatzend von sich, schiebt auch Jan ein Stück in den Mund.

»Schön«, sagt Jan. »Ich bin froh, dass du zufrieden bist. Ich hatte erst ein bisschen Bedenken, dass du so etwas wie Zufriedenheit gar nicht empfinden kannst. Dass man, egal wie sehr man sich bemüht, bloß auf neue Hindernisse stößt.«

Tessa nimmt einen Schluck Tee, verbrüht sich fast den Mund.

»Solch einen Eindruck vermittle ich?«, fragt sie nachdenklich nippend.

»Na ja, du bist zu Anfang ziemlich unterkühlt. Das ist anziehend, aber irgendwie auch schade. Zumindest wenn man, wie ich, nicht bloß an dir als Domse interessiert ist.«

Tessa verabscheut den Begriff »Domse« aus dem Mund ihres Subs. Gebrauchen tut sie ihn selbst. Doch niemals in Bezug auf sich. Sie unterbricht Jan trotzdem nicht. Es gefällt ihr, wie er aus sich herausgeht.

»Jedenfalls bin ich froh, dass ich mich geirrt habe«, fügt er hinzu.

»Na was für ein Glück.«

Sie lenkt ab von Gedanken, die sich unverhofft aufdrängen. Marc. Ob sie auf ihn ebenso wirkt? Es ist gemein, ihn einfach verhungern zu lassen. Sie sollte ihm antworten, ihm sagen, dass es kein Wiedersehen geben wird. Vielleicht wird er dann feststellen, dass er sich in ihr geirrt hat. Dann ist endlich Ruhe, eine Entscheidung getroffen.

Tessa hebt Jans Kopf von ihrem Schoß. Lexi hat sich für nächste Woche angekündigt. Sie möchte die Bilder abholen. Tessa möchte bis dahin alles vorbereiten.

»Darf ich eine Weile zu deinen Füßen unterm Schreibtisch sitzen?«, fragt Jan.

»Ja«, sagt Tessa, in berauscht dreinblickende Augen schauend. Jan krabbelt unter den Schreibtisch. Die Hausschuhe – grundsätzlich während der Arbeit unterm Tisch – werden zärtlich zur Seite gestellt. Ein großer Körper rollt sich bemüht geräuschlos um ziemlich kleine Füße.

*

Zwangsläufig beginnt Tessas Morgen mit einem Klistier. Ein kleines Fläschchen steht deplatziert auf dem Küchentisch. Gleich daneben der eigentliche Grund, weshalb sie die Küche betritt – Kaffee.

»Ähm, ich bin sicher, es gibt einen guten Grund für das da, neben dem Kaffee. Möchtest du mir den Appetit verderben?«

Die Frage geht an Jan, der mit stark durchbluteten Wangen am Küchentresen lehnt.

»Du hast mir doch gesagt…« Pause. »…dass ich über meine heimlichen Wünsche sprechen soll, die mir gleichzeitig am meisten Angst einjagen.«

Natürlich erinnert sie sich. Kurz flammt der Gedanke auf, ihn besser nie dazu ermutigt zu haben. Noch vor der Nahrungsaufnahme über Verdauung sprechen zu müssen, widerstrebt ihr. Sie reißt sich zusammen, bewahrt die Fassung.

»Ja … und weshalb tust du das dann nicht, sondern stellst ein Klistier auf den Esstisch?«

»Ich wusste nicht wie, deshalb habe ich dieses … Ding besorgt.«

Tessa ist noch müde, zu müde.

»Ich würde jetzt gern frühstücken.«

Erleichterung. Peinlich, peinlich. Der Tisch wird gedeckt, das Klistier unauffällig entfernt. Tessas Brötchen bekommt eine Scheibe Käse verpasst, Jan eine Einladung, sich zu ihr zu setzen. Noch immer verunsichert, lässt er sich nieder, nestelt umständlich am Marmeladenglas. Die Brötchen bleiben unangerührt.

»Möchtest du Brot zu deiner Marmelade?« Ein fieses Lächeln. Sie hält ihm gönnerhaft den Brotkorb hin. Trockenes Schlucken ersetzt seine Antwort. Mit zittriger Hand fischt er ein Brötchen heraus.

»Soso…« Langsam wird Tessa wach. »Du möchtest also einen Einlauf bekommen?«

Vor Schreck lässt Jan beinahe sein Messer fallen.

»Nicht direkt«, antwortet er.

»Ach? Was wolltest du mir denn sonst mit diesem Gerät mitteilen?«

»Ich dachte nur, dass wenn du so Spiele mit mir machst, dass ich dann sauber sein sollte. Also, das war eher symbolisch gedacht.«

»So Spiele?«

»Na ja, Spiele…« Pause. »Wo du mir was reinsteckst?«

Tessa hebt eine Braue, beißt in ihr Brötchen. Dann sagt sie kauend:

»Wo genau möchte Herr Doktor denn etwas reingesteckt bekommen?«

Jan schluckt noch mal trocken, nimmt den Eierbecher in die Hand, dreht ihn um, stellt ihn wieder hin. Seine Zunge klebt am Gaumen.

»Na in den … Po?«, bringt er doch noch hervor. Leise. Die Augen regungslos auf den Eierbecher gerichtet, dann kichert er wie ein kleines Mädchen. Tessa köpft ihr Fünfminutenei, legt das Messer langsam neben den Teller, schaut ihn an. Grenzenlose Anspannung, zarte Erwiderung des Blickes. Tessa lacht herablassend. Diese Situation ist köstlich absurd.

»Steh mal auf«, verlangt sie. Jan stützt sich an der Tischkante, hievt sich langsam in den Stand.

»Du hast genau ein Brötchen und eine Tasse Kaffee Zeit, dich mit Mr. Klistier vertraut zu machen. Danach stehst du hier vor mir, bereit und vor allem sauber!«

So viel Überforderung in nur einem Gesichtsausdruck. Diskret holt er das Klistier aus seinem Versteck wieder hervor. Tessa nimmt sich ein Brötchen aus dem Korb. Jan schleicht ins Bad. Zu Jans Gunsten ist heute ein interessanter Bericht über das Grillverbot im Mauerpark in der Zeitung, sodass sie sich Zeit lässt mit ihrem Frühstück. Während sie gemütlich ihren Kaffee trinkt, ist Jan nebenan mit ganz anderen Flüssigkeiten am Werk.

15 Minuten später steht er, mit einem Handtuch um die Hüfte, vor ihr. Stolz, erwartungsschwanger, fast hechelnd.

»Und was genau möchtest du in den Arsch gesteckt bekommen?«, fragt sie übergangslos.

Entsetztes Winden. Mit einer so direkten Formulierung seines Wunsches hat er nicht gerechnet. Tessa ergötzt sich an seinem Lampenfieber. Keine Antwort. Stattdessen entschlussloses Tapsen auf der Stelle. Siedendheiß fällt ihm ein, dass er sich darüber noch gar keine Gedanken gemacht hat. Dann schiebt er einen hilflosen Ausdruck hinterher. Jedem Hund kraulte Tessa bei einem solchen Blick das Ohr, doch jetzt lässt sie sich nicht erweichen.

»Gut, du hast also keine Ahnung? Dann geh und such einen Gegenstand, nach dem dein kleiner dreckiger Medizinerarsch verlangt! Du hast genau dreißig Sekunden Zeit, dann möchte ich dich hier auf Knien damit sehen!« Er bleibt verwirrt stehen. »Ab JETZT!«

Das war der Startschuss. Jan sprintet los, als ginge es um sein Leben. Hektisch durchsucht er Raum für Raum. Dreißig Sekunden, nur dreißig Sekunden!, tönt es in seinem Kopf. Ticktack, ticktack. Er verliert das Handtuch, ist nackt. Panisch durchwühlt er Tessas Schränke und Schubladen. Ticktack. Nichts findet sich. Von der Küche aus hört Tessa, wie offensichtlich die Wohnung in ein Schlachtfeld verwandelt wird. Das gibt Aua. Ganz sicher.

»Noch 15 Sekunden!«, flötet sie in seine Richtung. Die Geräuschkulisse nimmt besorgniserregende Ausmaße an.

»Zehn!« Jan verheddert sich zwischen Pullovern und Jacken, stolpert über seine Tasche.

»Sechs!« Der Inhalt seiner Tasche wird verzweifelt auf den Boden entleert. Dann greift er das Handtuch. Das braucht er für seine Knie.

»Drei, zwei, eins … POWERSLIDE!«, feuert sie ihn kichernd an, als er tatsächlich auf Knien in die Küche schlittert. Wäre es nicht Dr. Schmidt, es hätte geradezu cool ausgesehen.

Tatsächlich hält er etwas in seiner zitternden linken Hand. Tessa nimmt den fragwürdigen Gegenstand an sich, dreht und wendet ihn ungläubig in ihren Händen. Dann wirft sie Jan einen degradierenden Blick zu.

»Du möchtest also diesen … Herlitz-Filzstift in deinem Arsch haben?« Mit spitzen Fingern zeigt sie ihm den Stift, hält ihn vor sein Gesicht wie ein Beweisstück. Jan kann sich nicht mehr halten, prustet los. Es ist eher ein hysterisches Gackern als ein herzliches Lachen. Tessa holt aus, trifft seine linke Wange.

»Findest du das witzig?«, fragt sie.

Er reibt sich die getroffene Hautpartie, schaut auf den roten Filzstift.

»Tut mir leid«, murmelt er.

Tessa wiederholt: »Du möchtest also diesen Herlitz-Filzstift in deinem Arsch haben?«

Kopfnicken.

»Wie bitte?«

»Ja.«

Tessa seufzt. Dann drückt sie Jan den Filzstift quer in den Mund.

»Festhalten!«, befiehlt sie.

»Jaaa«, presst Jan zwischen Zähnen und Filzer hervor. Sie überlegt noch einen Moment, betrachtet ihr Spielzeug, legt den Kopf schief.

»Wiederhole den Satz zehnmal hintereinander: Meine liebe Tessa, ich möchte, dass du mir diesen roten Herlitz-Filzstift in den Arsch schiebst, bitte!«

In Jans Mund sammelt sich Speichel. Der Knebel erschwert das Schlucken ungemein. Weitere Bedingungen werden erläutert.

»Wenn du ein Wort vergisst, vergeigst oder verlachst, musst du von vorne anfangen.«

Jan schiebt die Flüssigkeit mit der Zunge zum Rachen, schluckt. Dabei verliert er fast den Stift.

Tessa ergänzt: »Wenn du den Stift fallen lässt, musst du es zwanzig Mal wiederholen!«

»If möfte …«, beginnt Jan.

Wieder unterbricht sie ihn, den Zeigefinger erhoben.

»Aaa … Es beginnt mit: Meine liebe Tessa …«

Seufzen, dann legt er wieder los: »Meinä lieve Teffa, if möfte, daff du mir diefen Herlitfh-Filf …«

»Diesen *roten* Herlitz-Filzstift!«, korrigiert Tessa, kneift in seine Nase.

»Na los, von vorn!«

Unruhig rutscht Jan auf seinen Knien hin und her. Richtig ernst nimmt er seine Situation nicht. Seine Mundwinkel tendieren Richtung Hörmuschel. Erstaunlicherweise landet er mit dem nächsten Versuch einen Treffer. Fehlerfrei. Na endlich! Gut, dass er das Handtuch noch hat. Siegessicher reißt er seine Arme nach oben.

»Meine lieve Teffa, if möfte, daff du mir diefen rotn Herlitfh-Filfstift in den Arfsch schiebfst, bitte.« Das zweite Mal ohne Fehler. Nervöses Kichern, dann nimmt er die Arme wieder runter. Tessa bemerkt das Handtuch, zieht es unter seinen Knien weg. Jan ist behilflich, ärgert sich dennoch. Die Dielen drücken gegen seine Kniescheiben.

»Los weiter!«

Jan startet einen weiteren Versuch. Wieder richtig, und wieder. Ein Speichelstrang hat sich verselbstständigt, fließt aus dem rechten Mundwinkel. Jan nähert sich der goldenen Mitte, um beim sechsten Mal kläglich zu scheitern. Tessa lacht schadenfroh.

»Von vorn!«

Kein Lächeln mehr. Konzentration, schmerzende Knie. Dreimal ohne Fehler, Versuch vier wird zum Verhängnis. Tessa schenkt sich einen neuen Kaffee ein. Sie hat Zeit, viel Zeit.

»Konzentrier dich, dann schaffst du es noch vor dem Abendessen.«

Erloschene Freude. Er kniet nicht mehr aufrecht, er kauert. Geknickt dudelt er seinen Satz vor sich hin. Leise, fast flüsternd. So fällt es leichter.

»Wie bitte?!«, ruft Tessa.

Jan wird lauter, bricht den Rekord mit Runde acht. Speichel tropft in seinen wehrlosen Schoß. Leider wird aus Runde neun wieder nichts. Er flucht heftig, so heftig, dass ihm der Stift aus dem Gebiss rutscht. Wie in Zeitlupe sieht er ihn fallen. Nach einer endlosen Zehntelsekunde suchen schuldbewusste Augen Tessas Blick. Panisches Kopfschütteln. Tessa grinst geräumig.

»Muss ich wirklich?«

»Ist das eine ernst gemeinte Frage?«

»Zwanzig Mal?«

Sie nickt. Die nächsten Minuten verbringt Jan mit Quengeln, Rudern und anderen Ausweichmanövern. Zwecklos, wie er nach einem lauwarmen Kaffee im Gesicht einsieht. Er beginnt von vorn. Kalter Kaffee tröpfelt von seinem Kinn, während die Worte aus seinem Mund lahmen. Die gute Laune ist verflogen, das Lächeln versiegt. Nach erfolgreichem Abschluss der zwölften Runde kommt langsam die Frage in ihm auf, welches Ziel er überhaupt verfolgt. Seine Aufgabe auf dem Weg dorthin hat ihn zu sehr in Beschlag genommen. Er stockt kurz, missglücktes Schlucken. Das Ziel vor seinem geistigen Auge hat an Attraktivität eingebüßt. Ein Filzstift? So hat er sich das nun gar nicht vorgestellt.

»Weiter!«

Die letzten Sätze gelingen. Mehr oder weniger flüssig – im wahrsten Sinne. Tessa klatscht andächtig in die Hände, dreimal.

»Steh auf!«

Er tut, was sie sagt, wird ins Schlafzimmer gedrängt – Tessas Heiligtum. Bisher durfte er es nur zur Reinigung des Fußbodens betreten. Es ist ein großer Moment. Sein geheimer Traum ist nah wie nie. Nur der Gegenstand zwischen seinen Zähnen bereitet ihm ernsthafte Sorgen. Jan muss seinen Oberkörper auf dem Laminat platzieren. Mit durchgedrücktem Rücken, das Hinterteil in die Luft gestreckt. Sein Mund wird entknebelt. Er verkrampft sich. Dann passiert nichts. Warten. Tessa ist im Raum, steht hinter ihm – tatenlos. Bis sie schließlich etwas sagt, was er so nicht erwartet hat.

»Du bist wirklich eine Enttäuschung!« Jans Aufregung kommt zum Erliegen. Er fragt nicht nach, sondern wartet auf eine Folgeinformation, die sich prompt anreiht. Tessa erklärt, dass niemals die Rede davon war, seine geheimen Wünsche zu erfüllen. Er sollte lediglich darüber berichten. Jan wird kalt. Normalerweise überlässt er es Tessa gern, im Recht zu sein. Dieses Mal ringt er mit seinem Stolz. All die Mühe, all die Strapazen umsonst.

»Na toll«, hört er sich selber sagen.

»Möchtest du etwas sagen?«, fragt Tessa, stellt einen Fuß in seinem Nacken ab. Jan löst sich auf. Dieser behagliche Druck in seinem Genick. Ein nackter Fuß. Obwohl ihm klar ist, dass Tessa seine Vorliebe für Füße ausnutzt, vielleicht auch gerade deshalb, gibt er nach. Tessa hat recht, sein Verhalten ist enttäuschend.

»Als ob dieses Klistier auf dem Küchentisch nicht ausreichte, musstest du ja beim Suchen eines geeigneten Gegenstandes auch noch meinen Schreibtisch durchwühlen. Schon mal was von Privatsphäre gehört?«

Mit einem letzten Druck stellt sie den Fuß wieder auf den Boden, holt eine Gerte. Zischende Laute in der Luft. Er flüchtet sich in seinen Kopf. Gegenwärtig ist dies der sicherste Platz, dem Geschehen so fern wie möglich zu bleiben. Bisher war ihr Miteinander fast zu friedlich. Die Zeit ist reif für ein bisschen Rücksichtslosigkeit, findet Tessa. Als der erste Schlag ihn trifft, bereut Jan seine Tat bereits. Die Hoffnung auf Tessas intuitive Erfassung seiner Reue vergeht. Sein exponiertes Fleisch färbt sich rot. Tessa ist nicht Behutsamkeit. Es gibt keine Pausen zum Nachsinnen, kein Streicheln zwischendurch. Sie schwitzt. Jan kann die Stellung in seinem Kopf nicht halten. Es fällt schwer, Tessas Rhythmus zu folgen. Auf einen solchen verzichtet sie bewusst. Jan soll leiden, sich nicht an den Schmerz gewöhnen.

Jeder Schlag soll ihn aufs Neue an sein Verhalten erinnern. Jan implodiert, bekommt Kopfschmerzen. »Bitte ... Tessa ...«, stöhnt er grimmig. Tessa ist betört. Endlich eine Gefühlsregung, die sie so nicht von ihm kennt.

»Ach Gottchen, sind wir etwas gereizt?«, spielt sie die Sorgenvolle, nimmt seinen Hoden, drückt zu. Jan schreit, schlägt gegen den Kleiderschrank.

»Ja, so will ich dich sehen.« Sie steigert den Druck. Der Schmerz zieht sich bis in die Lenden. Jan gibt unglaubliche Töne von sich, schlägt weiterhin gegen ihren Schrank.

»Den brauch ich noch«, lacht sie, zieht Jan an den Eiern zu einer kahlen Wand neben der Tür. Wieder greift sie herzhaft zu. Schreie. Immer wieder schlägt er gegen die Wand. Tessa denkt kurz an ihre Nachbarn, freut sich dennoch über Jans Ausbruch. Sie fischt Klammern aus der Schublade unter ihrem Bett hervor. Keine Anfängerklammern, sondern Folterinstrumente. Kaum gesetzt, wirbeln Arme durch die Luft, Fäuste gegen die Wand. Reize überfluten seinen Körper. Die Gerte trifft seine Hoden. Jans Schrei verwandelt sich in inständiges Gewinsel. Er hält aus, will es ertragen. Tessa ist ebenso fiebrig wie er. Tränen, ein letzter Aufschrei, dann bricht er aus. Tessa ist da, kniet sich zu ihm, hält ihn fest. Jan klammert sich verschwitzt an ihren Körper. Er kann sich nicht erinnern, wann er das letzte Mal so geweint hat. Endlich.

Bewegt schiebt sie den Filzstift in sein überflutetes Jetzt, legt ihn ab, in seiner feuchten Hand.

»Den darfst du behalten.«

*

Heute ist Entscheidungstag. Tessa will Marc darüber in Kenntnis setzen, dass sie nicht vorhat, mit ihm in Flammen aufzugehen. Dafür ist sie einfach nicht gemacht. Seine Mails machen wahnsinnig. Die Worte säuseln, nach jeder Nachricht, kontinuierlich im Schädel nach. Das hält niemand dauerhaft aus. Kein Tag ist verstrichen ohne frische Zeilen im Postfach, kaum ein Tag ohne Erinnerung an die Stunden mit ihm. Jede Nachricht schneidet sich in Tessas Gewissen, macht ihr deutlich, dass sie handeln muss. Seine Qual – in diesem Kontext kaum ein Genuss – wird ein jähes Ende finden. Marc soll nicht mehr harren, Tessa nicht mehr hadern. Keine Mail, ein Anruf wird das Problem lösen. Er hat seine Nummer hinterlassen. Tessa wählt. Vorsichtshalber ohne Nummerübertragung. Sollte Marc nach Tessas Abfuhr weiterhin bestrebt sein, sie zu erobern, würde ihre Telefonnummer geradewegs zum Stalken einladen. Es klingelt lange, bevor sich jemand meldet.

»Hallo?« Eine Frauenstimme, entfernte Gespräche, Büroatmosphäre.

»Hallo, könnte ich bitte Marc sprechen, hier ist Tessa.«

»Moment, ich hole ihn.«

Tessa ist verwundert. Damit hätte sie nun wirklich nicht gerechnet. Über seinen Job haben sie nicht gesprochen. Was tut Marc eigentlich? Wer ist er, wenn er nicht gerade liebenswert verstört ist?

»Wieso gehst du einfach an mein Handy?«, hört sie die verärgerte Stimme Marcs im Hintergrund. Dann etwas, was sie nicht versteht.

»Hallo?«

Es ist Marc.

»Hier ist Tessa.«

Pause.

»Ha…hallo Ttessa, kann ich ddich später zurückru…rufen?«

Der Versuch, geschäftlich zu klingen, misslingt. Sein Gestammel geht Tessa ans Herz. Trotzdem ist sie verwundert.

Zurückrufen? Er hat doch auf ihren Anruf gewartet. Zehn ganze Tage lang. Sollte er nicht hocherfreut sein, alles stehen und liegen lassen? Sie lobpreisen?

»Du weißt schon, wer hier ist, oder?«, vergewissert sich Tessa, inzwischen überzeugt, dass Marc nicht weiß, wer am anderen Ende der Leitung regiert.

»Ja ich weiß, ha … hast du eine Nu … nummer, auf der ich dich später anru … rufen kann?«

Konsterniert diktiert sie ihre Handynummer. Eher aus Erstarrung als aus Überzeugung. Dann sitzt sie in ihrem Chefsessel, starrt Fragezeichen auf das Display ihres Mobiltelefons. Fünfzehn Minuten lang, dann hat sie genug. Sie geht zu Jan in die Küche, lässt sich einen Tee kochen. Der ist ja bekanntlich hilfreich während einer Wartezeit. Jan schaut Anteil nehmend zu, dann sagt er:

»Ich verstehe dich nicht. Wieso willst du diesen Marc eigentlich nicht wiedersehen? Bloß weil er unerfahren ist? Das bin ich gewissermaßen auch. Ich habe auch noch nie vorher für eine Frau geputzt.«

Tessa glotzt in ihren Tee. Jan hat recht. Sie benutzt Marcs Anfängerstatus als Rechtfertigung für ihren fehlenden Mut. Sie schaut Jan an. Da steht er, stolz, ein Weinglas polierend. Als täte er sein Leben lang nichts anderes. Was vermutlich in gewisser Weise der Wahrheit entspricht. Auch Tessa hat, lange vor ihrem Coming-out, vieles in ihrer Fantasie erlebt. Es fühlte sich ganz natürlich an, als sie sich zum ersten Mal, die ungeduldige Peitsche in der Hand, mitten in einer Session wiederfand.

»Gib ihm eine Chance. Du hast doch nichts zu verlieren«, sagt Jan, als könne er Gedanken lesen. Tessa trinkt Tee. Nun muss zur Abwechslung sie selbst warten. Das ist wohl Ironie.

Es vergehen zwei Stunden, in denen sie mindestens einmal kurz davor ist, Jan zu verprügeln, einfach um sich besser zu fühlen. Jan hat so etwas aber weder verdient, noch linderte dies ihre Unruhe. Also stürzt sie sich in die Arbeit. Destruktive Momente führen hin und wieder zu ungeahnter Kreativität. Tessa ist zufrieden mit ihrem Pensum nach so kurzer Zeit. Drei Stunden später ruft der unverschämte Kerl endlich an. Am liebsten würde sie ihn wegdrücken. Das wäre nur gerecht. Doch Vernunft ist nun gefragt. Jan hält ihr kopfschüttelnd das Handy entgegen.

»Nun geh schon ran. Das hält ja kein Mensch aus.«

Mit salopper Geste wird das Motorola aufgeklappt.

»Ja.«

Sofort sprudelt eine Männerstimme los. Viele Worte aneinandergereiht. Eine gehetzte Zunge, auf der Flucht vorm Steckenbleiben. Im letzten Satz muss sie sich der Nervosität unterwerfen.

»Es tut mir so leid, dass ich dich warten lassen hab. Ich hätte früher angerufen, aber ich musste arbeiten. Hätte ich gewusst, dass du anrufst, hätte ich das Handy sicher nicht neben meiner Kollegin liegen lassen. Sch … schön von dir zu hören.«

Tessa holt Luft. Hätte, hätte …

»Kein Problem«, würgt sie hervor, dann fehlen die Worte. Marc hilft aus.

»Ich würde dich so gern wiedersehen, Tessa. Gibt es da eine Ch … Chance?«

Gedankenpause. Mut hat er ja, das imponiert.

»Ja, ich denke, die gibt es.«

Die gewohnte Ruhe kehrt zurück. Viel Lärm um nichts.

## 5. Kapitel

# *Das Wiedersehen*

Datevorbereitung – das liebt sie. Ein langes, ausgiebiges Bad lädt ein zum Pläneschmieden. Eigentlich mag sie keine konkreten Pläne. Sie lässt lieber passieren. Erst die Situation und letztlich sich selbst. Es empfiehlt sich dennoch, eine grobe Taktik im Hinterkopf zu bewahren. Diese findet Raum zur Entfaltung zwischen Schaumbad und Intimrasur.

Apropos – schnell tippt sie eine SMS an Marc in ihr Handy: *Ich erwarte, dass du vollständig rasiert bist!*

Diese Anweisung hat vielerlei Bedeutung. Zum einen natürlich die wortwörtliche. Denn stoppelige oder gar haarige Überraschungen möchte Tessa nicht erleben. Zum anderen durchbricht sie eine intime Barriere, die bei einem zweiten Date fast noch spürbarer ist. Es geht nicht mehr um eine Fantasie, sondern um den Menschen. Der sachliche Hinweis auf eine intime, vorbereitende Handlung wirkt und fördert sein Kopfkino enorm. Zuletzt ist da natürlich noch die Sache mit der Dominanz. Ich bestimme, du gehorchst! Das sind die Regeln!

Selig cremt sie ihre Beine ein, muss an Marcs Verwirrung denken, sein Stottern. Wie tapfer er sich seine Atemluft hat nehmen lassen. Die letzten Minuten im Auto, auf seinem Gesicht, sind lückenhaft. Aber sein berauschtes Lächeln hinterher, daran erinnert sie sich ziemlich genau. Ob sie nicht etwas zu weit gegangen ist? Dieses Mal will sie sich nicht verlieren. Nicht im Wein und nicht in ihm. Auch wenn die

Versuchung groß ist. Pur und klar will sie sein. Ohne manipulierende Spielchen, das ist wichtig. Marc soll sich öffnen, wohlfühlen. Ein schönes Essen, ein guter Espresso hinterher. Vielleicht eine kleine Fußmassage. Mehr nicht.

Was bleibt, ist die SMS, die natürlich seine Erwartungshaltung enorm gesteigert hat. Das ist nicht weiter tragisch, so bleibt es spannend. Obwohl? Wollte sie nicht die Spielchen weglassen? Oder geht es nicht mehr ohne?

Eine frische Rasur ist etwas Wunderbares. Die Klitoris ist dann viel präsenter als sonst. Sie beruhigt die frisch rasierten Stellen mit Aloe Vera. Auch dem Rest ihres Körpers gönnt sie diesen Luxus. Wieder greift sie zwischen ihre Beine. Dort ist es wunderbar weich, inzwischen auch feucht. Es ist die Erinnerung an Marcs besudeltes, zufriedenes Gesicht. Zu verblüfft, um etwas sagen zu können, zu offen, als dass seine Augen ihn nicht doch verraten hätten.

In Tessas Kopf beginnt es zu kribbeln. Marcs Gesicht landet erneut zwischen ihren Schenkeln. Der Schwamm, normalerweise für ihren Rücken gedacht, findet einen neuen Verwendungszweck. Noch immer feucht vom Badewasser, ist er nicht rauer als ein Dreitagebart. Tessa sitzt auf dem Badewannenrand. Das Becken schiebt sie nach vorn, damit der bärtige Helfer sie besser berühren kann. Marcs Gesicht direkt vor Augen, drückt sie zu, schiebt den Schwamm über ihre Möse. Tessa fühlt sein Haar in ihren Händen, wie sie daran zieht. Sein Gesicht. Dieser wunderbare Duft, die Stimme. Seine Unruhe, dann die Ruhe. Stottern. Immer wieder sein Gesicht. Tessa drückt sich eng an den Schwamm. Kleine feste Verschiebungen. Dazu Marc. Sie stöhnt leise.

Mit der Geilheit schwinden ihre Vorsätze. Ein Abend ohne Spiel? Einfach kennenlernen? Unter diesen Voraussetzungen? Nein, Marc wird nicht ungeschoren davonkommen. Sie will mehr von ihm. Blut schmeckt nur süß, wenn es frisch geleckt wird. Wozu ein Gespräch künstlich aufbauen, wenn doch eigentlich beide etwas anderes wollen?! Das Tempo wird angezogen. Schemenhafte Bilder rasen ihr durch den Kopf, Gefühlsfetzen, Erinnerungssplitter, Marc. Sie stöhnt lauter, reibt sich heftig an ihren Erinnerungen. Ihr Stöhnen holt sie kurz zurück. Sie schließt die Augen. Da sind sie wieder, gefühlte Bilder, gemalte Emotionen. Nähe. Tessa kommt. Ihr Becken hebt sich vom Wannenrand. Stille. Dann Schmunzeln. Es ist lange her, dass sie sich so gehen lassen hat. Während sie den Schwamm auswäscht, schaut sie in den Spiegel. Rosige Wangen. Die Lippen umspielt dieses gewisse Lächeln. Zwischen ihren Beinen stellt sich Entspannung ein, im Kopf noch immer dieses Kribbeln, präsent, unumgänglich. Marc.

*

Später sitzt sie in seinem Wagen. Ein grüner Golf, passend zu seinen Augen.

»Hi«, sagt sie strahlend.

»Hallo. Du siehst wunderschön aus«, strahlt es zurück.

Marc kann den Blick nicht abwenden, sieht sie einfach an, schweigt. Tessa zuckt mit den Achseln. »Willst du den ganzen Abend hier stehen bleiben?«

»Entschuldige, ich bin einfach so überwältigt.«

»Wohin fahren wir heute?«, testet Tessa, ob er sich seiner Rolle als Entertainer und Beschützer noch bewusst ist. Marc überrascht mit einer Frage.

»Magst du Salsa? In Schöneberg ist mittwochs immer Salsa-Abend mit einem Schnupperkurs.« Marc hat sich vorbereitet. Sie ist beeindruckt.

»Na dann mal los!«, sagt sie.

Er lässt den Motor an. Sein Blick ist nach vorn gerichtet, aber sie befürchtet, dass er nicht wirklich verkehrstauglich ist. Ob die SMS angekommen ist, fragt sie ihn lieber später. Stattdessen zupft sie nachdenklich an ihrer weißen Bluse, streicht ihren Faltenrock glatt. Er trägt eine Jeans, dazu ein blaues Hemd. Mit den hohen Schuhen ist sie sicher etwas größer als er, aber das ist höchstens von Vorteil. Schuhe helfen ungeheuer bei der Herstellung einer angemessenen Stimmung. Jeder Schritt verursacht dieses verlockende Geräusch auf dem Boden. Mal zügig und streng, mal langsam und verheißungsvoll. Klack, klack. Zudem sehen die Beine länger aus, die Körperhaltung ist aufrechter. Die oberen Knöpfe der weißen Bluse stehen offen. Sie weiß um die Wirkung ihrer Ausstattung. Gela findet, dass dominante Menschen nicht grundsätzlich makellos sein müssen. Sie sollten präsent sein, glänzen, indem sie handeln, wirken durch ihr Sein. Tessa teilt diese Überzeugung. Männer jedoch verführt man am besten mit Schlüsselreizen, egal wie sie gepolt sind.

Sie reden nicht viel während der Fahrt. Vom Beifahrersitz kann man etwas genauer hinsehen. Mal wieder ein Vorsprung. Sein Profil ist himmlisch markant. Von vorn fällt sein spitzes Kinn gar nicht so auf. Marc bemerkt, dass er beobachtet wird, schaut immer wieder verstohlen zur Seite. »Was hast du so gemacht in der letzten Zeit?«, fragt er.

Small Talk kann Tessa gar nicht haben. »Verschone mich mit solchen Fragen«, antwortet sie schnippisch. Marc nickt, schmunzelt seltsamerweise. »Entschuldige«, sagt er, wirkt so ganz und gar nicht eingeschüchtert. »Ich mag solche Fragen auch nicht. Ich wollte nur so gern ein Gespräch beginnen.«

So viel Ehrlichkeit. Das ist Grund genug, um eine Hand in seinen Nacken zu legen, denkt sie ihrer Eingebung folgend. Marc atmet tief ein.

»Der Abend mit dir war etwas Besonderes«, sagt er, legt vorsichtig seine Hand auf ihren Schenkel. Tessa ist nicht sicher, ob sie sein Stottern vermisst. Sollte sie seinen gereiften Auftritt hinterfragen? Am Mehringdamm staut sich der Verkehr. Marc schaut zu ihr rüber. Tessa nimmt die Hand auf ihrem Schenkel.

»Hast du meine SMS bekommen?«, fragt sie, weil sie nicht weiß, was sie sonst sagen soll. Ein Sieg auf der ganzen Linie. Marc wird augenblicklich rot, schaut wieder auf den lahmgelegten Verkehr. Dieser entspricht in etwa ihrem Gemüt. Sie fühlt sich ähnlich lahmgelegt. Diese Frage war keineswegs meisterlich spontan, eher ein Notfallplan. Wenn das so weitergeht, braucht sie doch noch einen Drink.

»Ja, die habe ich bekommen und bin deinem Wunsch gefolgt«, antwortet er kleinlaut.

Dort unten muss sie ihn halten. Soll er sich ruhig schämen, bis sie selber wieder locker ist. Der Autofahrt fehlt es wahrscheinlich an Intimität. Zudem fährt er, hat das Ruder in der Hand irgendwie. Obwohl, das ist doch alles Quatsch, denkt Tessa. Ich muss einfach lockerer werden. Mit ihm hat das nichts zu tun. Ein Drink wär sicher kein schlechter Anfang.

»Meine Güte, geht das auch mal weiter hier?«, regt sie sich künstlich auf.

»Das ist mir gerade total egal.« Er lächelt, will einfach nicht wegschauen. Tessa versucht, sich darauf einzulassen. Auf diese Nähe, die so unerklärlich ist, dass sie verwirrt an Marcs Hemdkragen rumzupft, einen imaginären Fussel entfernt. Marc bedankt sich artig für den mütterlichen Dienst. Der Stau löst sich auf, es geht weiter. Beide atmen durch. In Schöneberg angekommen, glänzt Marc wie gewohnt mit guten Manieren. Er hält die Autotür auf, reicht eine Hand beim Aussteigen, weist sogar auf Unebenheiten der Straße zum Eingang hin. Er scheint an alles zu denken. Sie müsste zufrieden sein, eigentlich. Aber ihre Sprachlosigkeit setzt sich fort. Ein Magengrummeln hat sich hinzugesellt, ein flaues Gefühl. Am Eingang kontrolliert ein Türsteher die Taschen. Tessa findet das beispiellos übertrieben. Auch deshalb, weil in ihrer Handtasche ein unüberblickbares Chaos herrscht. Der Taschenkontrolleur könnte theoretisch alles darin finden. Tessas Handtaschen sind wie schwarze Löcher. Dinge verschwinden einfach darin und kommen in den unmöglichsten Situationen wieder zum Vorschein. Doch heute hat sie Glück. Keine aufsehenerregenden Fundsachen. Ein letzter vorwurfsvoller Blick für den Türsteher, dann stolziert sie hinein.

»Das ist nicht bloß eine Tanzschule, sondern ein Club«, erklärt Marc. »Deshalb die Kontrolle. Tut mir leid.«

»Aha«, knurrt Tessa.

Die Klimaanlage macht kalte Beine, fast eisig. Tessa reibt demonstrativ ihre Schultern.

»Ist dir kalt?«

»Es geht.«

Tessa fühlt sich deplatziert. Kommunikationsschwach, mit Loch im Magen, nun auch noch diese Kälte. Marc sollte handeln und zwar schnell. Sie ist zu schlecht gelaunt für Befehle und Führung. »Möchtest du etwas trinken? Ich tue alles, damit es dir gut geht. Und wenn du zu viel trinkst, werde ich selbstverständlich wieder auf dich aufpassen, so wie du es gewünscht hast.«

Tessas Sprachlosigkeit erklimmt einen Gipfel. Er macht sich gut als Organisator. Sie setzt sich auf einen der Barhocker, schaut sich um. Die Aufmachung des Clubs ist mutwillig karibisch. Dass weniger mehr sein kann, hat der Inhaber anscheinend nicht verstanden. Plastikorchideen schmücken garstige Strohschirme. Bunte Lichterketten hangeln sich von Wand zu Wand. Im Hintergrund läuft Merengue. Einige Minuten später steht ein Mojito vor Tessas Nase. Auch dieser – übertrieben verziert. Ein pinkfarbener Papierschirm unterstreicht die billige Anmutung des neongrünen Plastikhalms. Die obligatorische Süßkirsche krönt das Arrangement. Tessa befreit den Cocktail von der Dekoration, zieht die Stirn faltig.

»Ich wollte eigentlich keinen Alkohol heute«, spielt sie die Missmutige, obwohl sie fast nicht abwarten kann, die Minze zu schmecken, den Rohrzucker zwischen ihren Zähnen knirschen zu hören.

»Okay, dann geben wir ihn wieder zurück.«

Test bestanden. Es geht weiter. Tessa hat bereits den Strohhalm im Mund.

»Nun ist es zu spät.«

Marc fühlt sich augenblicklich schuldig. Damit kann sie leben.

»Zukünftig fragst du mich einfach, was ich trinken möchte!«

Marc lächelt.

»Ich mag es, dass du so eine Diva bist.«

Fast verschluckt sie sich an ihrem Drink. Eine solche Bemerkung ist ein guter Anlass für eine Ohrfeige. Jedem anderen hätte sie selbige auch verpasst. Aber Marc meint es weder böse, noch hat er unrecht. Tessa ist oft divenhaft. Im Grunde ist dieses Wort um einiges schmeichelhafter als Worte wie »zickig« oder »launisch«. Manch anderer hat ihr diese Eigenschaften vorgeworfen. Ungerechtfertigterweise versteht sich. Das war dann nicht einmal mehr eine Ohrfeige wert. Tessa fährt durch Marcs festes Haar. Kurz zuckt er zusammen, schließt dann aber die Augen. An den Schläfen sind bereits ein paar graue Haare dabei – ungewöhnlich für sein Alter.

Um die Tanzfläche hat sich ein Kreis aus Menschen gebildet. Ungeduldig wippen Füße, begierig, sich gänzlich dem feurigen

Rhythmus hinzugeben. Tessa steht kurzweg auf. Marc legt einen Arm um ihre Hüfte. Wie ein ganz gewöhnliches Paar reihen sie sich zwischen die Wartenden. Eine dunkelhäutige Dame, Mitte vierzig, sehr attraktiv, betritt die Tanzfläche, beginnt fachgemäß den Kurs. Marc nimmt vorsichtig eine Tanzhaltung ein, fischt nach Tessas Hand. »Führungswechsel«, flüstert er.

»Aber nur geliehen«, lacht Tessa

Die Schrittfolge ist einfach. Leider ist Tessas Tanzpartner ziemlich steif, so gar nicht taktfest.

Jeder Versuch, dem entgegenzuwirken, endet in einem erneuten Führungswechsel. Die Macht der Gewohnheit macht es Tessa fast unmöglich, einen gemeinsamen Rhythmus zu finden. Schließlich gibt Marc seine Position auf. Doch irgendwie ist das gar nicht weiter schlimm. Tessa navigiert ihn über das Parkett, ganz natürlich. Es fällt kaum auf, denn alle sind vertieft in ihre Schritte. Bis auf die Tanzlehrerin.

»Du musst mehr loslassen«, richtet sie schließlich das Wort an Tessa. Loslassen. Da ist es wieder, dieses altbekannte Fremdwort – eine Hürde.

»Gib dem armen Kerl eine Chance, dich zu führen«, feixt die schöne Südländerin, während ihr Blick mit Marc flirtet. Dann verschwindet sie hinter einem anderen Paar. Marcs grüne Augen starren treudoof vor sich hin.

»Es tut mir leid. Vielleicht war es keine gute Idee, tanzen zu gehen. Ich kann dich nicht einfach packen und rumschleudern, du machst mich so …«, bricht er mitten im Satz ab. Keine Antwort. Dafür ein Kuss auf den Mund. Tessa zieht ihn von der Tanzfläche, geht zur Bar, steigt auf einen Hocker. Es ist meine Schuld, ich sollte tatsächlich ab und zu mal loslassen, denkt sie, hütet sich aber, diesen Gedanken auszusprechen. Marc ist gerade so angenehm verlegen. Das sollte ausgekostet werden.

Tessa schlägt einen Ortswechsel vor. Marc willigt ein. Sie fahren in ihre Wohnung. Jan hat Tessa vorausblickend für heute Nacht ausquartiert. Er verbringt den Abend mit Dori, einer Freundin von Tessa. Ausnahmsweise darf er mal fremdputzen und sogar auf Doris Schlafsofa nächtigen. Begeistert war er nicht gerade, doch ein Foto der attraktiven Dori diente als Köder.

Auf der Fahrt ist der Redefluss wieder einigermaßen hergestellt. Tessa erzählt, wie sie zum SM kam, über ihre ersten Schritte im Internet. Wie zerrissen sie war, aber dennoch bereitwillig weiterzumachen. Marc lauscht aufmerksam, bewundert Tessas Mut und ihren starken Willen. Seine Bewunderung lässt Tessa fliegen. Dieses Kribbeln setzt wieder ein, dieses Verlangen. »Ich möchte dir wehtun!«, sagt sie urplötzlich.

Marc nickt.

Tessa betritt die Wohnung, Marc folgt. Sofort zieht er die Schuhe aus. Gut erzogen. Sein Gang ist leicht geduckt. Tessa schließt die Haustür hinter sich.

»Das Wohnzimmer ist rechts.«

Marc geht unsicher vor, sieht sich um. Dann bleibt er stehen, mitten im Raum. Tessa geht zu ihm, steht hinter ihm. Schwerer Atem, Wärme. Dicht an seinem Hals steht sie, atmet tief ein. Ein kleines Stück Erinnerung des ersten Abends schießt ihr ins Gedächtnis. Ja, so hat er gerochen, genau so. Noch immer gefällt ihr sein Geruch. Sie fährt mit der Hand durch seine Locken. Ihre Finger bleiben im getrockneten Gel kleben. Anscheinend hat er die Marke gewechselt.

»Beim nächsten Mal kein Gel!«, flüstert sie. Der Genuss erlaubt keine Strenge, dafür ist später noch genug Zeit. Momentan ist da nur sein Duft. Dieser ist weich und köstlich, so wie er. Tessa beißt in seinen Hals. Sanft, dann etwas stärker. Mit der Zunge streift sie seine Haut. Bewegungsunfähig steht Marc da. Voller Ahnung – Vorahnung. Von hinten legt sie eine Hand auf seine Brust. Sein Herz schlägt schnell und heftig. Sie riecht an seinem Shirt, seinem Haar, seiner Haut.

»Ich kann dich riechen!«

»Ist ... ist das gut oder sch...schlecht?« Marcs Worte bröseln über seine Lippen. Gentleman-Allüren helfen an dieser Stelle nicht mehr. Es bleibt also nichts als er selbst. Ob das viel ist oder wenig, scheint er nicht zu wissen. Tessa dagegen weiß es. Er sinkt hinunter auf die Knie, greift nach der Hand in seinen Haaren, bedeckt diese mit Verlegenheitsküssen.

»Du bist so wunderschön!«, stammelt er, ohne aufzusehen. Tessa ist gerührt, gleichzeitig nachdenklich. Wie wird es weitergehen? Wollten sie nicht essen? Hunger hat sie inzwischen nicht mehr, sondern Heißhunger, auf ihn. Er ist so schön, wie er da unten kniet. Aufregung ist ungünstig, unangebracht, lässt Gedanken unklar werden. Wein? Nein, sie wollte doch heute keinen Alkohol. Vielleicht ein Gläschen zum Entspannen.

»In der Küche steht Wein. Gläser findest du in dem kleinen Hochschrank neben der Tür.«

Augenblicklich steht er auf, schaut sie an – direkt in die Augen. Sie schluckt. Stolzen Schrittes geht er in die Küche. Sie hört, wie ein Korken gezogen wird. In ihrem Sessel findet sie einen guten Platz und Ruhe, kurz zumindest. Es fühlt sich gut an, besser als geplant. Pläne. Vorsätze. Das passt doch gar nicht zu ihr. Wozu sollte sie sich einschränken? Darum geht es doch nicht! Seinen Gelüsten sollte man nachgehen. Egal ob Wein, Schokolade oder eben Marc.

Mit zwei gefüllten Gläsern in der Hand kommt er zurück, reicht eines Tessa. Er kniet sich wieder hin. Ohne Aufforderung. Konzentriert streicht sein Finger um ihren linken Knöchel. Sie führt das Glas in seine Richtung. Der Klang der Gläser beim Anstoßen schwingt noch eine Weile nach.

Schweigen, doch nicht unangenehm. Beide trinken. Sie zieht ihren rechten Schuh aus, legt den Fuß auf seinen Kopf. Den großen Zeh schiebt sie zwischen seine verklebten Locken. Marc greift danach, führt ihre Zehen zu seinem Mund, leckt, schmiegt sich an die Ferse. Sein Mund enthält eine Menge Flüssigkeit. Schlucken und Küssen im Wechsel. Tessa schaut zu. Sie beobachtet sein versunkenes Gesicht, wie die Zunge sich ihrem Dienst hingibt, der Mund auf und zu schnappt wie ein kleiner Fisch. Sie könnte es einfach genießen, sich zurücklehnen, einfach zurücklehnen, relaxen. Eine Sache hat sich noch immer nicht beruhigt – ihr Kopf. Im Gegenteil. Das Kribbeln hat zugenommen, eine Ameisenkolonie hält Einzug. Seine Sommersprossen, diese Locken, so viel ersetzbare Schönheit. Das ist zu viel für Tessa, oder besser gesagt, zu wenig. Sie hat das Bedürfnis, seine Anmut zu verwüsten. Unter diese gegelte Fassade will sie. Momentan ist er nichts weiter als die Attrappe eines schönen Mannes, wie man ihn an jeder Ecke Berlins erspäht. Der wahre Liebreiz liegt darunter.

Ihr großer Zeh wandert zu seinen Lippen. Ein gieriger Mund nimmt ihn auf, lutscht. Tessa schiebt nach, zieht ihn wieder raus. Sein Kopf geht mit, unbeherrschte Lippen, nach vorn geschoben, seine Zunge schleckt in der Luft. Richtungswechsel. Der Zeh schnellt ihm entgegen, in seine Mundhöhle, der Fußrücken bricht durch die Lippen. Sie zieht den Fuß zurück, fährt wieder hinein. Wieder heraus. Sie fickt seinen Mund. Marc versucht mitzuhalten. Er vergisst zu schlucken, schafft es dafür aber, ihren Fuß immer wieder in sich aufzunehmen. Ein kleiner Speichelsee fließt in die Ritzen zwischen den Dielen. Tessa ergötzt sich an seiner Mühe. Ihr Fuß dringt ein Stück tiefer in ihr Opfer, verharrt. Sie spürt Zähne, spürt das Ende seiner Mundhöhle, seinen Rachen. Widerstand. Marc schaut sie ängstlich an. Ein Bild, das Tessa lange nicht vergessen wird. Seine Augen sind feucht. Wahrscheinlich vor lauter Anstrengung. Tessa zieht ihren Fuß heraus.

»Leg dich auf den Rücken.«

Marc legt sich hin. Tessa steht über ihm, entledigt sich des anderen Schuhs, um besseren Halt zu haben. Ihre Zehen heben sein Kinn an, schieben den Kopf in den Nacken.

»Bleib so!«, sagt sie. Marc atmet heftig. Er weiß, was ihn erwartet. Tessa beginnt erneut. Dieses Mal ohne Vorspiel. Wieder fickt sie ihn hart in den Mund, wieder verharrt sie am Rachen.

»Wenn du kotzen musst, dann leg dich zur Seite.«

Harte Worte. Wirksam. Marc schließt die Augen, atmet, konzentriert sich. Sie spürt Zähne auf ihrem Fußrücken, schiebt weiter, zieht sich zurück. Marcs Speichel fließt in Strömen. Widerstand, doch sie drängt weiter. Behutsam, aber stetig. Seine Höhlung gibt den Weg frei, ihr Fuß wandert tiefer. Marc hört auf zu atmen. Tessa fühlt ihre eigene Aufregung. Sie spürt den Gegendruck, spürt, wie sich sein Rachen dem Fremdkörper verweigert. Ein verkniffenes Gesicht, wunderschön. Sie hält die Luft an. Dann ist es so weit. Langsam zieht sie den Fuß aus ihm. Marc ringt nach Luft. Das nächste Würgen geht mit dem Aufbäumen seines Körpers einher. Marc röchelt, will Zeit schinden, leiden. Doch Tessa ist schon einen Schritt weiter.

Sie füllt ihren Mund mit Wein, spuckt ihm ins Gesicht. Dann geht sie runter, ein Knie hält seine Brust. Sie nimmt einen großen Schluck, zielt auf seinen Mund. Marc ist unvorbereitet, vergisst zu schlucken, hustet nun. Der Rest des Weines geht keine Umwege mehr, landet auf Gesicht und Locken. Es geht schnell. Marc hat kaum Zeit zum Blinzeln, kaum Zeit zum Denken. Nasses Haar – sie zieht ihn daran hoch. Auf ihrer Hand verbleibt eine klebrige Wein-Gel-Mischung.

Sie zerrt ihn ins Bad, inzwischen am befleckten Hemd. Ihr Drängen lässt ihn die Beine über den Rand der Wanne heben. Obwohl er weiß, was geschieht, obwohl er es nicht will. Unangenehme Kälte. Wasser durchtränkt sein Hemd, benetzt die Kopfhaut, bis es schmerzt. Die Fasern seiner Jeans füllen sich mit Wasser, kleben sie eng an die Beine. Wasser sickert durch die Schichten seiner Kleidung, hinterlässt ein klagendes Gefühl auf der Haut. Marc jammert. Seine Kopfhaut ist inzwischen fast taub. Auch die anderen Stellen, die dem Wasser ohne Kleidung ausgeliefert sind, fühlen die Kälte nicht mehr. Nur auf den Beinen, dort wo die Hose sitzt, an den Armen unter seinem Hemd, dort ist es eisig, unerträglich. Mit steifen Fingern schält er sein Hemd vom Körper, schwer klatscht es auf den Wannenrand. Tessa steht vor ihm, ist inzwischen selbst nass. Doch die Faszination um ihr Opfer rückt die kühlen Spritzer in den Hintergrund. Er könnte die Dusche einfach auf den roten Pfeil drehen, er könnte sie ausmachen, aus der Wanne steigen, sogar sauer sein. Nichts davon. Er bleibt, hält aus, kämpft mit seiner Kleidung. Inzwischen ist er bei der Jeans. Ein schwieriges Unterfangen. Er sitzt am Boden der Wanne, das eine Bein bereits frei, mit dem anderen ist er beschäftigt. Wieder jammert er. Kaltes Wasser regnet auf seinen Oberkörper, auf die tapfere Muskulatur im Wärmeregulierungseifer. Unter der Jeans ist er nackt, keine Unterwäsche – soso. Sein Schwanz macht unter dem kalten Wasser nicht viel her. Er ist rasiert, wie verlangt. Zuletzt pellt er die Socken ab, kauert, erträgt den Eisregen, für Tessa. Sie dreht die Dusche ab.

Marc löst sich langsam aus seiner Position. Als er sie anschaut, zieht sie ihren Rock nach oben. Kein Slip, bloß Halterlose. Wieder ein neues Ergebnis auf seinem Gesicht. Entschlossenheit liegt unter seinen Sommersprossen, auch Ehrfurcht. Sie stellt sich über ihn, nimmt seinen Kopf, will ihn in Sicherheit wiegen. Marc hofft auf Belohnung. Sein Gesicht nähert sich ihrer Möse. Tessa ist konzentriert. Sie muss sich überwinden. Marcs Zunge schnellt zwischen ihre feuchten Lippen. Tessa konzentriert sich, lässt los. Das kann doch nicht so schwierig sein. Marc ergänzt sein Zungenspiel mit kleinen genussvollen Seufzern. Ein fester Griff in sein nasses Haar. Dann endlich ... ein heißer Strahl trifft kalte Haut. Marc stöhnt.

Mit Scham hat sie gerechnet, einer erneut gekrümmten Haltung – schutzsuchend. Doch er öffnet den Mund, als wartete er auf nichts anderes. Die Wärme scheint ihm zu gefallen. Tessa konnte NS nie wirklich viel abgewinnen. Einmal hatte sie ihn als zusätzliche Bestrafung eingesetzt. Die Reaktion war eine ganz andere. Da waren Widerwille und Wut. Keinerlei Bereitschaft oder Hingabe. Ein durchaus gewolltes, erwartetes Resultat. Hier nicht. Tessa spreizt ihre Scham. Der Strahl trifft sein Gesicht, er schluckt. Das hier hat nichts mehr mit Demütigung zu tun. Marc nimmt bereitwillig einen Teil von ihr auf, genießt. Eine intime Begegnung, ähnlich wie Cunnilingus, vielleicht etwas flüssiger. Es gehört nur ihnen. Die letzten Tropfen fängt Marc geschickt mit der Zunge. Sein Gesicht drängt in ihren Schritt. Tessa zieht ihren Rock über den Kopf. Auch Bluse und Strümpfe landen neben der Wanne. Sie dreht den Haupthahn auf. Dieses Mal gibt es liebevoll warmes Wasser. Nackt steht sie über ihm, geht langsam in die Knie, liegt schließlich auf ihm. Wasser prasselt auf ihren Hintern. Marc klammert an ihrem Körper, streichelt sie. Er bibbert. Sie ist ganz bei sich, ganz bei ihm, lässt sich gehen. Ein Zungengewirr sorgt für noch mehr Wärme. Küsse in tiefer Verbundenheit. Es ist lange her, zu lange. Keine Hilfsmittel mehr. Weder Gentleman-Allüren noch feminine Schlüsselreize. Nur sie und Marc. Pur.

*

Das Licht einer Laterne scheint aufdringlich ins Schlafzimmer, heller als sonst. Die Straßengeräusche sind auch irgendwie lauter, trotz geschlossenen Fensters. Zu allem Überfluss auch noch dieses deutliche Atmen neben ihr. Da liegt er, der schöne Marc. Der Mann, den sie nicht wiedersehen wollte. Das Kissen fest umklammert, die Lippen leicht geöffnet. Wie kann er so friedlich schlafen? Müsste er nicht ebenso aufgewühlt sein? Seine Locken duften nach Tessas Shampoo, befeuchten ihre Bettwäsche. Sie presst die Nase hinein. Was mach ich bloß mit dir?, denkt sie. Nach der Dusche trug er sie ins Schlafzimmer. Tessa ließ es geschehen, trotz des hohen Kitschfaktors. Es war gar nicht kitschig oder aufgesetzt. Dieser Moment war dafür gemacht. Nackt und nass wälzten sie sich in der Bettwäsche trocken. Es war ein Duell. Tessa gewann natürlich, aber da waren Widerstand, Wille, ein Gegenspieler. Wenn auch nur flüchtig. Ein Nackenbiss erinnerte Marc daran, wo er hingehört.

Gründlich inspizierte sie seinen Körper. Von oben bis unten. An verschiedenen Stellen sorgten schwarze Plastikklammern für kleine Schmerzareale, an den Nippeln, den Innenschenkeln, den Hoden. Die zwickenden Klammern lösten Tessa ab. Sie wollte lieber küssen, schmecken und streicheln. Marc war ganz still. Die Haut seiner Innenschenkel schmerzte ein wenig, ansonsten spürte er kaum etwas. Weggedriftet, Hingabe pur. Tessa wollte ihn überraschen, sich auf ihn setzen, plötzlich. Sie wollte ihn umschließen, eng, feucht, selber spüren. Sich nehmen, wonach ihr war.

Das Präservativ durchkreuzte ihren Plan. Kondome sind wie Anstandspolizisten. Mit erhobenem Zeigefinger zerstören sie den Moment, befördern die Liebenden kurzzeitig auf eine sachliche, fast bürokratische Ebene. Vernunft heißt der Spielverderber. Alle möglichen katastrophalen Folgen ungeschützten Verkehrs schießen innerhalb weniger Sekunden durch den Kopf. Verdrängung ist das Einzige, was einen solchen Moment noch rettet. Man kann ein Kondompäckchen nun mal nicht ekstatisch aufreißen oder wild und ungestüm über den Penis stülpen. Risiko! Ein Widerspruch in sich. Erdbeere – sie rümpfte die Nase, als das glitschige Gummi aus der scharfkantigen Verpackung flutschte. Marc war längst im Bilde, die Überraschung geplatzt. Das lästige Verhüterli war erfreulicherweise schnell über seinen Schwanz gestülpt. Das Stehvermögen blieb ohne Einbuße.

Zufrieden kehrte sie langsam zurück zu ihrem Bauch. Dort angekommen, vernahm sie wieder dieses Trommeln zwischen ihren Schenkeln und erinnerte sich an den Grund für diesen lästigen Aufwand. Sie setzte sich auf ihn, endlich. Innerhalb weniger Sekunden war sie wieder da, diese Spannung. Aufgeladene Luft. Marc und Tessa wurden zu zwei Gegenpolen, sich anziehend immer wieder. Ihre Hand stützte sich auf sein Gesicht. Schon bald war sie wieder wunderbar rücksichtslos. So absichtlich und bewusst, dass sich ihre Lust augenblicklich potenzierte. Die Klammern verabschiedeten sich nach und nach mit einem letzten Biss von Marcs Haut. An den Hoden musste Tessa nachhelfen. Sie hoffte auf ein Aufbäumen, doch Marc gehörte ihr so sehr, dass er es ertrug, ja sogar schätzte, still, verfügbar.

»Wehe du kommst, bevor ich fertig bin!«, rief sie.

Dann sagte er es.

»Ja, Herrin!«

Seine Worte klangen nach. Eine Ohrfeige, so stark, dass ihre Handinnenfläche brannte. Übersprungshandlung. Immer wieder ohrfeigte sie ihn, schlug sich, auch ihn in einen Rausch. Fort von diesen Worten. Tessas Oberschenkel hielten ihrer Geilheit irgendwann nicht mehr stand. Marc wurde aufgefordert, nach oben zu wechseln. Dort war er nicht mehr zu bremsen, eben bloß ein Mann. Nur wenige Bewegungen seines Beckens, es war geschehen. Tessa war nicht wirklich sauer, außerdem zu ausgepowert, um ihn zu bestrafen. Seine Scham war genug. Ein letzter Hinweis auf einen Eintrag in das imaginäre Strafbuch. Samt Kondom wurde er ins Bad geschickt. »Mach dich sauber!«

Die Kerzen wurden gelöscht. Marc fiel in diesen Schlaf, diesen bodenlosen, leisen Schlaf. Dort blieb er. Tessa küsst seine Stirn. Herrin. Diese Anrede geht ihr nicht mehr aus dem Kopf. Jeder dahergelaufene Sub wirft mit diesem Titel um sich. Das klingt so zweitklassig. Nie wollte sie so genannt werden. Das ist nicht echt, nicht sie. Falsch hat es sich dennoch nicht angefühlt. Herrin.

*

»Was soll das bedeuten, er ist gegangen?«, fragt Tessa. Jan steht verwirrt vor ihr, die Hände an eine Kaffeekanne geklammert.

»Naja, er hat meinen Kaffee abgelehnt und irgendetwas von einem dringenden Termin gefaselt, dann ist er raus.«

Marc war schon früh wach, vor ihr, zu einer Zeit, in der Tessa sich noch in einer komatösen Tiefschlafphase befand. Frisch aus dem Bad und ahnungslos, begegnete er Jan, der ihm selbstverständlich Kaffee anbot. Tessa schlägt die Hände überm Kopf zusammen. Marc war sicher geschockt. Ihren Putzsklaven hat sie ihm gegenüber nie erwähnt.

»Was hast du überhaupt so früh hier zu suchen?« Tessa ist verärgert.

Jan zieht die Kaffeekanne an die Brust, hält sie wie einen Säugling.

»Dori musste zur Arbeit und ich konnte nicht mehr schlafen …«

»Wo ist mein Handy?« Sie rennt in die Küche. Jan trottet hinterher, hält ihr das Telefon entgegen.

»Es war in deiner Jackentasche, hat schon einige Male geklingelt.«

Sie reißt es aus seiner Hand, sucht Marcs Nummer in der Liste, findet sie, drückt auf Grün. Es klingelt lange. Fast will sie aufgeben, da meldet er sich.

»Hallo Tessa.«

»Guten Morgen, Sommersprosse.«

Ein Geräusch, vielleicht ein Lächeln.

»Entschuldige, dass ich ohne ein Wort verschwunden bin.«

»Gibt es einen Grund dafür?«

»Ich hatte einen Te … Termin und ich …«

»Und jetzt bitte den wahren Grund.«

»Okay … ich war ein wenig erschrocken, ich wusste nicht, dass du einen Mitbewohner hast.«

Tessa lächelt, schaut in Richtung Küche. Jan trägt Jeans und T-Shirt. Sie atmet auf. Keine Küchenschürze auf nackter Haut, keine Uniform. Gerade deshalb hat sie für Marcs Flucht noch weniger Verständnis. Anfänger sind so …

»Bist du noch da?«

»Ja, bin ich.«

»Tut mir leid, du weißt ja … das ist alles noch neu für mich.«

War das ein Anflug von Selbsterkenntnis? Wenigstens etwas.

»Ja, ich weiß«, sagt Tessa. »Aber mach dir keine Sorgen wegen Jan. Er ist ein kleiner Perverser und stört sich nicht an Dingen, die er vielleicht mitbekommt. Außerdem ist er nicht mein Mitbewohner, er ist …« Sie überlegt, ob das Telefon ein geeigneter Ort für diese Information ist. Nein, definitiv nicht.

»... Hast du morgen Zeit? Dann reden wir in Ruhe darüber.«

»Ja ... wann?«

»Um 17.30 Uhr Kastanienallee, Ecke Oderberger.«

»Okay.«

»Bis dann.«

»Ach Tessa ...«

»Ja?«

»Gestern ... war einfach ... unbeschreiblich schön.«

»Ja, finde ich auch.«

## 6. Kapitel

# *Flugversuche*

Die Kastanienallee gehört definitiv zu den Dingen, die Tessa an Berlin, insbesondere dem Prenzlauer Berg, so schätzt. Stundenlang kann man in Cafés verweilen, darüber staunen, dass in der Boutique von letzter Woche nun ein Friseur seine Dienste anbietet, und natürlich eine Menge schräger Individuen beobachten. Alles ist möglich, kaum etwas bleibt, wie es war oder wo. Marc ist schon da. Er sitzt draußen auf einer Holzbank vor »Pizza Loona«, trinkt ordnungsgemäß, wie es sich für diesen Bezirk gehört, ein Becks Lemon. Tessa schleicht sich an, hält ihm von hinten die Augen zu.

»Ist es nicht ein wenig früh für Alkohol?«, haucht sie ihm ins Ohr. Er zuckt kurz, aber die Stimme beruhigt ihn. Als sie neben ihm sitzt, kann sie nicht aufhören zu lächeln. Das ist anstrengend. Er versorgt sie mit Bionade. Während sie trinkt, spürt sie einen aufgewühlten Blick auf sich haften. Seine Nervosität schwappt über, genauso wie Tessas Getränk. Flecken auf der Bluse. Meine Güte, da war doch früher nicht so viel Kohlensäure drin. Es wird eine Pizza mit Parmaschinken, Parmesan, Rucola und extra viel Chiliöl bestellt. Kauend stellt Marc fest, wie viel Tessa und er doch gemeinsam haben.

»Wow«, sagt Tessa zynisch. »Wir mögen also beide Pizza. Das ist wirklich selten.«

»Sei doch nicht so«, sagt er gekränkt.

»Wie bin ich denn?«

Er überlegt, wird dann ernst, will etwas sagen. Tessa ist wie immer schneller.

»Hol uns doch noch etwas zu trinken, Sommersprosse«, sagt sie, stupst auf seine Nase. Ein Lächeln. Er steht auf, geht in die Pizzeria. Es ist leicht, ihn zu besänftigen, denkt Tessa, pickt ein verlorenes Rucolablatt vom Tellerrand.

»Unnahbar«, sagt er, als die beiden die Oderberger Straße Richtung Mauerpark entlangschlendern.

»Wie bitte?«

»Du hast mich doch gefragt, wie du bist. Du bist unnahbar.«

»Na *die* Antwort kommt ja früh.« Tessa lacht. Allerdings nur, weil sie nicht weiß, was sie sonst tun soll. Unnahbar? Ist es nicht das, was er will? Geht es nicht darum auch im Alltag eine notwendige Distanz einzuhalten? Nichts scheint so schwer zu beantworten wie diese Frage. Alles was sich außerhalb einer sadomasochistischen Verbindung befindet, steht dennoch im unmittelbaren Bezug zu ihr. Natürlich gibt es immer ein Dahinter, Davor oder Dazwischen. Versucht man jedoch, wie Marc, diese Bereiche rational zu erfassen, fällt das Ergebnis unbefriedigend aus. Typischer Anfängerfehler zu glauben, man müsse sich abgrenzen, klare Trennungen schaffen. Das wird sie ihm schon austreiben. Richtig ist, was sich richtig anfühlt. Es fließt immer ein Stückchen Rollenverteilung in das Alltagsleben mit hinein, ganz automatisch. Weshalb sollte man sich dagegen wehren, wenn das Miteinander doch auf diese Weise viel echter ist?

Kontrastprogramm Mauerpark. Im von Graffiti verzierten Amphitheater finden sie einen Platz. Am Fuß des Rundbaus haben ein paar Punks einen alten Küchenschrank in Flammen gesetzt. Feierlich stehen sie nun davor, blicken andächtig auf ihr Werk. Es ist nur eine Frage der Zeit, bis die Polizei anrückt. Bis dahin ist das Feuer aber eine gelungene

Inszenierung. Tessa schiebt eine leere Bierdose zur Seite, setzt sich hin. Sie zerrt Marc an seinem Ohrläppchen zu sich rüber. Ganz nah ist er jetzt, Nase an Nase. Dazwischen nur ein paar Sonnenstrahlen.

»Unnahbar, hm?«, flüstert sie.

»So ha ... hab ich das nicht gemeint.«

»Ich weiß!«, sagt sie. »Aber das, was du gemeint hast, war so unnötig in diesem Moment. Im Grunde ging es dir nur darum, etwas Bestimmtes von mir zu hören. Eine Bestätigung, dass auch ich finde, dass wir gut zusammenpassen.«

»Ja vielleicht«, antwortet er. Sie lässt sein Ohr wieder los.

»Auf solch billige Tricks reagiere ich aber nicht.«

»Das war aber nicht bewusst.«

»Darum geht es nicht.«

Er nickt, schaut sie auf eine Weise an, die ihre Worte unklar werden lassen. Gerade war da noch ein Gedankenfaden, jetzt hat sie ihn verloren.

»Okay«, brummt er, formt die Lippen zu einem Kuss. Sie entzieht sich, lässt die spontane Liebkosung ins Leere gehen. Ein verspielter Ausdruck gibt ihm Gewissheit. Ein neuer Versuch. Zwei Münder entdecken einander. So tief wie möglich will ihre Zunge in seinen Mund. Tessa hat vergessen, wie verwirrend so ein Kuss sein kann. In ihrem Kopf flattert es, ihr Magen ist voll von bizarren Krabbeltierchen, Nachtfalter sind auch dabei. Kein gutes Zeichen. Marcs Hände sind sanft, aber unverschämt. Wie von selbst liegen ihre Brüste plötzlich darin. Eine Hand bekommt sie zu fassen, dreht ihm den Arm auf den Rücken.

»Nicht übertreiben!«

Er kokettiert mit gesenktem Blick. Ob jemand darauf reinfällt? Immer wieder muss sie ihn küssen. Irgendwo weiter hinten sind die Klänge eines Didgeridoos zu hören.

»Ach übrigens…«, murmelt sie zwischen zwei Küssen, als wäre es eine Nebensächlichkeit.

»Ich habe einen Putzsklaven.« Schnell weiterküssen, nicht nachdenken.

Marc stutzt, stört folglich den Sprech-Küss-Rhythmus. Mist.

»Was ist?« Unschuldsmiene auf hundert Prozent.

»Du hast was?« Sichtbare Irritation.

»Einen Putzsklaven, er wohnt momentan bei mir. Ich dachte nur, du solltest das wissen.

Du bist ihm heute Morgen begegnet. Er heißt Jan.«

Ein verkniffener Mund, relativiert durch das Licht der Sonne auf dem Weg zu den Hausdächern. Lautes Schweigen. So etwas hält niemand lange aus. Sie übergeht seinen wortlosen Vorwurf.

»Das ist doch kein Problem für dich, oder?« Eine überflüssige Frage. Polygamie ist nicht für jeden grundsätzlich eine Selbstverständlichkeit. Vielleicht hätte sie ihn behutsamer an dieses Thema heranführen sollen. Schon wieder so ein Debütantenkompromiss.

»Ich weiß ja nicht einmal, woran ich bei dir bin. Das habe ich vorhin auch gemeint, als ich gesagt habe, dass du unnahbar bist. Ich wollte herausfinden, in welche Richtung du möchtest.«

»Marc. Wir treffen uns erst zum dritten Mal«, weicht sie ihm aus.

Er schaut auf. »Es hört sich gut an, wie du meinen Namen sagst.«

Wieder diese Anziehung. Küsse übersäen sein Gesicht. Sie beißt sich an seinem Hals fest, hinterlässt rote Spuren. Eine Zunge tastet sich zum Ohr.

»Ich möchte, dass du mir gehörst!«, hört sie sich selber sagen.

Ihr Kopf ist eigenartig warm. Es ist Sommer in Berlin, und wie.

*

Spannend, dass sich ein Leben über Nacht mit Sinn füllen kann. Die Tage vergehen. Zeit spielt dennoch keine Rolle. Sie hätte gern mehr davon, das ist ganz klar. Doch selbst die Arbeit bereitet keine Mühe. Im Gespräch mit einem Kunden färbt das Stimmungshoch ab, sorgt sogar für Offenheit neuen Ideen gegenüber. Unglaublich, wie viele sie auf einmal davon hat. Ein guter Tag.

Zu Hause versorgt Jan den knurrenden Magen mit Pasta und selbst gemachtem Pesto. Er selbst ist auch ein wenig knurrig. Die Zeit, die bleibt zwischen Arbeit und Marc, ist knapp bemessen. Bisher hat Jan es hingenommen. Sogar eine Stadtrundfahrt hat er hinter sich, bloß damit Tessa und Marc ungestört sein können. Wie immer lässt er sich verzaubern von ihrer guten Laune, die ihn mitreißt. Sie ist sein Elixier, er ihres nicht. Damit kann er leben. Es ist ja bloß während der Semesterferien. Ein unglücklich Verliebter auf Zeit.

Noch immer von Ideen überflutet, geht sie ihrem Spieltrieb nach. Jan hat ein wenig Aufmerksamkeit nötig. So werden kurzerhand seine Hände fixiert. Schwarze Kabelbinder helfen dabei. Das Servieren der Teller wird zum Slapstick-Theater. Darin ist Jan ein Meister, im Tollpatschig-Sein. Mit stolzer Buster-Keaton-Miene balanciert er zwei Teller aus dem Schrank. Das verliehene Handicap gefällt. Verliebte Nudeln werden auf die Teller geschaufelt, mit aufgeregtem Pesto verfeinert.

»Hmmm, lecker!«, lobt sie seine Kochkünste. Freude, ein verschmitzter Blick auf seine Fesselung. Auch wenn der Glanz in Tessas Augen einem anderen geschuldet ist, so hofft er trotzdem, dass die Liebe darin wenigstens ein bisschen vom Magen herrührt. Damit das Essen leichter fällt, faltet er die Hände. Die Gabel dazwischen, führt er bei jedem Bissen den Kopf zu den Händen, statt umgekehrt. Tessa kann sich kaum auf ihrem Stuhl halten vor Lachen. Schade nur, dass die Stimmung umschlägt, als sie von ihren abendlichen Plänen erzählt. Marc kommt später vorbei, na klar.

»Auf der Schönhauser ist ein schönes Kino. Wieso schaust du dir keinen schönen Film an?« So viel Schönheit in nur einem Vorschlag. Das fällt auf. Weniger ist mehr. Jan lässt die Gabel auf den Teller sinken, seine gefangenen Hände in den Schoß.

»Der neue Tarantino-Film läuft«, redet sie sich noch tiefer hinein.

»Der läuft dort nicht!«

»Dann halt einen anderen, oder ein anderes Kino?«

»Worüber reden wir eigentlich gerade?«

»Über Filme?«

Der Versuch, lustig zu klingen, verunglückt. Sie holt eine Schere, schneidet ihn los. Dass diese Aktion eine weitere Enttäuschung für Jan bedeutet, ist ihr nicht bewusst. Sie wird es wohl nie erfahren. Jan tut so, als freute er sich über seine Freiheit, reibt die hinterlassenen Spuren an den Gelenken.

»Du kannst auch bleiben, aber wir werden laut sein«, warnt sie und verschweigt, dass Marc es außerdem nicht mitbekommen sollte, wenn Jan im Nebenzimmer säße. Er ist noch etwas scheu. Das macht nichts. Vorerst darf er das. Zum Thema Putzsklave wurde nichts weiter gesagt. Im Moment wahrscheinlich die beste Lösung.

»Ich gehe ins Kino. Ist schon okay.«

Gezwungenes Lächeln. Stürmisch umarmt sie ihn. Das macht vieles wieder wett. Vom Keller ist die Laune zurück in den ersten Stock geklettert, immerhin.

*

Ein paar Tage später. Wie immer sucht sie ihren Haustürschlüssel. Als die Handtasche ihn endlich rausrückt, rutscht er auch schon aus müden Händen, schlägt rasselnd auf dem Asphalt auf. Der Tag war lang, die Nacht viel zu kurz. Gestern hat sie Marc mit zu sich genommen. Für ihn wurde es dunkel. Ein Seidenschal war behilflich. Hinterm Rücken hielt das gewichtige Metall mittelalterlicher Handschellen seine Hände zusammen. Tessa hat diese Schmuckstücke auf einem Markt in Kreuzberg erstanden.

Wunderschön sah er aus, wie er da stand, auf ihrem Balkon im Halbdunkeln. Am liebsten hätte sie zu ihrer Kamera gegriffen. Doch sie war nicht in der Lage wegzusehen. Einen Moment durch ein Foto zu verewigen, bedeutet, auf die direkte Wahrnehmung für einen Augenblick zu verzichten. Man selbst rückt in den Hintergrund, die Muse wird zum Motiv, bleibt allein zurück. Tessa wollte bleiben.

Ohne ihn zu berühren, schlich sie um seinen Körper. Das Atmen fiel ihm schwer. Seine Brust hob und senkte sich unregelmäßig. Als Fingerspitzen über seinen Hintern strichen, richtete sich sein Schwanz auf. Schwänze sind nicht grundsätzlich ästhetisch. Mann irrt, wenn er dies vermutet. Ein Schwanz muss schon viel hermachen, bevor Tessa ihm Beachtung schenkt, geschweige denn Lust verspürt, sich ihm zu nähern. Marc hat wohl einfach Glück gehabt. Mutter Natur hat ihn beachtlich ausgestattet. Selbst bei einem großen Mann beeindruckte dieser Anblick. Die zarte Haut um den beharrlichen Körperteil fühlte sich überwältigend an. Ein Grund für Tessa, sich ausnahmsweise auch mal niederzuknien. Wenn er so schmeckte, wie er sich anfühlte, wollte sie sich das auf keinen Fall entgehen lassen. Oralverkehr ist eine Ideologie. Für viele Männer die perfekte Art, eine Frau zu demütigen, sie zu zwingen, ihre Männlichkeit in sich aufzunehmen. Was viele Herren der Schöpfung aber vergessen, ist, dass ihr Heiligtum direkt zwischen scharfkantigen Schneidezähnen steckt. Wer hier tatsächlich am längeren Hebel sitzt, ist ja wohl eindeutig.

Bizarre Laute. Er begriff schnell, dass sie nicht vorhatte, fürsorglich an ihm zu saugen. Das Fischerman's in ihrem Mund wurde zum teuflischen Helfer. Eben zum Freund – Reklame hält doch, was sie verspricht. »Sind sie zu stark, bist du zu schwach.« Marc war nicht schwach. Im Gegenteil. Die Zähne zusammengebissen, hielt er sich wacker zwischen Trieb und Grenze. Keine andere Partie des Körpers zwingt einen Mann derart schnell und allumfassend in die Knie. Nachdem sein Schwanz reichlich eingeminzt war, fing Tessa an zu pusten. Durch die Augenbinde konnte er nicht orten, woher dieser heißkalte Luftstrahl kam, nur das Brennen spürte er deutlich. Wieder zwischen den Händen, begann sie ihn zu wichsen, eine eintönige Angelegenheit. Sie befreite seine Hände. Sollte er die Arbeit selbst verrichten. Sie musste nicht einmal etwas sagen. Automatisch legte er Hand an. Er kniete. Mit Daumen, Mittel- und Zeigefinger hebelte sie seinen Mund auf, spuckte hinein.

»Gefällt dir das, Sommersprosse?«

»Ja.«

Ein Schlag ins Gesicht. Wirkungsvoll. Sie nahm den Schal von seinen Augen. Automatisch schloss er sie wieder, fiel abermals in diesen Kosmos, in dem Tessa nicht existierte. Irgendwo, wo alles zerfaserte, nichts mehr blieb als Gefühl. Das war bereits beim letzten Mal geschehen. Heute Nacht sollte er nicht entkommen, sondern bleiben, bei ihr. Das funktionierte am besten über seine Angst. Sie ließ ihn allein, kam zurück mit einer kleinen Box in den Händen. Die rechte Hand schlüpfte in einen Latexhandschuh. Die andere zog das Latex am Gelenk Richtung Ellenbogen. Als spielte sie ein Instrument, passten sich die Finger dem Handschuh mit schnellen Bewegungen an. Dann holte sie noch etwas anderes aus dem kleinen Kasten. Eine Kanüle. Sie entfernte die sterile Folie, verlor Marc indessen keine Sekunde aus den Augen. Der Anblick der Nadel brachte erste Reaktionen hervor.

»N…nein. W…was ist d…das? Ich glaube nicht, dass ich das möchte«, stürzte es panisch aus seinem Mund. Glauben heißt nicht Wissen. Sie kam näher. Marc floh, kam nicht weiter als einen Meter. Er setzte sich auf einen Balkonstuhl, Tessa obendrauf. Eine Hand legte sich auf seinen Mund. Aufgerissene Augen starrten auf den spitzen Gegenstand in der anderen.

»Sie dürfen sogar selbst eine Stelle aussuchen, wo wir die Nadel hindurchschieben«, sagte sie in nahezu perfekter Krankenschwestermanier.

»N…nein, das w…werde ich auf k…keinen Fall t…tun«, rief er, den Ansatz ihrer Parodie ignorierend. Um dann kleinlaut anzuschließen: »Können wir vielleicht am Arm beginnen?«

Er sprang tatsächlich über seinen Schatten. Wer hätte das gedacht. Hohe Konzentration. Sie stand auf, umfasste sein Handgelenk. Er schnappte nach Luft, schnelle, flache Züge.

»Oder, vielleicht doch lieber nicht?«

Als hätte er eine Wahl.

»Du hast drei Sekunden, dir eine Stelle auszusuchen, sonst suche ich eine aus.«

Feuchte Augen, trockner Mund.

»Ich … wo … Oh Gott …«

»3 … 2 … 1!«

Zu spät. Die Entscheidung stand. Was er nicht ahnte, war, dass der Arm viel schmerzhafter gewesen wäre als die Stelle, die sie im Sinn hatte. Ihre Hand legte sich auf seinen kribbeligen Kopf. Kurz beruhigte er sich. Sein Gesicht drängte sich flehend in ihr Dekolleté. Sie schob seinen Kopf zurück. Tränen in seinen Augen. Unruhe. Ganz behutsam desinfizierte sie die Hautpartie auf seinem Brustmuskel, drückte sie mit den Fingern zusammen. Ein letzter tiefer Atemzug. Ein letztes Aufbäumen.

»Nein, nein, bitte …«

Mit dem Eintritt der Nadel hielt er den Atem an. Wie von selbst glitt sie unter seine Haut, trat ebenso geschmeidig auf der anderen Seite wieder heraus. Stille. Die Barriere war durchbrochen. Mehr wollte sie nicht. Sie war angekommen, direkt in seinem Kopf.

*

Gerade will Tessa die Tür aufschließen, als sie ihren Namen hört. Lexi ist auf der anderen Straßenseite, winkt übermütig. Natürlich. Sie waren für heute verabredet. Nur nichts anmerken lassen.

»Na das passt ja gut«, ruft sie. »Ich komme gerade von der Arbeit.«

Im Treppenhaus beschleicht sie plötzlich eine Ahnung. Ob sie erst mal nach dem Rechten schauen sollte, bevor sie Lexi hineinlässt? Doch da stehen sie auch schon gemeinsam vor der Tür. Sie schließt auf. Beide betreten den Flur. Tessa öffnet die Tür zum Arbeitszimmer, hofft, dass Lexi ihr folgt. Doch die nestelt an den Schnürsenkeln ihrer Chucks herum.

»Lass die Schuhe ruhig an«, sagt sie noch, als die Küchentür auffliegt. Jan steht da, die Hände in die kleinen Taschen der pinkfarbenen Schürze gezwängt. Höflich wie immer, verbeugt er sich. In der Annahme, Lexi sei eine Eingeweihte, geht er auf sie zu, reicht ihr die Hand. Tessa stockt der Atem. Lexi schmunzelt ungläubig. Mit viel Sicherheitsabstand nimmt sie die Hand des halbnackten Mannes entgegen, der sich als Jan vorstellt. Überforderung zweier Parteien. Nur Jan freut sich über den Besuch einer hübschen Frau.

»Möchte die Dame vielleicht etwas trinken?«, fragt er, will Tessa eine Freude machen und kniet sich hin. Niemand rührt sich. Weder Tessa noch Lexi oder Jan. Gemeinsam gefrieren sie zu einem Stillleben. Gäbe es eine Enzyklopädie für Situationen, in die man niemals geraten will, dieser Moment bekäme einen Platz darin. Warum tut denn niemand etwas?

»Jan. Geh bitte wieder in die Küche.«

Tessa ist ganz ruhig. Ein scharfer Ton verunsicherte Lexi sicher nur noch mehr.

»Eigentlich hätte ich gern einen Kaffee«, sagt Lexi plötzlich, schielt belustigt zu ihrer Freundin.

»Bist du sicher?«, fragt Tessa vorsichtig nach.

»Nein, aber ich finde es trotzdem ganz witzig«, antwortet sie, lacht nervös. So langsam bekommt Jan den Verdacht, dass hier irgendwas nicht stimmt. Er dreht sich um, will Richtung Kaffeemaschine gehen. Lexis Kichern – eine Mischung aus Neugier und Schrecken – lässt seinen Körper herumfahren. Ja richtig, er ist ja nackt unter der Schürze. Rückwärts wackelt er in die Küche. Inzwischen ist Lexi ihm unheimlich, sie starrt so seltsam. Tessa schlägt die Hände überm Kopf zusammen.

»Ich wollte dich nicht in Verlegenheit bringen«, versucht sie die Situation etwas zu entkrampfen. Doch Lexi ist ganz und gar nicht verunsichert.

»Du glaubst wohl auch, dass Leute, die normalen Sex haben, sich niemals nackt sehen, oder!? Dein Verhalten mir gegenüber ist ja fast diskriminierend.«

Ein verdutzter Blick. Tessa muss zugeben, dass sie …

»Ich habe euch doch nicht in flagranti erwischt. Und selbst wenn, dann wäre ich auch nicht geschockt.« Wenn die wüsste.

»Glaub mir, Lexi, das kommt ganz darauf an, wobei du uns erwischt hättest«, hält Tessa dagegen.

»Mag sein.«

»Ist so!«

»Und ich dachte immer, du bist total abgeklärt. Schau dich mal an, du hast 'ne knallrote Birne. Das passt nicht zusammen ...«

»Aha ...«, murmelt Tessa. »Wenn das nicht mal mindestens ebenso ein Vorurteil den SMlern gegenüber ist wie die Annahme, dass Vanillas nicht offen sind.«

»Vanillas?« Lexi runzelt die Stirn, schüttelt den Kopf.

»Das ist ja schrecklich, ihr habt auch noch einen Namen für die, die nicht das tun, was ihr für richtig haltet? Das ist ja infam.«

»Wollen wir mal die Bilder anschauen?« Ein schneller Sprung zum nächsten Thema. Lexi nickt dankbar. Sie gehen ins Arbeitszimmer, werfen einen Blick auf die fertigen Bilder. Die besten hat Tessa aussortiert und bearbeitet. Zufriedenes Strahlen.

»Bin das wirklich ich? Wow ... danke.«

Fast sieht es so aus, als sei der kleine Zwischenfall wieder vergessen. Inzwischen hat Jan Kaffee gebracht. Zur Erleichterung aller die Kleidung gewechselt. Während Lexi und Tessa gemütlich beieinander sitzen, klingelt es an der Tür. Tessa verlässt sich auf Jan. Ungebetene Gäste sind inzwischen sein Spezialgebiet. Die Zeugen Jehovas hat er mit diplomatischem Geschick in die Wüste befördert, ohne Unbehagen zu erzeugen. Das soll ihm mal jemand nachmachen. Es klopft.

»Ja.«

Jan steckt seinen Kopf durch die Tür.

»Es ist Marc. Er behauptet, ihr seid verabredet. Reinlassen oder abwimmeln?«

Tessa schluckt. Das hat sie ganz vergessen. So wie alles in der letzten Zeit. So kann das nicht weitergehen.

»Äääh. Lass ihn rein, nimm ihn mit ins Wohnzimmer und sei gastfreundlich. Er soll dort auf mich warten«, nuschelt sie unschlüssig.

Ihn warten lassen? Wieso eigentlich nicht. Schließlich ist immer noch sie diejenige, die den Ton angibt. Marc muss sich in Geduld üben. Keine Notwendigkeit, ein schlechtes Gewissen zu haben. Es kann nicht immer alles nach ihm gehen. Sie verspürt ein merkwürdiges Kratzen im Hals. Ob sie eine Erkältung bekommt?

»Noch Kaffee?«, fragt sie Lexi.

Im Wohnzimmer ist es warm, fast stickig. Tessa reißt hustend das Fenster auf. Marcs Gesicht ist ein einziger Vorwurf. Eine Entschuldigung steht heute aber nicht mehr auf ihrer To-do-Liste. Ab jetzt läuft es wieder nach Plan. Er hat ihren Rhythmus schon genug durcheinandergebracht. Diese fahrige Lebensweise ist auf Dauer ungesund. Sie bleibt vor ihm stehen. Marc hängt träge im Ecksofa.

»Möchtest du etwas trinken?«

»Danke, dein ... Putzsklave hat mir schon das dritte Glas Orangensaft gebracht«, trotzt es zurück. Sie stützt die Hände in die Hüften, pustet sich eine Haarsträhne aus dem Gesicht.

»Wenn du weiterhin vorhast, meinen Feierabend mit schlechter Laune zu verderben ...« Tessa fällt sich selbst mit einem Räuspern ins Wort. » ... solltest du besser gehen.«

Die Konsequenz scheint zu hart. Er lenkt ein.

»Ich habe zwei Stunden gewartet.« Sein Ton ist leidend – armes Opfer. Keine Antwort. Sie setzt sich gegenüber in den Sessel, schlägt die Beine übereinander, schaut auf die Uhr.

Einfach nicht reagieren. Es ist wie bei jaulenden Hunden. Irgendwann lernen sie, dass die einzige Möglichkeit zur Erfüllung des Begehrens Fügung ist. Bloß eine Frage der Beharrlichkeit. Er steht auf, pendelt zwischen Sofa und Tisch, lässt sich schließlich zu ihren Füßen nieder. Er sieht nicht hoch, konzentriert sich auf sein Tun. Seine Lippen verteilen Küsse über ihrem Fußrücken. Zehen werden einzeln aufgenommen, zwischen zwei Daumen gewälzt. Überwindung wirkt befreiend. Endlich Blickkontakt. Er wirkt verunsichert. Sie lächelt nicht. Es geht hier nicht mehr um ein Spiel oder seichte Zweisamkeit. Rosa Wolken haben auf dem Boden der Tatsachen nichts verloren. Sie steht auf, schiebt ihn unsanft zur Seite, lässt ihn dort.

Im Arbeitszimmer fährt sie den Rechner runter. Das hat sie nach der Verabschiedung von Lexi vergessen, denn sie ist direkt ins Wohnzimmer gehetzt. Plötzlich spürt sie seine Gegenwart. Tessa simuliert Konzentration, sortiert herumliegende Gegenstände in die Schreibtischschublade. Eine Hand an ihrer Wade. Sie stockt kurz, dreht sich um. Marc, wahrscheinlich aus dem Wohnzimmer hierher gekrabbelt, sitzt vor ihr. Die Worte, eben noch in seinem Kopf, fast über seine Lippen, lösen sich in Nichts auf. Grund dafür ist der nachdrückliche Blick dieser Frau. Sie holt aus, trifft. Ihre Hand brennt nach. Zusammenhänge schwinden. Sein Ohr beginnt zu pfeifen. Sinnestaumel. Nichts zählt mehr. »Zieh dich aus!«, hört er sie sagen, pariert sofort. Dann fühlt er einen Tritt.

»Den Arsch nach oben!«

Er drückt den Rücken durch. Die Küchentür öffnet sich. Jemand stellt eine Frage, seine Herrin antwortet. Die Tür wird geschlossen. Kein Weg zurück. Marc ist befreit. Er nimmt sein Ego zurück, klammert es aus, lässt Tessa den Vortritt. Nicht aus Anstand oder Rücksicht, sondern aus Überzeugung. Tessa hat sich in der Zwischenzeit mit einem Lineal angefreundet. Es liegt gut in der Hand. Er schreit nicht, als es ihn trifft. Auch nicht, als die Kanten seine Haut schneiden. Es hat den Anschein, als interessierte es nicht einmal, mit welchem Gegenstand auf ihn eingeschlagen wird. Tessa ist in Fahrt, in Rage, im Rausch. Er liegt auf dem Bauch. Striemen, ein erster Bluterguss. Sie kann nicht anhalten, kniet neben ihm, schlägt zu. Geschwollene Haut, weitere Striemen, kaum Reaktion. Erst als er nicht einmal mehr zuckt, völlig resigniert, spürt sie, dass sie aufhören sollte. Das Lineal findet zu seinem eigentlichen Bestimmungsort zurück. Sie legt sich neben ihn. Erschöpftes Lächeln. »Danke«, flüstert er. Eine Hand auf seinem Kopf, dazu eine Stimme.

»Komm, wir gehen ins Schlafzimmer.«

Gemeinsam gehen sie rüber. Marc legt sich hin. Er beobachtet, wie sie aus ihrer Kleidung schlüpft. Nackt, die Kurven unverhüllt, steht sie vor ihm. Marc richtet seinen Oberkörper auf, rutscht zur Bettkante, umarmt ihren Unterleib. Küsse übersäen ihren Bauch, eine Zunge fährt in den Nabel. Inzwischen ist das Durchwühlen seiner Haare fast zum Ritual geworden. Sie zwingt seinen Kopf zwischen ihre Beine. Marc ist nicht sanft. Die Belohnung ergreift ihn, lässt ihn maßlos werden. Zähne. »Vorsicht!«, ruft sie, zieht seinen Kopf an den Haaren aus ihrem Schritt. Sofort nimmt er sich zurück. »Entschuldige bitte«, entgegnet er, senkt den Blick. Sie steigt zu ihm ins Bett. Im Flur sind Geräusche zu hören. Sein Kopf liegt auf ihrer Brust. Etwas hat sich verändert.

*

»Ich kann nicht glauben, dass Jan tatsächlich in einer Schürze bei dir rumläuft. Das ist so abstrus, ich mag mir das gar nicht vorstellen«, schallt es aufgebracht aus der Leitung. Gela hat Tessa vor einer Stunde mit einem Anruf aus dem Bett geklingelt. Seither reden sie über Marc. Dass Gela nun von ganz allein über Jan spricht, erinnert Tessa daran, dass sie noch gar keinen Kaffee bekommen hat an diesem Morgen.

»Hat er dir das mit der Schürze erzählt?«

»Nein, ich habe alles über Webcam beobachtet. Klar hat er mir das erzählt, wer sonst? Er hat mir auch erzählt, dass du ihn ganz schön vernachlässigst, seitdem dein Sonnyboy auf dem Plan steht.«

Tessa wird hellhörig. Jan hat in den letzten Tagen seine Schürze nicht mehr getragen. Trotz ihres Hinweises vor zwei Tagen trägt er seine Kleidung als lautlosen Protest.

»Ich weiß. Du ahnst ja gar nicht, wie anstrengend es ist, zwei Subs auf einmal bei Laune zu halten«, gesteht Tessa und spürt, dass sie dringend jemanden zum Reden braucht.

»Warum tust du es dir denn dann an? Ich meine, nicht dass ich es Jan nicht gönne …«

»Womöglich ist Polygamie doch nichts für mich. Marc ist so einnehmend. Meine Gedanken kreisen nur um ihn. Das ist wahnsinnig anstrengend, aber gleichzeitig auch wunderbar. Ich erlebe mich selbst völlig neu«, berichtet sie.

Gela überlegt kurz. Dann sagt sie: »Tja, so ist das, wenn man sich verliebt, Tessa …«

»Unsinn! Das hat damit nichts zu …«

Gela fällt ihr ins Wort.

»Wieso nimmst du Marc nicht mal mit auf eine Party? Dann kommt ihr mal unter Leute, er lernt ein paar andere Perverse kennen und das Ganze lockert sich ein wenig. Vielleicht lernt er dann auch Jan besser kennen. Bisher durfte Jan euch zwei ja immer nur bedienen, was gelinde gesagt wirklich unfair ist, Tessa.«

Wie immer hat Gela recht. Obwohl sie nicht versteht, dass Jan in seiner Rolle als Diener aufgeht, hat er trotz allem mehr verdient. Wie Gela ist Jan inzwischen ein guter Freund, fast ein Familienmitglied. Eine Party? Vielleicht ein guter Ansatz. Sie könnte ein paar ihrer Verantwortungslasten abladen. Etwas Leichtigkeit hineinbringen.

»Gut. So machen wir das«, beschließt sie.

»Wie jetzt? Kein Widerspruch? Du gibst dich einfach so geschlagen?«

»Sieht fast so aus …«

Der Tag ist noch jung. Es ist Wochenende. Nach dem Telefonat und einer Dusche geht sie ins Wohnzimmer. Jan sitzt mit einem Buch auf dem Sofa. Die Standpauke – eben noch im Hinterkopf – verkneift sie sich. Das wäre eher albern als hilfreich. Kurz schaut er auf, als sie den Raum betritt, widmet sich dann wieder seinen Zeilen. Sie lässt sich auf den Platz neben ihm fallen. »Guten Morgen«, sagt sie, sieht ihn eindringlich von der Seite an. Er schaut auf, weiß nicht, ob er verlegen oder überrascht sein soll, entscheidet sich für beides.

»Ich wollte mir gerade einen Kaffee machen, da ist mir eingefallen, dass du das viel besser kannst als ich«, sagt sie. »Außerdem würde ich es schön finden, wenn du mir Gesellschaft leistest, ich möchte mit dir sprechen.«

Ihre Aufmerksamkeit schafft Erleichterung, außerdem ist er neugierig darauf, was sie zu sagen hat. Grund genug, ein Buch aus den Händen zu legen, in die Küche zu flitzen und Kaffee aufzusetzen. Tessa ist gerührt. Es braucht kaum Worte, damit Jan versteht. Sein Rückzug war ein Zeichen, doch kein Vorwurf. Als er mit dampfenden Tassen zurückkommt, setzt er sich wieder neben sie. Gewohnte Bereitschaft. Erstaunlich. Sie holt Luft, will ihm erklären, dass er ihr viel bedeutet, ihr ans Herz gewachsen ist und Marc ganz sicher nichts mit alldem zu tun hat. Doch sie würde nur in Floskeln tapsen, sich einzig im Phrasendreschen üben. Das hätte keinen wirklichen Wert. Jan ist bei ihr, freiwillig. Und er bleibt, weil er will. Sie lässt sich in seinen Arm fallen. Ein Kuss auf den Mund. Seine Lippen haben kaum Zeit zum Reagieren, so unerwartet kommt diese Geste daher. »Gela besucht uns demnächst«, legt sie los.

»Ja, ich weiß«, nickt er. »Ich telefoniere oft mit ihr. Meistens wenn du arbeitest.«

»Das hat sie mir erzählt. Auch dass du dich nicht mehr wohlfühlst.«

Jan schnappt sich eine Haarsträhne von Tessa, dreht sie geistesabwesend um seinen Finger.

»Ist das so?«, bohrt sie weiter.

»Nicht ganz so drastisch. Gela hat etwas übertrieben.«

»Wie ist es denn sonst?«

»Manchmal ist mir ein wenig langweilig.«

»Wieso gehst du dann nicht mal raus? Nach verrichteter Arbeit ist das doch okay, so war es doch auch vereinbart.«

»Ich bin nun mal lieber in deiner Nähe.«

»Obwohl dir langweilig ist?«

»Das war ja nicht immer so.«

»Das musst du mir erklären.«

Es vergehen einige Sekunden. Jan bleibt stumm. Tessa spürt, wie schwer ihm dieses Gespräch fällt. Nun liegt es an ihr.

»Kann es sein, dass diese Langeweile etwas mit Marc zu tun hat?«

Überführt. Sein Gesicht verrät ihn.

»Hab ich's mir doch gedacht.«

»Es ist nicht so, dass ich etwas dagegen habe, dass du mit ihm …« Er zaudert, sucht einen geeigneten Begriff, fährt fort. »… zu tun hast.«

»Sondern?«, will sie wissen.

»Du bist nur so ... anders, wenn er da ist.«

»Anders?« Tessa ist verwundert.

»Dein Verhalten mir gegenüber ist dann gleichgültig. Als wäre ich dir egal. Ich kenne Marc ja nicht, aber irgendwie macht er einen seltsamen Eindruck auf mich. Ich hoffe wirklich, dass ich mich irre, aber ich glaube, er ist nicht der Richtige für dich.«

Eifersucht, also doch. Sie lächelt, zieht ihre Haarsträhne aus seinen Händen.

»Wenn Gela da ist, gehen wir ins ›Insomnia‹. Ich werde Marc fragen, ob er mich begleitet. Vielleicht hattet ihr einfach einen schlechten Start. Lern ihn doch erst mal besser kennen, bevor du dir ein Urteil erlaubst. Du wirst merken, dass Marc weniger gefährlich ist, als du denkst.«

Einen schlechten Start? Hatten sie überhaupt einen? Er nickt, will wieder nach der Strähne greifen. Sie zieht den Kopf weg.

»Ja, ist kein Problem. Hoffentlich hast du recht. Ich möchte, dass du glücklich bist«, lässt er sie wissen.

»Danke, das bin ich.«

Glück. Nichts ist so relativ. Wie man das Leben anpackt, damit es einigermaßen funktioniert, weiß Tessa. Ist das Glück? Oder wird man auf diese Weise eher blind? Ein so hochgesteckter Begriff. Zudem fragil, launisch. Das Glück ist eine Zicke. Und darauf soll man vertrauen? Marc macht sie glücklich. Es ist tatsächlich so. Er ist ihr einfach passiert, sie konnte nichts dagegen tun. Nun ist sie mittendrin, paddelt irgendwo in diesem unsteten Glückspfuhl. Sie sollte zugreifen. Sich bewusst machen, dass sie einen Schatz gefunden hat. Was weiß sie eigentlich über ihn? Er arbeitet als freier Journalist, wohnt irgendwo in Friedrichshain. Geboren ist er in Heide, an der Nordsee. Viel erzählt er nicht gerade. Das soll sich zukünftig ändern. Tessa sucht ihr Handy. Wie immer weiß Jan, wo es liegt.

Sie schreibt eine SMS: *Hey Sommersprosse, schick mir doch mal deine Adresse. Heute komme ich ausnahmsweise mal zu dir.*

Es dauert fast eine Stunde, bis sie eine Antwort bekommt. Ein wenig ärgerlich ist das schon. Er hätte sich längst eigenständig melden können. Schließlich ist Wochenende! Jan hat beobachtet, dass etwas nicht stimmt. Unruhig dreht Tessa bereits die zweite Runde durch die Wohnung, schaut ständig auf die Uhr.

Marc schreibt: *Meine wunderschöne Tessa. Leider habe ich heute keine Zeit. Bitte sei nicht böse, ich mache es wieder gut, versprochen.*

Konsterniert glotzt sie auf das Display ihres Handys. Immer wieder liest sie seine Zeilen, als räumte sie sich die letzte Chance auf einen bösen Traum ein. Doch da steht es: blau auf illuminiertem Grau. Wie er versucht, von dem eigentlichen Inhalt seiner Zeilen abzulenken, mit dieser bemüht innigen Anrede. Dann die abschließende Wiedergutmachungsprophezeiung. Das ist so, so …

»Was ist los?«, will Jan wissen.

»Ich weiß nicht … ich glaube, wir sollten mal vor die Tür gehen«, gibt sie abwesend zurück.

Jan springt vom Sofa auf. »Ja gern. Jetzt sofort? Wohin denn?«

Es ist gut, mal auszugehen. Erst recht, wenn man Jans Reaktion betrachtet. Vor allem aber, um die eigenen Gedanken auf andere Dinge zu richten. Zerstreuung ist angesagt. Die findet man am besten unter Gleichgesinnten. Marc ist unkalkulierbar. Das gefällt ihr nicht. Seine SMS ist beleidigend. Kein Wort über das Angebot, ihn zu besuchen, keine Adresse. Tja, so ist das mit dem Glück. Kaum vertraut man darauf, schon lässt es einen im Stich. Wenigstens darauf kann man sich verlassen.

Zwei Stunden später bohrt Tessa in einer Strandbar an der Spree ihre Füße in den Sand. Heute findet der Stammtisch einer neuen Gruppe von SMlern statt. Ein Geheimtipp. Die Bezeichnung Stammtisch sollte jedoch unbedingt vermieden werden. Denn das Motto der Zusammenkunft ist großstädtische Lebenskunst statt kleingeistiger Kellerkultur. Bisher scheint das Konzept aufzugehen. Bis auf den Quotendom, der mit versteinerter Miene schweigend in seinem Selbstbild verharrt, sind die Mitspieler recht locker. Kein zu hoher Anteil schwarzer Kleidung, kaum belanglose Debatten über Spankingtechniken oder Bondageseilstärken. Ob dies so bleiben wird, bleibt abzuwarten.

Immer wieder ist es verwunderlich, wie behutsam SMler mit ihren Namen umgehen. Kaum jemand stellt sich den beiden mit herkömmlichem Namen vor. Wie ein Schutzschild werden die Nicknames vor der Brust getragen. Sie treffen auf Uranus, den Baron, Obscura, schütteln die Hand von Floria Tosca, La gata negra und anderen. Paradoxerweise teilt man intime Details auf Anhieb, ist jedoch nicht bereit, einen unbedeutenden Vornamen preiszugeben. So dicht wie möglich, aber nicht zu nah. Tessa stellt sich spätestens beim zweiten Treffen mit realem Namen vor. Leider ist das nicht so einfach. Auf großes Interesse stößt sie dabei nicht. Man kennt sich in den meisten Fällen schon aus dem Netz. Dass Lara mit ihrem Sub da war, wird morgen überall die Runde gemacht haben. Fragte jemand nach Tessa und Jan, erinnerte sich vermutlich niemand.

Die Sonne tut jedenfalls gut. Jan ist in eine Fußmassage vertieft, während Tessa in ihrem Sonnenstuhl einen Strawberry Smoothie schlürft.

»Das Leben ist schön«, flüstert sie ihm zu.

»Du auch!«, erwidert er.

Sympathiepunkte bekommt an diesem Abend Floria Tosca, die nach einem längeren Gespräch mit Tessa das Bedürfnis hat, ihren Namen zu verraten. Maren passt viel besser zu der rothaarigen Frau mit der kecken Zahnlücke zwischen den Schneidezähnen. Tessa findet sie hinreißend. Deshalb darf Jan heute auch Maren bedienen. Als er ihr einen Cocktail serviert, befiehlt Tessa ihm sich hinzuknien. Ohne zu zögern, pariert er, drückt die Knie in den weichen Sand. Es ist Maren sichtlich unangenehm. Sie nimmt ihm das Glas aus der Hand.

»Normalerweise bin ich es, die kniet«, erklärt sie.

Tessa zuckt mit den Schultern. »Heute nicht.«

Draufgängerisch zieht Jan den bunten Flip-Flop von Marens Fuß, walzt die Ferse in seiner Hand. Dabei wird er neugierig beäugt von denen, die sich in der freundlichen Umgebung nicht überwinden können, es ihm gleichzutun. Bei Sonne, bunter Kleidung und Salsa-Musik fallen devote Posen augenscheinlich schwerer als in düsteren Clubs. Ob Strenge und Dominanz ihre Wirkung unter magentafarbenen Sonnenschirmen verliert? Maren schnurrt wie ein rolliges Kätzchen. »Hmmm, das kannst du aber guuut«, lobt sie Jan, der inzwischen seine Zunge zwischen ihre Zehen gesteckt hat. Marens Zurückhaltung macht ihn mutig. Auch Maren taut ein wenig auf. »Was kannst du denn noch für tolle Sachen?«, fragt sie vorlaut, zwinkert Tessa zu. »Frag ihn doch gleich, ob er auch Pfötchen geben kann«, lacht Tessa. Das lässt Maren sich nicht zweimal sagen.

»Na komm, gib Pfötchen.«

Genervt schaut er sie an, schielt dann zu Tessa.

»Na los, Jan, du hast es gehört.«

Jan legt die Hand auf die gebräunte Haut von Marens Knie. Verlegenheit umgibt die zwei.

»Und jetzt mach ... wuff«, kichert sie nervös. Jan lacht durch die Nase, das Kinn auf der Brust. »Wuff ... wuff...«, macht er. Alle lachen, sogar er selbst. Maren gibt ihm einen Kuss auf die Wange, streichelt seinen Kopf. Er legt den Kopf in ihren Schoß, lässt sich kraulen.

»Einen tollen Sub hast du da. Gut erzogen«, sagt sie zu Tessa.

Ein Schuldgefühl kriecht Tessa den Nacken hoch. Hat sie ihn überhaupt erzogen? Passiert nicht alles, was er tut, aus eigenem Antrieb? So freiwillig, dass Tessa nicht einmal merkte, wenn Erziehung dennoch stattfinden würde?

Ein Handy klingelt. Tessa wühlt in ihrer Handtasche, findet den Störenfried, meldet sich.

»Hallo?«

Als lenkte dieser Anruf von der taufrischen Vertrautheit ab, schwenken Maren und Jan synchron die Köpfe, schauen zu Tessa. Ein verdunkelter Ausdruck lässt erkennen, dass etwas nicht stimmt. Tessa bekommt eine tiefe Stirnfalte, nuschelt etwas in den Hörer. Die zwei Beobachter bekommen nur Bruchstücke mit. Als sie aufgelegt hat, steht sie unvermittelt auf.

»Ich muss los«, sagt sie gedankenverloren. Jan nickt, will aufstehen.

»Bleib ruhig hier. Du bist ja in guter Gesellschaft.«

»Nein«, widerspricht er. »Ich möchte mitkommen.«

Sie lässt sich neben ihm im Sand nieder, streicht ihr Haar hinters Ohr.

»Ich treffe mich mit Marc«, flüstert sie. »Du würdest dich eh langweilen.«

»Du meinst, ich wäre im Weg«, wirft er ihr vor.

Tessa starrt auf den glitzernden Sand unter ihren Knien. Treibsand. Wie soll sie da jetzt wieder rauskommen? Das kleine Schuldgefühl ist nun im Nacken angekommen, krallt sich fest. Räuspern, dann Husten.

»Maren wäre sicher traurig, wenn du sie einfach allein lässt.«

Schweigen ist in der Tat wertvoller als Reden. Das wäre mal wieder bewiesen. Doch was sonst soll sie ihm sagen? Maren nickt unschlüssig, nimmt Jans Hand und erklärt:

»Die anderen wollen später noch baden gehen. Du kannst doch mitkommen.«

Er schaut sie nicht einmal an. Sieht weiterhin zu seiner geknickten Herrin. Ihre Entscheidung wankt, so wie sie selbst. Beschützen möchte er sie. Halten, festhalten ... aufhalten. Stattdessen sagt er: »Ich habe gar keine Badehose dabei.«

»Kein Problem. Das haben wir alle nicht«, greift Maren ein.

Das ist die Rettung. Marens Leichtigkeit gibt Tessa einen Ruck. Sie steht auf, verabschiedet sich von der Gruppe. Jans Lippen formen Worte. Tessa ignoriert ihn. Schnellen Schrittes geht sie zum Ausgang, biegt ab. Jan sieht ihr nach, bis sie hinter der Mauer verschwunden ist. Maren knetet seine Hand.

»Weiß sie, was sie an dir hat?«, fragt sie.

»Sie wusste es mal«, sagt er so leise, dass es fast wie ein Flüstern klingt.

Der Weg nach Hause dauert ewig. In der Bahn rutscht sie unruhig auf der Bank hin und her. Schlägt erst das linke über das rechte Bein, dann umgekehrt. Ein Straßenmusiker zwingt den Fahrgästen ein Liedchen auf. Er rupft auf seiner verstimmten Klampfe eine schlechte Version von *Smoke on the Water*. Schwerfällig wankt er an den Gästen vorbei, in der Hoffnung auf ein paar Cent. An der Jannowitzbrücke steigt er aus – ohne einen Cent –, hinterlässt einen Dunst aus Schnaps und kaltem Rauch.

Marc klang merkwürdig gehetzt am Telefon. Es ginge ihm nicht gut, er habe Sehnsucht, müsse sie dringend sehen.

Jetzt sofort. »Ich komme zu dir«, bot sie ihm an. Wie schon zuvor umging er das Angebot. Angeblich war er schon fast vor ihrer Haustür. Also doch wieder in Tessas vier Wänden. Wie immer. Irgendetwas passte nicht zusammen. Erst die Absage, jetzt das. Wieso reagierte sie überhaupt? Sie sollte ihn zappeln lassen. Das wäre nur gerecht. Seine Stimme klang so vertraut. Auch sie fühlte sich den ganzen Tag kraftlos. Irgendetwas fehlte. Marc. Weder Jan noch die sommerliche Stimmung konnten etwas daran ändern. Es waren doch bloß zwei Tage ohne ihn. Sehnsucht ist Stress. Ein hormonelles Durcheinander, vielleicht sogar geistige Umnachtung. Nur Masochisten können das genießen. Wieder hustet sie. Wahrscheinlich hat sie die Erkältung verschleppt. Nicht, dass es noch chronisch wird. Zink soll helfen. Gleich morgen wird sie sich Tabletten aus der Apotheke holen. Schade, dass es gegen Sehnsucht keine Pille gibt. Das würde vielleicht das unabwendbare Schlucken derselbigen, bitteren, am Ende jeder Beziehung verhindern.

Als sie aus dem Tunnel fährt, hat sich das Wetter geändert. Ein Sommergewitter zieht auf. Sie denkt an Jan. Sicher wird er schon früher nach Hause kommen. An der Prenzlauer Allee steigt sie aus. Ein Blitz zuckt durch den Himmel. Erst golden, dann silbern. Viel zu kurz, um den Übergang zu erfassen. Sie beginnt zu zählen. Ein Automatismus, verankert in früher Kindheit. Man zählt die Sekunden, bis es donnert. Jede Sekunde stellt einen Kilometer der Entfernung des Gewitters dar. Sie zählt drei, dann grollt es übellaunig. Marc wartet vor der Tür, als sie ankommt. Sie umarmen sich lange. Er will nicht mehr loslassen. An den Schultern drängt sie ihn von sich weg, sodass sie in seine Augen schauen kann.

»Was ist denn los?«, fragt sie.

»Nichts, ich wollte dich einfach sehen.«

Es beginnt zu regnen. Zum Glück ist der Schlüssel schnell gefunden. Im Hausflur drückt er sie gegen die Wand, drängt seinen Körper dicht an ihren. Durch den dünnen Stoff ihres Kleides spürt sie seinen Schwanz auf dem Venushügel. Er duftet sportlich, frisch geduscht.

»Was soll das werden?«, wundert sie sich, zupft ein graues Haar aus seiner Mähne.

»Au! Das tat weh«, gibt er zurück, ohne sie freizulassen.

»Marc! Lass mich los. Ich würde jetzt gern in meine Wohnung.«

Sein Atem riecht nach amerikanischem Zimtkaugummi. Er küsst sie, will nicht mehr aufhören. Eine impertinente Zunge, fast in ihrem Hals. Mit aller Kraft drückt sie ihn zurück. Selbstherrliches Lachen. Von Respekt keine Spur. Was ist nur los mit ihm? Befremdet richtet sie ihre zerzauste Frisur. Als sie die Treppen hochgeht, spürt sie seine Präsenz. Sein Blick kitzelt unangenehm am Rücken, auf ihren Kurven, sogar in den Kniekehlen. Als ginge eine Gefahr von ihm aus, zieht sie das Tempo an. Kurz vor der Haustür spürt sie eine Hand an ihrem Hintern. Er hebt ihr Kleid an, fasst darunter. Sie fährt herum – erschrocken, empört. Eine Ohrfeige hallt durchs Treppenhaus. Ein weißer Handabdruck verbleibt auf seiner Wange, färbt sich schließlich rot. Doch getroffen hat sie ihn nicht. Ein provokantes Grinsen wehrt alles ab. Ungerührt reibt er sich das Ohr. Tessa hustet. Weg hier. Sie lässt ihn im Hausflur stehen, geht hinein. Das alles ist ihr suspekt. Drinnen versucht sie sich zu sammeln. Das beklemmende Gefühl in der Brust nimmt zu. Es haben schon ganz andere Männer versucht, Grenzen an ihr auszutesten. Kinderspiel. Es tat bloß vorher nie so weh. Seltsam. Die Haustür bleibt offen, einen Spalt breit bloß, aber zugänglich. Er folgt nicht, bleibt, treibt weiterhin sein Spielchen.

»Wenn du nicht reinkommst, kann ich die Tür auch schließen«, ruft sie aus der Wohnung. Im Wohnzimmer lässt sie sich nieder. Ihre Hand ertastet ein Kissen, legt es auf ihren Schoß. Warten. Er wird schon kommen. Wenn nicht, auch gut. Immer wieder dieses Räuspern. Innere Unruhe. Sie steht wieder auf, sieht aus dem Fenster. Es regnet Bindfäden. Im Flur ist ein Geräusch zu hören. Marc ist aus der Schmollstarre erwacht. Als er das Zimmer betritt, dreht sie sich zögernd um, verschränkt die Arme. Er wirkt fremd, dennoch nah. Langsam schleicht er auf sie zu, setzt sich auf den Boden, legt seinen Oberkörper ab. Die Augen sind geschlossen, als er sagt:

»Bitte schlag mich!«

Kein Feingefühl in der Stimme, nicht einmal Höflichkeit. Es ist kein Wunsch, sondern eine Aufforderung, fast ein Diktat. Ihre Beine füllen sich mit Beton. Sie muss sich setzen. Konsterniert schüttelt sie den Kopf.

»So ist das also. Deine Sehnsucht galt nicht mir, sondern meinem Liebesdienst.«

Eine letzte Chance will sie ihm einräumen. Doch seine Rechtfertigung sollte gut überlegt sein. Die Gelegenheit bleibt ungenutzt. Theatralisch dreht er sich auf den Bauch. Die Arme über dem Kopf verschränkt, legt er seine Stirn ab. Ein aussagekräftiger Seufzer. Von Sekunde zu Sekunde gewinnt seine Forderung an Gewicht.

»Bitte schlag mich«, nuschelt er in den Läufer.

»Ganz sicher nicht!«, lässt Tessa ihn wissen, steht auf. Aus der Handtasche holt sie ihr Handy. Stille überbrücken, die Enttäuschung dämmen. Draußen peitscht der Regen gegen die Fenster. Wieso meldet Jan sich nicht? Sie wählt seine Nummer. Marc liegt einfach da, stumm, blind. So unsagbar blind.

»Wo bist du?«, fragt sie, als sie Jans Stimme erkennt. Ein verkniffenes Gesicht hebt sich vom Teppich. Jan antwortet:

»Bei Maren. Sie wohnt in der Nähe der Strandbar, es hat so geregnet, da sind wir …«

Sie hört seine Worte, erfasst aber ihren Sinn nicht. Inzwischen ist Marc aufgestanden, steht hinter ihr. Dicht, ohne sie zu berühren.

»Okay, dann viel Spaß«, wünscht sie in den Hörer.

»Geht's dir gut? Du klingst komisch«, sorgt sich Jan.

»Jaja, bis dann.«

Sie legt auf. Die Frage, wann Jan nach Hause kommen darf, verbleibt einsam in der Leitung.

»Bitte!«, hört sie Marcs Stimme. Beinahe klingt er verzweifelt. Eine Hand auf ihrem Bauch, sein Atem an der Wange. Der Zimtgeruch des Kaugummis ist verblasst.

»Willst du mir nicht lieber sagen, was los ist!?«

»Nichts …«, sagt er. »Ich ha … hatte viel … Sstress …«

Sein Stottern liefert die eigentliche Auskunft. Ihre anfängliche Vermutung, das Versagen der Worte habe etwas mit ihr zu tun, hat sie längst verworfen. Er scheint unter großem Druck zu stehen. Unübersehbar. Gefühle suchen sich ihren eigenen Weg nach draußen. Man kann sie nicht knebeln. Angestaut führen sie zum direkten Bruch des Dammes. Marc befindet sich mitten in seiner Flut. Unbekümmert überschwemmt er nun auch Tessa. Sie macht sich los, läuft in die Küche. Ein Glas Wasser soll den Hals beruhigen, roter Wein die Nerven. In den Türrahmen gelehnt, stürzt sie das Wasser hinunter. Neue Kraft. Ein Schluck rote Beruhigung. Neuer Versuch.

»Stress«, wiederholt sie seine Worte. »Viel Stress also.« Eindeutig gereizte Stimme. Er nickt. Tessa trinkt. Parallel zum hinablaufenden Wasser bahnt sich die Wut einen Weg nach oben, direkt in die Kehle. Er sinkt auf die Knie. Das Geräusch auf dem Boden verheißt nichts Gutes. Das tat weh. Wie von selbst geht sie einen Schritt zurück, schüttelt unempfänglich den Kopf.

»Ich brauche noch einen Wein«, sagt sie, flüchtet in die Küche. Noch immer kniet er aufrecht, den Blick im Türrahmen verkeilt. Zurück aus der Küche. Sie versperrt sein Sichtfeld, reicht auch ihm ein Glas.

»Trink, das entspannt. Und dann erzählst du mir, was dich so stresst. Vielleicht finden wir eine Lösung.«

Sie klingt erschöpft, ist sie ja auch. Besonders was ihren Einfallsreichtum in Sachen strategische Beziehungsführung betrifft. Ideen erschöpfen sich mit ihren Urhebern. Ein Geräusch aus seiner Richtung: Lautes Gähnen. Marc nimmt das Glas, stellt es auf den Tisch, schweigt. Komplizierte Situationen erfordern unkomplizierte Taten. Wo Ideen enden, erwacht der Pragmatismus. Ein kleiner Stoß nur. Als wartete er auf nichts anderes, gibt er nach, fällt zurück. Sein Gesicht lässt ein flüchtiges Lächeln erkennen, dann schlägt der Trübsinn wieder zu. Es fällt schwer, sich unabhängig von seinen Reaktionen zu machen. Ihn so zu sehen, tut weh. Eben deshalb lohnt es sich wohl weiterzumachen. So ist das mit Gefühlsmasochisten. Im Drama fühlen sie sich zu Hause. Auf unerklärliche Weise hat Tessa das Gefühl, ihm helfen zu können. Selbstüberschätzung. Helfersyndrom sei Dank. Wie erwartet, bleibt er auf dem Rücken liegen.

Sie setzt sich auf ihn, beginnt zu reden. Über Vertrauen. Die logischen Gründe für selbiges, das er doch haben sollte, eigentlich. Ihr gegenüber und so weiter. Etwa nicht? Keine Auskunft. Zwischendurch setzt er an, macht ein Geräusch, verliert sich wieder in Gedanken. Das geht eine Weile hin und her. Mit seinen ausbleibenden Antworten schwindet ihre Nachsicht. Dann wird sein Gewissen bearbeitet. Plan B. Damit kriegt man sie immer, die Männer. Weshalb er so blind sei, ob er nicht verstände ... all die Dinge, die eine Frau nun mal so sagt in ihrer Verzweiflung. So lange, bis sie sich selbst dabei ertappt. Ihre Erkenntnis schürt die Wut aufs Neue. Hitze im Schädel. Die bekommt er nun auch ab. Sie steht auf, wütet durchs Wohnzimmer. Mit Tessa macht man so etwas nicht. Das sollte er wissen.

»Geh jetzt! Du nimmst...« – sie ringt nach einem passenden Wort – »... das mit uns nicht ernst. So funktioniert das einfach nicht.«

Das mit uns? Keine angebrachte Bezeichnung für eine Beziehung? Vom anderen fordern, etwas ernst zu nehmen, was man sich selbst nicht einmal getraut auszusprechen? Viel leichter fallen dagegen die Vorwürfe. Die sind so schön flink gesprochen. Dass sie enttäuscht ist, erklärt sie ihm. Und dass sie eine Erklärung erwartet, sonst braucht er nämlich gar nichts mehr zu erwarten. *GZSZ* lässt grüßen. Hochkarätiges Drama geht anders. Auch dieser Beweis wäre erbracht. Marc erhebt sich träge. Ohne die Mühe eines letzten Wortes geht er an ihr vorbei. Die Haustür öffnet sich leise, schließt sich etwas lauter. Er wird nass werden. Draußen regnet es doch.

## 7. Kapitel

# *Absturzgefahr*

Der Morgen beginnt ungewöhnlich ruhig. Geradezu unnatürlich. Stille zieht sich wie ein Raunen durch die Räume der Altbauwohnung. Bleierne Beine setzen sich in Bewegung, bemühen den dazugehörigen Rumpf ins Bad. In der Wanne ist es nicht auszuhalten. Die Hitze macht benommen. Erst eine kalte Dusche jagt die Schläfrigkeit aus den Gliedern. Vitalität ist etwas anderes. Im Spiegel recken sich Krähenfüße aus den Augenwinkeln. Seit wann ist diese Denkerfalte überhaupt so tief? Antifaltencreme ab dreißig. Der Tag der Wahrheit rückt näher, unverkennbar. Was für eine Tragödie. Das Erbe ihrer letzten Beziehung kuschelt sich noch immer innig an die Hüften. Sechs Kilo zu viel, die sie schon seit fünf Jahren – so lange liegt die Trennung zurück – mit sich herumträgt. »Es wird Zeit.« Sie greift in die weiche Rundung ihrer Hüfte, schüttelt den Kopf. Schnell eine Bluse drüber. Weiter geht's.

In der Küche entscheidet sie sich für grünen Tee. Der viele Kaffee in der letzten Zeit war sicher nicht gesund. Sobald Jan zurück ist, wird sie ihn über ihre neuen Gewohnheiten in Kenntnis setzen. Sowieso könnte er statt der ganzen Pasta auch mal Gemüsegerichte oder Fisch anbieten.

Wo bleibt er überhaupt? Vielleicht ein Anruf? Im Wohnzimmer findet sie ihr Handy. Zwei Gläser stehen auf dem Tisch. Das eine leer, das andere gefüllt bis oben hin. Nicht angerührt. Missachtet von Marc. Räuspern. Sie wendet sich ab. Ist ja auch egal. Dann ruft sie Jan an. Es klingelt lange, bis die Mailbox sie erlöst. »Hallo. Dies ist die Mailbox von Jan Schmidt. Ihr wisst, was zu tun ist. Na dann mal los!« Sie legt auf. Was soll sie ihm schon hinterlassen, was er nicht schon wüsste. Sobald er ihre Nummer sieht, wird er zurückrufen. Da ist sie sicher. Auf Jan ist Verlass. Es ist halb zehn. Höchste Zeit, Mails zu lesen und mit der Arbeit zu beginnen. Ein neuer Kunde, das lenkt ab. Neues tut das immer. Im Flur bleibt sie abrupt stehen. Die Gläser gehen ihr nicht mehr aus dem Kopf. Sie sollte sie wegräumen. Die Erinnerung an gestern in den Abfluss gießen. Dann ist Ruhe, erst dann. Widerwillig greifen ihre Hände jeweils ein Glas. Die Andenken des gestrigen Abends werden vom Ort des Geschehens entfernt. Der unbeachtete Wein in die Tiefen der Kanalisation befördert. Marc ist undankbar! Arbeit zerstreut den Geist. Tessa funktioniert. Gegen zwölf ruft Jan zurück. Mit fröhlicher Stimme will er von seinem Abend berichten. Er kommt nicht weit. Irgendwo zwischen der coolen Szenebar in Friedrichshain und dem neuen Tarantinofilm unterbricht sie ihn.

»Komm nach Hause. Ich brauche dich hier.«

Jan ist oft sprachlos. Meistens, weil er nichts sagen will. Heute aber, weil er ihre Worte nicht einordnen kann. Gestern hat sie ihn noch sitzen gelassen. »... nach Hause ... ich brauche dich.« Wie könnte er darauf nicht reagieren?

»Ich beeile mich. Soll ich etwas mitbringen? Schokolade?«

»Um Gottes willen!«, knurrt es typisch aus der Leitung.

»Wir machen diese Woche Diät. Bring Gemüse und Obst mit.«

Jan lacht. Und wie er lacht. Das tut gut.

»Wie du willst.«

Zwei Stunden sind für eine Fahrt durch Berlin, inklusive Wartezeiten und einem langen Einkauf an der Obst- und Gemüsetheke, eine gute Zeit. Er klingelt. Sehr gut, die Augen verlangen nach einer Pause. Als Tessa öffnet, ist sie gezwungen, den Blick zu senken. Ein kniender Jan begrüßt sie. An den Ohren baumeln zwei Kirschen von ihren Stielen. Die Handflächen zeigen, wie es die Tradition einem guten Sub abverlangt, nach oben. Darin platziert: zwei knackige Birnen. Das I-Tüpfelchen aber steckt zwischen seinen grinsenden Zähnen. Ein roter Apfel. Gelungene Performance. Etwas wie Freude versetzt Tessa einen kleinen Stich. Jans Nase zwischen Daumen und Zeigefinger, zwingt sie ihn aufzustehen.

»Was bist du? Ein Spanferkel?«

»Du hast mir auch gefehlt«, näselt Jan.

In der Küche räumt Tessa die Einkäufe aus. Jan nagt verwundert an seinem Apfel.

»Das kann ich doch machen?«

»Nein, nein. Erzähl mir lieber, wie es mit Maren war.«

Neugier und Hunger haben gesiegt. Tessa ließe es sich nur ungern nehmen, die Tüten selbst auszuräumen. Jan hat einen ordentlichen Vorrat an bunten, gesunden Naturgewächsen eingekauft.

»Schön war's«, antwortet er.

»Jetzt erzähl schon. Lief was zwischen euch?«

»Quatsch!«

Eine schnelle Antwort. Außerordentlich schnell. Dann diese Betonung, fast trotzig. In gebückter Haltung schaut sie über den Kühlschrankrand. Prüfend, die Augen zu Schlitzen geformt. Irgendwas ist hier faul. Ob er etwas verheimlicht?

»Wieso nicht?«, fragt sie. Ihr Ton ist barsch, der Ausdruck offensiv.

»Weil ...«, er überlegt, holt mit den Fingern einen Kern aus dem Gehäuse des Apfels, schnippt ihn leichtfertig ins Leere. Keiner der beiden sieht ihn wieder aufkommen.

»Sag mal, spinnst du?!«, kreischt Tessa.

Jan reißt erschrocken die Augen auf. Trotzdem ist da auch ein Funken Erleichterung in seinem Gesicht. Die unüberlegte Tat wurde zum Ablenkungsmanöver, erspart ihm die noch offene Antwort.

»Den Kern suchst du jetzt sofort. Ich habe keine Lust auf Apfelbäume in der Küche.«

Tatsächlich. Sie ist abgelenkt. Seine Lider entspannen sich wieder. Beinahe zufrieden begibt er sich auf die Suche nach dem entsprungenen Kern. Zeit lassen, ablenken, ausweichen. Zu früh gefreut. Wie immer findet Tessa zum eigentlichen Kern zurück.

»Und? Warum ist es doch gleich so quatschig, dass zwischen dir und Maren etwas sein könnte?«

Erneute Lidstarre. Den verloren geglaubten Ausreißer hat er bereits gesichtet. Da liegt er, unschuldig und kernig neben der Spülmaschine. Ganz Mann – somit nicht Multitasking-fähig –, fällt es schwer, danach zu greifen und zeitgleich zu denken.

Deshalb tut er nichts. Tessa seufzt. Er schließt sich an. Dann setzt sich seine Zunge in Bewegung. Viel zu hastig kommen da Worte aus dem Mund geflogen. Sie flattern im Gehörgang, vibrieren in der Magengegend nach. Tessa geht auf ihn zu, dreht seinen Rücken in ihre Richtung. Die Arme schließen sich um seinen Körper, ihre Wange liegt zwischen seinen Schulterblättern. Dann seufzt sie schon wieder. Tief und irgendwie untypisch.

»Sag das noch mal«, sagt sie mit einer befremdlichen Friedfertigkeit. Jan schließt die Augen, wiederholt seine Worte. Es fällt ganz leicht.

»Weil ich keine andere Frau so sehr will wie dich!«

*

Mitten in der Nacht wacht Tessa auf. Kopfschmerzen, vom erstarrten Nacken verursacht. Sie quält ihren Kopf auf die andere Seite, zerrt umständlich am Kissen. Die Schuld hat sich wieder eingenistet. Heimlich ist sie das Genick hoch gekrochen, hat sie schließlich um den Schlaf gebracht. 3.36 Uhr behaupten die blutroten Ziffern des Radioweckers. Das Gewissen kennt keinen Rhythmus, nicht einmal Zeit. Obwohl es ein Händchen für universell ungünstige Zeitpunkte zu haben scheint. Es ist ein Zeiträuber, ein Dieb.

Jan hat nicht einmal gemerkt, dass Tessa ihren Kopf von seiner Brust genommen hat. Friedlich schlummert er vor sich hin. Vielleicht ahnt er, dass sie seine Zuneigung nur leihweise in Anspruch genommen hat, vielleicht weiß er es sogar. Das macht es nicht leichter. Nach Feierabend hat er sie überrascht. Es gab einen köstlichen Zucchini-Birnen-Salat mit Pinienkernen und Parmesan, dazu Weißwein. Die Fähigkeit, flexibel zu sein, trotzdem seine Kreativität nicht zu verlieren, beeindruckte. Sie dachte nur ganz kurz an Marc, wegen des Weins, verdrängte ihren Ärger doch wieder. Der Abend war zu schön, um ihn an hässliche Gedanken zu verschwenden. Als Jan mit dieser seltenen Offenheit aus seinem Leben erzählte, waren diese allemal passé.

Wie kommt es nur, dass man sich immer am meisten nach den Dingen sehnt, die einem vorenthalten werden? Bekommen wir sie dann von einem anderen Menschen, meinen wir auf Verständnis, vielleicht sogar auf etwas wie Liebe zu treffen. Bevor wir neue Lücken entdecken, die wir dem anderen zum Strick drehen. Dann geht das Spiel von vorn los. Jan zog sämtliche Register. All das, was Marc nicht sein wollte, servierte er, wenn auch unbewusst, mit zielsicherem Geschick. Eine perfekte Illusion. Tessas Gewissen wurde im Wein ertränkt. Mit jedem Schluck auch der Sinn für Realität.

Der Schwips, später der Taumel, wurde als Schmetterling im Bauch fehldiagnostiziert. Obwohl sie es doch besser wusste. Seine Lippen waren viel weicher als die von Marc, seine Zunge um einiges umgänglicher. Zumindest wollte sie, dass es so war. Jans Kuss schmeckte vertraut. Es war, wie nach einer langen durchzechten Nacht zu Hause vorm Zubettgehen noch einen warmen Tee zu trinken. Ein Ritual, das selbst im Vollrausch seine erdende Wirkung nicht verlor. Sie hätte es dabei belassen sollen. Bis zu diesem Punkt war es vertretbar. Gesunder Egoismus, der beiden Seiten guttat. Es war nicht einmal Gier, die ihr zu Kopf stieg, sie weitermachen ließ. Vielmehr war es die Enttäuschung darüber, dass die Lust völlig ausblieb, obwohl doch alles perfekt schien. Eine verzweifelte Hoffnung musste ihre Erfüllung finden. Kein williges Fleisch, dafür getrübter Glaube. Salopp gesprochen: Verdammte Scheiße, da muss doch mehr gehen! Im Gegensatz zu Tessa war Jan kaum zu bremsen vor Verlangen. Er bemerkte ihre verklärte Wahrnehmung nicht. Möglicherweise wollte er sie auch nicht bemerken. Die Magentabrille auf und los.

»Fass mich an«, verlangte sie.

Gemeinsam torkelten sie in den Flur, landeten auf dem roten Läufer. Mit glimmenden Knopfaugen lag er unter ihr. Fiebrig. Überwältigt von der Situation.

»Mach den Mund auf!«

Er wusste, was ihn erwartete. Selbst wenn nicht, er hätte nicht lange überlegt und getan, was sie verlangte. Sie ließ sich Zeit. Ihren Speichel in seinen Mund fließen zu sehen, war nicht der einzige Genuss. Es ist immer ein Drei-Stufen-Genuss. Stufe eins findet im Gesicht des Opfers statt. Die Züge entgleisen, spielen verrückt wie ein überdrehtes Uhrwerk. Ob es gleich losgeht? Die Augen werden fest zusammengekniffen, um sie dann wieder zu öffnen. Immer im Wechsel. Wieso passiert denn nichts? Will ich das überhaupt? Nervöses Lachen. »Halt still!« Nach diesem Befehl: sofortige Ernsthaftigkeit. Herrlich! Es wird stillgehalten. Je nachdem, wie energisch dieses Kommando gegeben wurde, wird noch ein paar Mal geblinzelt. Jan schloss die Augen. Seine Entspannung führte auf direktem Wege zu Stufe zwei: Fügung. Loslassen. Der Mund weit geöffnet, ein ruhiges Gesicht. Vielleicht haben die Lider über den Augen ein wenig gezittert. Schwer zu sagen, denn die einzige Lichtquelle ging von den Kerzen in der Küche aus, die einen hektischen Kegel in den Flur warfen. Die Lippen zu einer kleinen Öffnung geformt, machte sie sich bereit für Stufe drei. Sie ließ die Flüssigkeit laufen, die sich lang bis zu seinen Lippen zog, um sich dann zu verabschieden. Die letzte Stufe war viel zu schnell vorüber. Der Speichel wurde aufgenommen, kurz mit der Zunge in den Rachen befördert, schließlich heruntergewürgt. Dabei diese schöne tiefe Falte zwischen den Augen. Eine Mischung aus Unbehagen und Gelüst. Wie das erste Mal eine Auster zu schlürfen, um hinterher festzustellen, dass es gar nicht schlimm, ja sogar in gewisser Weise köstlich, war.

Jan fügte noch eine vierte Stufe hinzu: Eruption. Ungehemmt zog er sie zu seinem Gesicht, küsste sie. Das war der Moment, als Marc wieder in ihren Gedankengang sprang. Dort stand er, festgewachsen, beharrlich ihren Kopf blockierend. Sie schlang die Beine um Jans Hüfte, presste ihre Scham dicht an seine Erektion, ihre Augen fest zusammen. Marc blieb. Alles um sie herum geschah wie von selbst. Kleidungsstücke flogen durch die Wohnung. Sie vögelten sich ins Schlafzimmer.

»Fick mich! Sei gefälligst ein Mann!«

Sie wollte etwas spüren. Etwas anderes denken, bestenfalls nichts mehr. Jan erwies sich als ausdauernd. Altruistisch, wie er ist, nahm er sich zurück, besorgte es ihr so gründlich, wie sie es verlangte. Ein lebender Dildo, eine unterstützende Masturbation. Mehr war es nicht. Jedenfalls nicht für Tessa. Ein destruktives Gefühl lässt sich schlicht nicht wegvögeln. Selbst der Orgasmus verfügte nicht über genügend Nachhalt. Jans Gesichtsausdruck, den sie in Momenten, wenn er für sie litt, so gern hatte, war unerträglich. Sie konnte nicht hinsehen. Wie er ungelenk wie ein Zinnsoldat seinen Körper über ihrem verteilte. Unsicher, aber aufgekratzt vor Geilheit. Das Blut – aus dem Kopf gewichen – pumpte eifrig in den wenigen Zentimetern Schwellkörper. Mitleid oder Ekel? Wahrscheinlich beides. Es hätte nie passieren dürfen. Einen Orgasmus später war sein Liebesdienst verrichtet. Erschöpft und enttäuscht schlief sie auf seiner Brust ein. Dass auch er kam, bemerkte sie nicht einmal. Jan ist eben unauffällig, egal was er tut.

Sie steht auf, geht ins Bad. Die Schuld tropft zäh in die Toilette. Ihre Schuld! Es gibt Dinge, die kann man nicht wegspülen. Jan wollte ein Kondom holen. Sie wusste, dass die Zeit zwischen dem Holen des Gummis und dem umständlichen Drüberstülpen ihre Lust endgültig erledigt hätte. »Scheiß drauf!«, war ihr Wortlaut, wenn sie sich recht erinnert.

Eine Dusche hilft beim Verdrängen. Heißes Wasser in den Nacken, dort wo das Gewissen zwickt. Es gibt Dinge, die kann man nicht reinwaschen. In ein Handtuch gehüllt, will sie zurück ins Bett. Beweisstück A grunzt friedlich vor sich hin. Sie sollte etwas anziehen. Eine Jogginghose und ein T-Shirt schützen vor unnötigem Körperkontakt.

4.47 Uhr. Was für eine träge Nacht. Nur langsam verschwinden die Gespenster aus dem Kopf, mit ihnen der lästige Schmerz. Die Augen wieder geschlossen, tauchen wirre Bilder auf. Eindrücke des Tages fliegen verzerrt an ihr vorbei. Ohren mit Kirschen behangen – eine Headline läuft durchs

Bild: Scheiß drauf! – Zwei leere Gläser – Jans Lippen – Marcs Lippen – »Weil du die Einzige bist …«, flüstert Jan. »Scheiß drauf!« Das war Marc. Alles verliert sich hinter einem Gelb … Grau. 5.54 Uhr. Schwarz.

*

12.14 Uhr. Ausschlafen ist was Feines, wenn man es sich denn erlauben kann. Es ist Dienstag, kein Grund, der dafür spräche, den Tag erst mittags zu beginnen. Der Platz neben ihr ist leer. Dass es kein böser Traum war, weiß sie. Momentan ist das aber unwichtig. Viel dramatischer ist, dass der neue Kunde die ersten Layouts bis 13 Uhr haben will. Es bleiben läppische fünfundvierzig Minuten für die Entwürfe. Wie soll sie das hinbekommen? Sie springt auf. Wieder dieser Schmerz. Sie versucht den Kopf zu drehen, unmöglich. »Verdammt!« Im Flur begegnet sie einem nichts ahnenden Mann, dessen Augen noch immer funkeln. Lächelnd hält er ihr eine Tasse Kaffee entgegen. »Wieso hast du mich nicht geweckt?«, fährt sie ihn an. Jan zuckt zusammen, das Funkeln verabschiedet sich.

»Ich dachte … ich dachte, du …«

»Ja, ich weiß, Denken ist nicht deine Stärke!«

Ihr Verhalten ist unverantwortlich, nicht fair. Beide wissen das. Jan bleibt ruhig, wagt einen neuen Bestechungsversuch mit dem Kaffee. Mit schnellem Griff rupft sie die Tasse aus der Faust. Die heiße Flüssigkeit schwappt über Jans Hand, schließlich auf den Boden. Tessa reagiert.

»Kannst du nicht aufpassen?«

»Entschuldige.«

»Wisch das auf!« Dann verschwindet sie im Büro.

*

Mit der Nähe ist das so eine Sache. Frei von allen Zwängen, von weltlichen Wünschen, wirkt sie wie süße Sahne auf unsere ungesättigten Seelen. Damit sie nicht ungenießbar wird, sollte sie kühl gehalten werden. Darin hat Tessa Erfahrung. Distanz reinigt die Gedanken.

Unterkühlt schleicht die Woche durch den Kalender. Reduzierte Kommunikation. Während Jan auf seinem Tiefpunkt kauert, erreicht Berlin seinen Höhepunkt. Es ist August. Die Straßen sind voll von lebenshungrigen Menschen. Höchste Zeit, die Maus auf dem Pad zu parken und dem aufgeheizten Asphalt die Stirn zu bieten. Jan lässt sie zurück. Er wird schon klarkommen.

»Ich bin dann mal weg. Keine Ahnung, wann ich wieder da bin. Ciao.«

Mit dem Rad fährt sie nach Kreuzberg, um Lexi zu treffen. Bei Sushi und Sonne lässt sich ein stummes Handy besser ertragen. Marc bleibt stur. Kein Anruf, keine SMS, kein Versuch einer Kontaktaufnahme. Sie wird nicht anrufen. Wenn es das war, dann war es das eben. Es ging auch früher ohne ihn. Übrig bleibt Jan. Mindestens ebenso stur, ist er in seiner Festung – der Küche – geblieben. Mit seiner Ich-halte-durch-Mentalität hat er sich unaufdringlich wie ein Kochlöffel verhalten. Nur nicht so praktisch. Käme Gela nicht schon morgen nach Berlin, sie hätte ihn gebeten zu gehen.

Gela. Sie scheint ein Abkommen mit Tessas Gewissen zu haben. Oder aber eine tiefe Freundschaft. Einig sind die zwei sich immer. Sie wird spüren, dass etwas nicht stimmt, wird Worte wie »unverantwortlich« benutzen, oder »leichtfertig«. Ihre Einfühlungsgabe gilt dabei ausschließlich Jan. Klar. Sie wird ihn an ihren Busen pressen. »Kommt, lasst uns darüber sprechen«, wird sie sagen und: »Kommunikation schafft Verbindung … «, blabla.

Tessa schnauft. Reden ist Silber, Empathie, wenn man trotzdem das Maul hält. Das wird Gela nicht schaffen. Zugegeben, ihre Hobby-psychologischen Ansätze sind nicht immer verkehrt. In diesem Fall aber ist Objektivität nicht möglich. Gelas Perspektive stimmt nicht. Subs denken immer, dass sie nichts dazu beisteuern müssen, damit die Beziehung funktioniert. Es war immer der böse Top, der sich der Verantwortung entzogen, sich nicht gerecht verhalten hat. Ein submissiver Part ruht gern im passiven Hinterhalt, weist sämtliche Schuld von sich. Was soll daran gerecht sein?

Tessa spießt eine Makirolle auf ein Stäbchen. Dass Asiaten es sich unnötigerweise so schwer machen. Dabei kann man die Dinger doch einfach als Spieß verwenden, statt die Beute mühsam zum Mund zu balancieren. Balance. Sie zu halten, ist generell eine Herausforderung. Aber einen 1,90 Meter großen Medizinstudenten mit über das Drahtseil des Alltags zu tragen, scheint unmöglich. Lexi hat ihrer Freundin konzentriert zugehört.

»Ich kenn mich ja nicht so aus in deinen Kreisen«, beginnt sie, die Stäbchen auf Tessa gerichtet. »Aber ... wenn du mich fragst, ist Jan doch eigentlich gar nicht das Problem.«

Tessa schaut auf, richtet ebenfalls die Spitzen ihrer Plastikstäbchen in die Richtung ihrer Freundin. »Wie meinst du das?«

»Wenn ich es richtig verstanden habe, dann hattest du gestern das erste Mal mit Jan Sex.«

Tessa holt Luft, Lexi ist noch nicht fertig.

»Sex macht immer alles kompliziert. Zumindest wenn man nicht weiß, woran man bei dem anderen ist«, fährt sie fort.

Es machte keinen Sinn, Lexi zu erklären, dass für Jan und Tessa Sex bereits beim Abwasch ihrer Teller oder beim Suchen eines Filzstiftes stattgefunden hat. Sicherlich verstände sie es nicht. Trotzdem hat sie Tessa mit ihrer falschen Vermutung auf die richtige Fährte gebracht. Tatsächlich wurde es verzwickter mit dem Sex. Nicht aber weil dieser, wie Lexi annimmt, die freundschaftliche Ebene entweihte, sondern weil es kein kommunikativer Sex war.

»Das klingt ja wie eine Bezeichnung aus einem spirituellen Sexratgeber. Beim Vögeln will man doch nicht kommunizieren!«, lenkt Lexi ein.

»Mensch, auf der Metaebene …«

»Puh … also ich bin echt froh, dass ich so normal ticke. Kommunikativer Sex, Metaebene … das ist mir alles viel zu kompliziert.« Sie lacht.

»Ich bin halt ein Freak«, versucht Tessa sich in Selbstironie.

Ein Leben ohne Komplikationen ist fad. Um einen Lebensplan zu schmieden, sollte man einen guten Konflikt keineswegs scheuen. Sex als die schönste Nebensache der Welt zu bezeichnen, zeigt, wie weit wir entfernt sind von wahrer Aufklärung. Richtiger Sex beginnt mit schrillem Tohuwabohu im Kopf und endet mit leisen Federn unter den Füßen.

»SM ist Sex für Schlaue«, behauptet Tessa.

»Ach?! Gut, dass ich so eine kluge Freundin habe, die mir die Welt erklärt.«

*

In Berlin gehört Radfahren zu den Extremsportarten. Besonders wenn man Wege über die Hauptstraßen bevorzugt. Am Alex scheint die Rushhour ein permanenter Zustand. Todesmutig wagen sich, dessen ungeachtet, erstaunlich viele Menschen mit ihren Drahteseln zwischen die lärmenden Autos und hoffen auf die vorausschauenden Fahrer. Um sich dem Gedanken der Gefahr zu entziehen, bleibt einem nichts übrig, als sich diese schönzuhören. MP3-Player auf und durch. Wer mehrfach die Kreuzung am Alex per Rad bezwungen hat, weiß, was Großstadtwahnsinn bedeutet. Tessas Beziehungsbredouille steht diesem Wahnsinn in nichts nach. Den Kopf voller Gedanken, registriert sie die Vollbremsung des schwarzen BMWs nicht einmal. Das vorwurfsvolle Kreischen der Reifen wird dickfellig von Farin Urlaub auf den Ohren übertönt. *Das Leben kann so schön sein …*

Theoretisch. Aber zu Hause wartet der Trübsinn. Die anfängliche Leichtigkeit ist einer erdrückenden Schwere gewichen. Raubtierartig lauert sie in den Ecken der Wohnung, kurz davor, ihren passiven Posten zu verlassen. Schuld. Jemand muss handeln. Besser gleich als später. Dieser Jemand ist, zu Tessas Erstaunen, Jan. Fast stolpert sie über seine Koffer, als sie das Wohnzimmer betritt. Jan sieht gut aus ohne Schürze, so ganz leger. Schwarzes Hemd zu Bluejeans, so wie sie es mag. Entschlossen geht er auf sie zu. Was er sagen will, ist klar.

»Ich werde heute bei Maren übernachten.«

Pause. Abfallende Ausrichtung der Mundwinkel. Sie schluckt. Schuld.

»Aber … Gela kommt morgen …«, erinnert sie ihn.

»Ja, ich weiß. Deshalb reise ich auch nicht sofort ab. Ich fahre dann am Sonntag gemeinsam mit Gela zurück nach Hannover.«

»Okay … weiß Maren denn Bescheid?«

Jan gibt ein Geräusch von sich, das offenbar Ja bedeutet. Das Wohnzimmer wirkt bedrohlich klein, als rückten die Wände näher zusammen. Tessa hustet, reißt das Fenster auf. Es ist schwül draußen, die ersehnte Erfrischung bleibt aus. Als sie sich umdreht, sieht sie sein Gesicht. »Halt mich auf«, sagt es. Sie holt Luft.

»Jan ... ich ...«, quetscht sie hervor. Sie will ihn nicht aufhalten. Es ist gut so, richtig. Auch fair, soweit man das noch sagen kann. Oder? Jan lächelt traurig.

»Weißt du eigentlich, was du willst?«, fragt er unvermittelt.

Erschrocken sieht sie wieder zum Fenster. Schuld. Seine Frage trifft einen Nerv. Er hat gut aufgepasst, hat hingesehen. Mehr als sie selbst. Ja, genau hier liegt die Schwierigkeit. Tessa weiß zwar, was sie nicht will. Aber weiß sie, was sie will? Eine Ideologie, erbaut auf Negationen? Das war doch nicht immer so.

»Ich sage Gela, dass sie dich anrufen soll, sobald sie angekommen ist«, sagt sie leise. Ohne aufzusehen, geht sie zu ihm, nimmt ihn in den Arm. Sie will es hinter sich bringen. Abschied ist zu ungerecht. Einer bleibt zurück, mit ihm die Last beider Parteien. Der andere ist frei. Jan hält sie, lässt sie nicht mehr los. Diese Art von Freiheit scheint ihm ein Gräuel. Eine Weile stehen sie einfach da. Verloren in Tessas Unschlüssigkeit. Schuld. Langsam löst er die Arme, nimmt seine Koffer. Sie begleitet ihn nicht bis in den Flur, bleibt stehen.

»Bis dann.«

Die Tür fällt ins Schloss, Tessa ins Leere.

*

Neben vielen Kleinigkeiten, mit denen Jan den Rücken seiner Herrin die letzten Wochen freigehalten hat, hat er sie vor allem mit etwas anderem versorgt: Ablenkung. Für Auseinandersetzungen mit dem fehlerhaften Selbst bleibt wenig Zeit, wenn man fortwährend damit beschäftigt ist, eine wohltätige Sadistin zu sein. Es ist ein schmaler Grat zwischen Dominanz und Egozentrik. Grenzen sind nicht fassbar. Sie sind unabhängig von Techniken oder Umgangsformen. Geschaffen werden sie im Kopf, verschoben und erweitert im Bauch. Vielleicht auch umgekehrt? Wer weiß das schon so genau? Woody Allen brachte es auf den Punkt, als er sagte: »Das Schwierigste am Leben ist es, Herz und Kopf dazu zu bringen, zusammenzuarbeiten. In meinem Fall verkehren sie noch nicht mal auf freundschaftlicher Basis.«

Jans Entscheidung zu gehen war wahrscheinlich sogar gesund. Zu erkennen, dass Vertrauen fehlt, daraus die Konsequenz zu ziehen, erfordert Größe. Doch was ist mit Marc? Er setzt jede Regel außer Kraft. Ein Rätsel. Irgendetwas verheimlicht er. Es muss so sein. Menschen sind so unterschiedlich. Jan und Marc miteinander zu vergleichen machte keinen Sinn. Wo es Marc fehlt, setzt Jan an und andersherum. Perfektion gibt es nicht. Solange man nicht aufhört, nach ihr zu fahnden, bleibt man trostlos. Das ist wohl die Moral aus dieser Erfahrung. Noch ist es nicht zu spät. Übermorgen ist die Party. Durch den seltsamen Vorfall mit Marc ist sie nicht dazu gekommen, ihn zu fragen, ob er sie begleitet. Das wird sie nachholen. Weil die Hoffnung nun mal zuletzt stirbt, vergisst sie ihren Stolz, schreibt eine Mail. Hoffnung.

*

Manchmal kommt alles anders. Vermutlich ist es ausgleichende Gerechtigkeit, dass es nun Tessa ist, die Marc um ein Wiedersehen bittet. Die Formulierungen in der Mail sind nicht etwa flehend. Wie immer verwendet sie Geradlinigkeit als Lockmittel. Das erweckt Optimismus beim Leser, so glaubt sie. Den hat Marc bitter nötig. Es fühlt sich gut an, wieder selbst bestimmen zu können. Die Mail ist ein weiterer Schritt in Richtung Klarheit, ganz egal, wie er reagiert. Wiedersehensantrag getippt und ab damit. Das ist Tessa. So fühlt es sich richtig an. Von der Party hat sie nichts geschrieben. Das hat Zeit. Die braucht Marc, um sich zu überwinden und endlich mal den Mund konstruktiv zu öffnen. Wie immer sind dafür einige Tricks vonnöten. Kein Problem. Doch nicht für Tessa. Oder? Er antwortet gar nicht. Dabei leuchtet das grüne Kästchen in seinem Profil. Das heißt, er ist online. Wahrscheinlich ist er schon wieder bei der Kaltakquise, hat sie längst ausrangiert. Die Nächste bitte! Das erklärt auch das neue Foto in seinem Profil. Nur ein Auge ist zu sehen – Flaschengrün. Darunter ein kleines Stückchen sommersprossige Haut. Diese liebenswerten Sprenkel, das macht er doch mit Absicht.

Da – Post! Ob er ... nicht, dass er ... vielleicht ... Sie öffnet die Mail, liest. Ha! Also doch! Hat sie es doch gewusst. Die guten alten Methoden, verlässlich wie eh und je. Geradezu bestürzend, wie simpel so ein Mann daherkommt. Aber gut, das Ziel ist erreicht. Er fragt, ob er noch kommen darf. Tessa schaut auf die Uhr. Es ist gleich neun, bis er hier ist, zehn. Das prophezeit wieder einmal einen Folgetag mit geschwollenen Augen. Eine Beziehung retten oder doch lieber den Job? Man kann nicht alles haben, aber man sollte es versuchen.

»Bis gleich«, schreibt sie – klick und weg. Schnell duschen, etwas Make-up. Kerzen auf dem Balkon, ein guter Wein ... nein ... heute kein Wein. Der ist negativ besetzt. Marc soll Bier mitbringen. Das ist bodenständig, schweißt zusammen. Der Sonderwunsch saust per SMS durch die Weiten der Netze.

Eine halbe Stunde später ist er da. Overdressed, mal wieder zu viel Gel und zu wenig Bescheidenheit. Unterm Arm klemmt ein Sechserträger Becks Lemon. Tessa fühlt sich wie ein hohles Klischee, als sie nur mit einem Bademantel bekleidet die Tür öffnet. Wer konnte denn ahnen, dass er so schnell ist? Das schicke Bier bleibt neben seinen Schuhen im Flur, unangerührt wie der Wein neulich. Zum Glück ist der Grund, es nicht zu trinken, dieses Mal ein anderer. Leidenschaft.

Marc überrollt sie wie eine Dampflok, ohne Dampf. Fast wird der Läufer im Flur innerhalb von wenigen Tagen zum wiederholten Mal Zeuge zweier verschlungener Körper. Das weiß Tessa im letzten Moment zu verhindern. Eine Hand in den Haaren zähmt ihn. Am Schopf zerrt sie ihn ins Wohnzimmer. Irgendwie gibt es keinen Ort in der Wohnung, der nicht mit frisch hinterlegter Erinnerung verseucht ist. Wieso also nicht neue Spuren hinterlassen, Altes überpinseln? Mit der Tapete des Vormieters wird doch ebenso verfahren.

Doch für Gedanken dieser Art bleibt keine Zeit. Er liegt auf dem Boden, sie sitzt auf ihm. Sein Hemd ist schon im Flur gefallen. Mit dem Frotteegürtel ihres Bademantels verbindet sie seine Augen. Etwas tricky ist das schon, aber sie schafft es. Beide lachen flüchtig. Sie zieht sich aus, das geht schnell. Selten ist ihr danach, ganz nackt zu sein. Kleidungsstücke am Körper setzen kleine Hindernisse auf dem Weg zum Ziel. Sei es bloß ein Slip, den man zur Seite schieben muss. Ferner symbolisieren sie prickelnde Ungeduld. Wer hat schon Zeit sich auszuziehen, wenn man es nicht erwarten kann, seinen Appetit zu stillen? Der feste Frotteestoff ist lästig. Weg damit. Die Hose wird zu den Knien heruntergerissen, das sollte reichen. Bewegungen sind nun auch eingeschränkt. Hosenbondage: die schnellste Fixierung seit Erfindung der Bluejeans.

Sie steht auf, holt eine der Kerzen vom Balkon. Gut, dass sie unmittelbar nach seiner Mail angezündet wurde. Es hat sich ein anständiger Tümpel geschmolzenen Wachses darin gebildet. Ihre linke Hand wiegt seinen Brustkorb in Sicherheit. Die Spitzen ihrer Finger zeichnen unsichtbare Achten auf die Haut, vielleicht sind es auch Schleifen. Warteschleifen.

Wieder, wieder und wieder. Marc hat den Duft des verbrannten Wachses längst gewittert. Er weiß, dass die Frau, die in sanfter Tarnung auf ihm rumturnt, in Kürze etwas Gemeines tun wird, und kann es kaum erwarten. Schon jetzt kneift er die Augen unter dem Gürtel fest zusammen.

Schmerzen sind so unterschiedlich. Hitze und Kälte gehen unter die Haut. Er kann nichts dagegen tun. Das heiße Wachs ist direkt, selbst Tessa kann die unmittelbare Intensität nur mäßig regulieren. Bloß die Kerze liegt in ihren Händen, das Wachs überlässt sie sich selbst. Die Zeit, in der es fällt, ist entscheidend für den Aggregatzustand. Je näher die Kerze am Körper, desto mehr Aua. Darüber macht sie sich wenig Gedanken. Sie will ihm wehtun. Schmerzen sind echt. Schmerzenslaute Ausdruck wahren Gefühls. Es sind keine Sprachschnörkel nötig, kein weitschweifiges Herantasten an passende Worte. Nur ein herzliches Lachen kann ebenso ehrlich sein wie die Reaktion eines Menschen, der Schmerz zu genießen versteht. Wenn Marc auch ein Vollidiot im täglichen Miteinander ist, kann Tessa sich einer Sache nicht entziehen: seiner Fähigkeit, während eines Spiels loszulassen. Dafür beneidet sie ihn fast ein wenig. Er schaltet seinen Kopf aus wie eine Nachttischlampe.

Klick, schon gehört er ihr. Ohne zu zögern kippt sie die Kerze wie ein Glas Wasser über ihm aus. Ein Schrei macht die Nachbarn hellhörig. Die heiße Masse trifft seinen Bauch. Sofort breitet sich das Wachs aus. Solange es noch kann, flüchtet es in den Bauchnabel, verläuft in alle Richtungen, bis es bleich erstarrt. Darunter ein Abdruck – scharlachrot. Er hält still, so gut es geht. Erträgt, trägt, lässt sich tragen. Als die Nachklänge abnehmen, sein Atem sich beruhigt, beginnt Tessa von vorn. Die Kerze spuckt nur kleine Tropfen. Steuerbar. Sie träufelt sich über die Brustwarzen, zum Hals.

Er will etwas rufen. Das Wachs ist zu nah am Gesicht, deshalb verzerrt sich die Stimme. Dreckiges Lachen. Er mag es, wenn sie das tut.

»Das Lachen kam direkt aus deinem Abgrund«, murmelt er betört.

»Na, dir scheint's ja gut zu gehen, wenn du noch in der Lage bist, solche Diagnosen zu stellen.« Ein Tropfen trifft seinen Hals. Gänsehaut zieht in den Nacken, sichtbar. Seine Geräusche treten in den Hintergrund. Konzentration. Das Ziel fokussieren.

»An deiner Stelle würde ich das Maul halten.«

»Nein.«

Er presst die Hand vor seine Lippen, schüttelt unentschlossen seine Trendfrisur. Eine Strähne fällt über die Stirn, bleibt in nervösen Schweißperlen hängen, so wie Tessas Verzückung. Detailverliebt schaut sie ihn an.

»Halt still, sonst hast du Wachs in deinen schönen Haaren.«

Er wird ruhiger. Die Kerze verliert ihre Gerade, kippt. Ein Rinnsal fließt über die Lippen. Den unterdrückten Schrei wiegen die zusammengepressten Lider wieder auf. Sein Antlitz gleicht einer Quetschkommode. Putzig ist das. Diese Befriedigung hat sie verdient. Noch immer tröpfelt die Kerze seinen Mund zu, versiegelt ihn. Schweigend gefällt er ihr am besten. Wenn er den Mund öffnet, kommen meistens Unklarheiten heraus. An den Mundwinkeln geht das Wachs eigene Wege, zieht Bahnen zu den Ohren. Dadurch bekommt er ein wenig die Anmutung des Jokers, des Gegenspielers Batmans. Ein Wahnsinniger mit Mission. Erschreckend, wie sehr diese Beschreibung Marc entspricht. Führte sie diesen Gedanken weiter, so stellte sie fest, dass auch sie selbst einen kleinen Joker in sich trägt. In gewisser Weise. Vielleicht sind wir alle ein bisschen Antiheld heutzutage. Unabwendbar. Batman ist zu gut für diese Welt. In seinem Plastikoutfit lachte man ihn auf jeder vernünftigen Fetischparty aus.

Das mit Wachs gemalte Grinsen verbirgt Marcs eigentlichen Zustand. Vielleicht bringen die Augen Gewissheit, sodass Tessa fortfahren kann. Sie will bei ihm sein, ihn mit Sorgfalt quälen, trotz der kleinen Restwut, die da irgendwo noch siedet. Jetzt ist er hier, mit ihr, für sie. Das ist die Hauptsache. Sie löst die Kordel von seinem Kopf. Ein Abdruck verbleibt auf der Stirn.

»Schau mich an«, flüstert sie, küsst seine Nase. Vorsichtig folgt er, blinzelt, öffnet die Augen. Sie sieht keinen Zwiespalt, keine Zweifel. Alles ist in bester Ordnung. Nicht der Joker, sondern eine rollige Grinsekatze plinkert sie an. Miau. Seine Hand tastet sich zurückhaltend zwischen ihre Beine. Sie lässt ihn. Er ist nicht vorsichtig. Heftig stößt er seine Finger in sie. Das braucht sie, tatsächlich. Egal wie sehr sie ihn demütigt, sein verdorbener Charakter geht immer wieder mit ihm durch. Jetzt gerade genießt sie es, seine Finger in der ganzen Länge in sich zu spüren. Schnell, unnachgiebig. In anderen Situationen mit ihm ist sie weniger stoßfest.

Sie stöhnt so laut, dass es ihr kurz bewusst wird. Sie schaut ihn an. Das Wachs hat sich von der Unterlippe gelöst, anscheinend hat er dagegen angekämpft. Sie spuckt ihm ins Gesicht, belügt ihn, indem sie seine Fingerfertigkeit in Frage stellt. Kurz hört er auf, nimmt einen dritten Finger, stößt gegen ihren Widerstand. Mit einem Ruck reißt sie den kalten Wachsstreifen von seinen Lippen, macht sich los. Er schreit, will jammern. Aber da sitzt sie schon auf seinem Gesicht, befiehlt ihm zu wichsen. Diese Perspektive gefällt ihm. Der Kontrolle wegen dreht sie sich um. Orgasmuskontrolle. Das macht Männer geschmeidig. Ihre Möse reibt sie über seinem Gesicht, lässt seine Zunge kämpfen.

»Dir gelingt wohl gar nichts«, stöhnt sie. Er weiß, dass sie schwindelt, um ihn klein zu halten.

Kurz bevor ein Mann kommt, verändert sich etwas. Dafür muss man kein guter Beobachter sein. Kurzatmig zerhackt er seine Bewegungen plötzlich, statt sie mit Genuss auszuführen. Es ist ganz leicht. Sie reißt seine Hand weg. Dann folgt die übliche Verzweiflungsprozedur. Ein weinerliches »Neeeeiinnn« erklingt. »Määäääääh!«, antwortet Tessa und lacht. Sie setzt sich neben ihn, schaut ihn an.

»Also ich bin gekommen, danke«, grinst sie spöttisch. Selbstquälerisches Flehen.

»Bitte, oh bitte lass mich kommen …«

Fahriges Lachen. Wieder greift er seinen Ständer, um sich im nächsten Augenblick die Hand wegschlagen zu lassen.

»Das kannst du mir nicht antun«, heult er.

»Reiß dich zusammen, das ist wirklich erbärmlich«, schafft sie noch im herben Ton zu sagen, dann bricht die Schadenfreude aus. Tessa lacht ihr dreckigstes Lachen. Endlich ist die Ernsthaftigkeit zwischen ihnen verflogen. Das ist erlösend. So reduziert auf seine Geilheit, wirkt er fast friedlich. Sie wird ihn bis zur Party in diesem Zustand halten. Zu viel Blut in seinem wirren Kopf tut ihm so oder so nicht gut. Er gefällt sich in seiner Qual, das kann man sehen. Zufrieden fleht er vor sich hin. Erfreut sich an seinem Verbot. Die Uhr verrät, es ist höchste Zeit zum Schlafen. Auf allen Vieren folgt er ins Schlafzimmer, will zu ihr ins Bett. Tessa ist da anderer Meinung.

»Du schläfst auf dem Boden.«

Als zweifelte er an ihren Worten, runzelt er die Stirn. Von Ironie keine Spur. Er beugt sich seinem Schicksal, kuschelt sich auf den nackten Boden. Innerhalb weniger Minuten ist Tessa eingeschlafen. Marc noch lange nicht.

## 8. Kapitel

# *Freier Fall*

Is dir eijentlich klar, dass ick vom Hauptbahnhof bis hierher fast ’ne Dreiviertelstunde jebrocht hab?!«, berlinert Gela ihr entgegen, als sie die Tür öffnet.

»In Hannover broch ick keene zehn Minuten, wa. Sag noch eenmal, dass Berlin besser is.«

»Psssst, nicht so laut, er schläft noch«, flüstert Tessa.

Eine lange, innige Umarmung. Tessas Luftzufuhr kommt kurzzeitig zum Erliegen.

»Wer, Jan? Der kann ruhig aufstehen. Es ist halb zehn. Käffchenzeit! Oder ist er zum Langschläfer mutiert?«

Es ist nicht verwunderlich, dass Gela noch keine Kenntnis über Jans Flucht hat. Mal wieder hält er sich passiv. Mit Erklärungen hat er nichts zu tun. Das darf Tessa übernehmen. Vielen Dank auch.

»Nein, Marc«, antwortet Tessa nachdenklich.

»Ach, Lockenköpfchen? Ja cool, dann lern ich ihn noch vor der Party kennen.«

Ja richtig, die Party. Statt mit Marc über die Beziehung zu sprechen und in diesem Zusammenhang die Party zu erwähnen, hat sie mal wieder die Zerstreuung vorgezogen. Verteufelte Prioritätenliste.

An erster Stelle steht noch immer der Trieb, wie es scheint, danach die Harmonie und irgendwo weit hinter Platz zehn kommt dann die Problemauseinandersetzung. Sie sollte diese Reihenfolge dringend aktualisieren.

»Psssst!«, macht Tessa wieder, die Angst hat, dass Marc aus dem Schlafzimmer kommt, noch bevor sie ihn über die Party informiert hat. Irgendwie muss das doch zu schaffen sein.

»Na du bist aber behutsam mit deinem neuen Sub. Ich hab gewusst, dass mehr dahintersteckt!«, frotzelt Gela.

»Kaffee? Komm doch mal mit«, lenkt sie ab, macht auf dem Absatz kehrt, geht in die Küche. Planlos wühlt sie in ihren Schränken. Jans neues Ordnungssystem wird zum Labyrinth. Früher waren die Kaffeefilter immer im Hängeschrank neben dem Fenster.

»Suchst du die hier?«, fragt Gela, wedelt mit einem Filter in ihre Richtung.

»Wo hast du die gefunden?«, wundert sich Tessa.

Gela deutet auf die erste Schublade der Kommode, unter der Kaffeemaschine.

»Das macht Sinn«, murmelt Tessa, während sie den Filter in die Kaffeemaschine stopft. Gleich wird sie kommen, diese Frage, gleich. Tessa hört einen imaginären Countdown in ihrem Kopf. Zehn. Noch ist Gela dabei, Tassen aus dem Schrank zu holen. Neun. Tessa füllt Wasser ein. Acht. Sieben. Sie drückt den Knopf. Sechs. Die Maschine beginnt mit ihren wunderlichen Lauten das Wasser zu erwärmen. Fünf. Gela sitzt. Vier. Ein Einfall schießt Tessa wie ein Blitz in ihren Gedankenvorhof. Drei. Gela öffnet den Mund, will etwas sagen. Tessa kommt ihr zuvor.

»Jan ist nicht hier, falls es das ist, was du fragen willst.«

Gela wirft ungläubig den Kopf nach hinten, die Stirn kraus.

»Ich wollte eigentlich fragen, ob du Milch hast«, sagt sie. Lächeln tut sie nicht. Tessa hat sich verraten. Nun weiß Gela, dass etwas ganz und gar nicht stimmt.

»Wo ist Jan denn bitte schön?«

»Bei Maren.«

»Ähm … bei wem? Hat er etwa eine Frau kennengelernt? Ist das okay für dich?«

Tessa nickt. Ob sie Maren als Grund vorschieben sollte? So tun, als sei sie selbst die Verlassene?

»Und wer ist diese Maren?«, fragt Gela weiter.

»Im Internet heißt sie Floria Tosca. Schau sie dir an, wenn du magst.«

»Du weichst mir aus«, bemerkt Gela.

»Tue ich nicht.«

»Doch.«

Tessa resigniert. Geständniszwang, verursacht durch ihre zielsichere Freundin. Darin ist sie gut.

»Also gut, Jan und ich hatten Streit. Maren ist bloß eine Bekannte.«

»Was soll das heißen, ihr hattet Streit?«

»Soll heißen: Jan ist gegangen. Er hat keine Lust mehr. Es war seine Entscheidung.«

Tessa holt Milch aus dem Kühlschrank, schenkt Kaffee ein, wirft Zucker in Gelas Tasse, rührt.

»Aber irgendwas muss doch passiert sein. Jan ist entscheidungsträge, er würde nie einfach so gehen«, weiß Gela.

Tessa setzt sich, atmet durch.

»Ich kann mich einfach nicht auf zwei Männer konzentrieren.«

»Was soll das nun wieder heißen?«

»Ich fürchte, ich hab Scheiße gebaut«, gesteht Tessa.

»Na ja, das ist anzunehmen. Und was hast du gemacht?«

Gela reagiert gefasst. Die Nerven entspannen sich allmählich. Tessa berichtet von Marc, berichtet von Jan. Sie erzählt von dem Streit zwischen ihr und Marc, von den allgemeinen Verwicklungen. Von Jans Hingabe, seiner Beflissenheit, seinem Mut, trotz allem, zu gehen. Gela lauscht, nickt, als machte sie sich Notizen. Schließlich sagt sie:

»Klingt nicht gerade unkompliziert.«

»Du bist nicht sauer?« Tessa ist überrascht.

»Warum sollte ich? Jan ist erwachsen, er sollte wissen, was er tut. Und du machst ja eh, was du willst.«

Erwartungsgemäß meldet sich das Gewissen. Doch aus einem anderen Grund. Sie hat mit einer Strafpredigt gerechnet, mit moralapostelischen Predigten. Und nun: nichts dergleichen. Das Gewissen hat einen anderen Anlass anzuklopfen. Gela. Tessa hat ihre Freundin unterschätzt, hat ihr mütterliche Übertreibung unterstellt. Das tut ihr leid, sehr sogar. Der Druck fällt ab.

»Und wie seid ihr verblieben? Kommt er trotzdem mit auf die Party?«

»Ja. Ich soll dir sagen, dass du dich melden sollst, wenn du ankommst.«

»Typisch Jan, bloß nicht mehr tun als nötig«, sagt Gela.

»Ja«, bestätigt Tessa und wechselt das Thema.

»Ich werde mal schauen, ob Marc schon wach ist.«

Gela nickt und nimmt einen Schluck Kaffee.

Im Schlafzimmer ist die Luft verbraucht. Ein bildschöner Mann schläft brav vorm Bett. Unter ihm liegt eine Tagesdecke, die er sich in der Nacht geklaut haben muss. Tessa ist gerührt, kann sich kaum überwinden, das Bild zu entzaubern und ihn zu wecken. In der Nacht ist sie ein paar Mal wach geworden und war kurz davor, ihn ins Bett zu holen. Jetzt, da er vor ihr liegt, bereut sie ihre Entscheidung, ihn dort zu lassen, nicht mehr. Der Anblick ist zu schön. Sie öffnet das Fenster, lässt die Geräusche des Tages herein. Marc rekelt sich, macht ebenfalls Geräusche. Seine Frisur hat eine leichte Linkstendenz, ansonsten sitzt sie trendy trashig, wie gehabt.

Die erste Bemerkung verweist auf ein schmerzendes Kreuz. Sie übergeht seine Wehwehchen, setzt sich auf die Bettkante.

»Guten Morgen. Ich nehme an, du hast trotzdem gut geschlafen?«, begrüßt sie ihn, streicht sein Haar auf die rechte Seite. Störrisch kehrt er es zurück.

»Geht so«, entgegnet er. »Wie spät ist es?«

Sie antwortet nicht. Es geht gerade nicht um Sekundäres, sondern darum, ihn zu überzeugen, mit auf diese Party zu gehen.

Bereits jetzt spürt sie Wut in sich aufkeimen, bloß aufgrund einer möglichen Ablehnung des folgenden Vorschlags. Allein dass die Möglichkeit dazu besteht, zeigt, wie sehr die zwei noch am Anfang stehen. Welchen Wert hat all die Bereitschaft während einer Session, wenn diese hinterher keinerlei Notiz mehr würdig scheint.

»Ich möchte, dass du mich begleitest.«

Spannung, das merkt selbst der schlaftrunkene Marc. Fragend runzelt er die Stirn. An seiner Schläfe ist der Abdruck einer Naht der Tagesdecke.

Sie fährt fort: »Heute Abend ist im ›Insomnia‹ eine Party. Ich möchte, dass du mit mir dort hingehst.«

Weiterhin runzelt sich die Haut in seinem Gesicht. Da Tessa ihn bereits ein wenig kennt, weiß sie, dass er grübelt. Entschieden ist noch nichts. Man darf noch hoffen.

»Es ist dir sehr wichtig, oder?«, sagt er endlich.

Es ist schön, wenn ein Mann auf Anhieb begreift. Selten, aber – oder gerade deshalb – schön.

Wieder in der Küche, hat Gela bereits ein Telefonat mit Jan hinter sich.

»Er klang ganz normal«, erzählt Gela. »Aber das muss nichts bedeuten. Jan ist ein Verdrängungsexperte. Sobald er dich sieht, werden wir wissen, was los ist.«

Pragmatischer Lösungsansatz, so ist es richtig. Endlich ist sie nicht mehr allein. Frauen wissen eben, wie man Dinge anpackt. Auch Tessa überbringt Neuigkeiten. Marc wird dabei sein am heutigen Abend. Und nicht nur das. Er will sich auch als Fahrer nützlich machen und die gesamte Truppe – Tessa, Jan und Gela – gegen halb elf abholen. Alles wird gut. Wo Marc denn bleibt, will Gela wissen. Der eitle Kerl hat sich unter die Dusche getrollt. Er weiß um die Macht des ersten Eindrucks. Ist dieser nicht perfekt, so braucht es Mühe und viel Zeit, um dies zu revidieren.

»Süß. Er macht sich Gedanken. Hast du nicht vorhin erzählt, dass er schwer zu greifen ist? Das wirkt jetzt aber sehr zugewandt«, analysiert Gela.

Müde zuckt Tessa mit den Schultern, fährt sich durchs ungekämmte Haar, setzt sich hin.

»Ist dir eigentlich aufgefallen, wie verdammt sauber es hier ist?« Sie dreht sich einmal um sich selbst.

»Wie hätte mir das nicht auffallen sollen? Man durfte deine Küche früher nicht einmal betreten.« Tessa muss lachen. Tatsächlich bekamen Gäste oft ein Küchenbesichtigungsverbot erteilt, damit ihnen das Grauen erspart blieb. Mit Jan hat sich das geändert. Traurig schaut sie auf die blitzblanke Arbeitsplatte, die polierten Weingläser, das farblich sortierte Kaffeetassensammelsurium. Gela liest Gedanken:

»Hör auf, Trübsal zu blasen. Jan ist in der Regel nie wirklich lange beleidigt.«

Wenn das so einfach wäre, denkt Tessa. Gela fährt fort:

»Willst du ihn überhaupt zurück? Ich meine, es war dir doch alles zu viel.«

»Tja ... das ist eine gute Frage.« Der Kaffee verbrennt die Zunge. Tessa pustet.

»Oder anders gefragt: Weißt du überhaupt, was du willst?«

Tessa knallt die Tasse auf den Tisch.

»Jetzt fang du auch noch damit an…«

»Ist 'ne ernst gemeinte Frage.«

»Ja doch!«

»Wow, etwa ein wunder Punkt?«, grinst Gela.

Es klopft. Perfect Timing. Marc steht in der Tür, zeigt sein umwerfendes Lächeln. Außer einer Jeans trägt er nichts. Auf den Schultern sitzen Wassertröpfchen, die das Handtuch übersehen hat. Sein Oberkörper ist erstaunlich definiert. Wenn bloß jedes Klischee so großartig wäre. Gela setzt dem Ganzen die Krone auf. Sie hat diesen bestimmten Blick. Diesen »Hello-Baby-Blick«. Es wird immer schlechter.

»Hast du mein Hemd irgendwo gesehen?«, fragt Marc.

Als wäre er sich seiner Wirkung nicht bewusst, fährt er sich filmreif durch den nassen Schopf, setzt dabei einen Dandyblick auf, wie Tessa ihn noch nie bei ihm gesehen hat. So ein Poser. Gela bekommt ihre Augen nicht mehr von seinem Körper.

Eine bessere Bestätigung gibt es nicht. Ein Sexgott im Türrahmen und das Beste: Er gehört ihr. Gleich daneben die sabbernde beste Freundin. »Das Leben wie es sein soll.« Nicht wirklich Cola-Zero-like, aber gefühlsmäßig nah dran. Stolz, aber verwundert nimmt Tessa einen Schluck Kaffee. Dass dieser noch immer viel zu heiß ist, stört sie nicht mehr. Auch wenn der kleine Auftritt alles andere als ihn selbst darstellt, freut es sie, dass er sich um einen guten Eindruck bemüht. Sicher gäbe er einen fantastischen Schwiegersohn ab, wenn sie denn Wert darauf legte. Wer ist Marc überhaupt? Und wie ist er? Was macht ihn so besonders? Ständig überrascht er mit neuen Facetten. So wie er da lehnt, in perfekter Dreamboymanier, ist er nichts weiter als ein netter Anblick. Darunter – ein unbeständiges Gemüt.

»Das ist übrigens Gela.« Sie deutet auf ihre fasziniert dreinblickende Freundin. Gela sammelt sich, grinst unnatürlich breit: »Ja ... ähm, du musst Marc sein.«

Durch Zufall hat sie recht damit. Schließlich hätte er einer der vielen Männer sein können, die in Tessas Badezimmer wohnen. Herrje, dass sie auf diese Loverboynummer hereinfällt. Marc sonnt sich in Gelas mädchenhafter Verlegenheit. Er deutet einen Kuss auf ihrem Handrücken an, zwinkert. Das ist nicht auszuhalten. Angewidert steht Tessa auf, setzt dem Elend ein Ende. »Komm mit.«

Sie schiebt zwei Finger durch die Gürtelschlaufe seiner Jeans, zerrt ihn mit sich.

»Hey, nicht so stürmisch«, warnt Marc, der scheinbar vergessen hat, wen er vor sich hat. Oder auch nicht, denn sein selbstverliebtes Grinsen spricht für sich. Provokationen verlieren mit der Zeit ihren Reiz. Dummerchen. So etwas weiß man doch. Mann scheinbar nicht. Sie legt den Kopf schief. Sein Gesicht schreit nach einer Lektion. Lust darauf verspürt sie keine. Ständig diese Strafen, immer wieder mühselige Belehrungen. Anstrengend. Sie hebt die Hand, legt sie auf seine Wange. Er zuckt selig zusammen. Die erhoffte Ohrfeige bleibt aus. Die Augen – gerade noch geschlossen – haben sich zu vorwurfsvollen dunklen Kerben verformt. Schade um das schöne Grün.

»Dein Hemd...«, beginnt sie und seufzt, »...müsste im Wohnzimmer liegen, der Rest auch.«

Das Grün hält wieder Einzug, blinzelt ihr unschuldig entgegen. Sie küsst ihn auf den Mund. Sofort spürt sie seine Zunge. Am Ohrläppchen zieht sie die Bremse.

»Meinst du, du schaffst es mal, einen ganzen Abend lang bei einer Laune zu bleiben? Ich würde gern die Party genießen, mit dir. Mehr verlange ich gar nicht.«

»Du kannst ruhig mehr verlangen«, sagt er vorwitzig.

»Ich habe dich etwas gefragt!« Der höfliche Ton ist verflogen.

Er geht ins Wohnzimmer, lässt sie stehen. Kurze Zeit später kommt er wieder, hat bereits das Hemd an. Aus seiner Trickkiste zaubert er einen demütigen Blick. Sie wünschte, sie fiele nicht darauf herein. Die Illusion ist zu verlockend. Vorsätzlich zugewandt verspricht er:

»Ich werde dir deinen Abend nicht verderben.«

Aus nebulösen Gründen glaubt sie ihm. Vertrauen ist gut, Kontrolle nur dann besser, wenn man an der Wahrheit interessiert ist. Luftschlösser haben immer die vermeintlich bessere Aussicht.

Nach einem anspruchslosen Frühstück plündern Gela und Tessa den Hagen-Dazs-Vorrat aus dem Kühlfach. So etwas tun Frauen, wenn sie Zeit miteinander verbringen – essen und schwatzen.

Gemeinschaftlich sündigen mildert das schlechte Gewissen hinterher. Nun liegen sie im Bett. Die Bäuche gefüllt, die Zungen gelöst – Laber-Rhabarber. Marc konnte nicht bleiben. Ein kurzer Abschied in der Küche, ein »Bis später« und weg war er. Hinterlassen hat er zwei Dinge: Eindruck bei Gela, ein schlechtes Gefühl bei Tessa.

»Er wird schon kommen, da bin ich sicher«, versucht Gela die Nerven ihrer besorgten Freundin zu beruhigen. Ihr Vorhaben bleibt wirkungslos. Tessas Bauch erklärt das Gegenteil und zwar vehement.

»Er war seltsam … nicht greifbar irgendwie. Und das auch nicht das erste Mal. Mein Bild von ihm verschwimmt immer mehr. Der Marc vom ersten Abend ist ein ganz anderer Mann als der, der er jetzt ist, oder auch als der, der er gestern Nacht war. Ich komm da langsam nicht mehr mit.«

»Aber er ist doch dein Sub. Es ist deine Aufgabe, ihn zu lenken und seine Launen im Griff zu haben«, glaubt Gela es besser zu wissen.

Tessas Magen dreht eine Pirouette. In Anbetracht der ganzen Steine darin ein äußerst belastender Vorgang.

»Das meinst du jetzt nicht ernst, oder? Du hältst mich also für verantwortungslos und glaubst, es ist meine Schuld, dass der Typ so sprunghaft ist?«

Zittrige Stimme, heiße Wangen. Es gibt Menschen, denen ist es anzumerken, wenn Worte sie wütend machen. Man merkt diese ansteigende Unruhe, spürt, dass man lieber nicht weiterreden oder vorsichtshalber in Deckung gehen sollte. Zu diesen Menschen gehört Tessa nicht. Sie geht in die Luft, ohne Vorwarnung, ohne Chance für den anderen. Gerade noch ruhig und freundlich, der Blick gelassen, plötzlich Bum. Als beste Freundin einer solch explosiven Gesprächspartnerin ist man einiges gewöhnt. Gela nimmt es sportlich, übt sich im Slalomreden, drum herum. Gelernt ist gelernt.

»Hey. Du weißt, dass es nicht so gemeint war. Wir sollten uns langsam mal fertig machen für die Party.«

Das Restrisiko eines Ausbruchs bleibt dennoch bestehen. Bekanntlicherweise ändert Tessas Laune ja gerne mal den Kurs. Wie der Wind. Ob Marc deshalb so instabil ist? Ist er auch nur ein Fähnchen in Tessas Wind? Flattert je nach Laune, mal ungestüm, mal lau?

»Ja, ich weiß ... du hast es nicht so gemeint«, erwidert Tessa nachdenklich, steht auf, holt aus der Küche eine Flasche Wein und zwei Gläser. Sie stoßen an, trinken. Nach dem ersten Glas lacht Tessa wieder. Sicher ist Alkohol keine Lösung, aber ein guter Plan für den Moment. Bald wird Jan kommen. Empfänglich für schlechte Vibrationen, wird er fix bemerken, dass etwas nicht passt. Das ist kein gutes Fundament für einen Neuanfang zwischen Tessa und ihm. Er soll sich gut fühlen. Gela springt auf, läuft in den Flur. Dort steht ihre Tasche.

»Ich muss dir unbedingt mein Outfit für heute Abend zeigen. Es ist von eBay. Angeblich eine Einzelanfertigung aus Frankreich.« Übermütig springt sie durch den Türrahmen ins Schlafzimmer, ihr riesiger Busen hopst unter ihrem grauen Pullunder. Mit beiden Händen hält sie einen schwarzen Latexanzug hoch, der an die Kleidung eines Rennfahrers erinnert. Seitlich ziehen rote Ziernähte die Körperlinie nach, auf der Brust prangt eine Nummer.

»Ich werde heute Abend die Startnummer zehn sein«, sagt sie stolz und macht die Geräusche eines Motors nach.

»Passt zu dir, ist mal was anderes. Wirkt derb und maskulin. Guter Kontrast zu deinen Titten«, grinst Tessa. Dass sie ordinär wird, ist ein gutes Zeichen. Das spricht für gute Laune. Vor einer Party gibt es nichts Ersprießlicheres als eine ordinär verderbte Grundstimmung.

Die Freiheit steht ihm gut. Als Tessa Jan an der Tür begrüßt, überkommt sie ein kurzes sehnsüchtiges Hoch. Er hat sich in Schale geworfen.

»Eigentlich war es Maren«, erzählt er stolz und lässt sich begutachten. Mit seiner Anzughose, den Hosenträgern über dem weißen Hemd wirkt er reif und souverän, mit lausbübischer Note. Ein Lausbube war er nie, denkt Tessa. Er ist devot aus Überzeugung, weiß sich dennoch zu schützen vor Dingen, die ihm nicht guttun.

»Kommt Maren auch?«, fragt Tessa.

»Ja, später. Ihr Dom holt sie ab«, antwortet er. Scheuer Blick, versuchtes Lächeln. Sie umarmt ihn. Wieder fehlen Worte. Gela schiebt ein Glas dazwischen.

»Lasst uns anstoßen.« Jan lockert sich, nimmt das Glas.

»Darauf, dass wir alle mal wieder zusammen sein können, und auf diesen Abend«, sagt Gela feierlich und gibt Jan einen Kuss auf den Mund.

»Na, Kleener, du machst ja Sachen …«

Klirrende Gläser.

Es wird Zeit sich auszurüsten. Was an Make-up verschwendet wird, spart man am Outfit. So schließt sich der Kreis. Transparent lässt Tessas Bluse tief blicken. Heute wird nichts versteckt. Ein kurzer Latexrock, eng natürlich. Besonders freut sie sich auf Marcs Reaktion, wenn er ihre Heels sieht. Hohe Absätze verwandeln Männer in Mäuse. Piep, piep. So klein darf er heute bleiben. Eine handzahme Männermaus zu ihren Füßen. Vorausgesetzt er kommt. Über sein Outfit haben sie gar nicht gesprochen. Das hat sie ganz vergessen bei dem Stress.

»Du hast recht«, flüstert sie Gela zu, während Jan die Gläser in die Küche trägt.

»Ich bin eine schlechte Herrin. Marc war noch nie vorher auf einer Playparty. Ich habe ihm nicht einmal gesagt, was er anziehen soll. Vielleicht weiß er nicht einmal, dass dort Dresscode ist und er in Jeans nicht reinkommt.«

Gela legt eine Hand auf Tessas Schulter. »Wow, du bist echt verliebt, oder? Was ist aus der unterkühlten Hanseatin geworden? Tessa überhört den kleinen ironischen Unterton ihrer Freundin.

»So schlimm? Wirklich? Bin ich etwa ein Arschloch?«

Gela lacht, streicht ihr fürsorglich über die Wange.

»Quatsch. Übertreibung verdeutlicht. Das weißt du doch am besten. Ich finde es super, dass du mal etwas Unsicherheit zulässt. Es wäre schlimm, wenn dir alles egal wäre.«

»Ja.« Tessa nickt versunken. Würde sie ein etwas weniger freizügiges Outfit tragen, wirkte sie fast unschuldig.

Jan kommt zurück.

»Ganz schön unordentlich – deine Küche«, bemerkt er frech. Alle lachen. Die Uhr verpetzt einen verspäteten Marc. Zehn Minuten schon. »Das gibt Ärger«, freut sich Tessa. Jan versucht seine Eifersucht zu verbergen, trinkt hastig sein Glas leer, schenkt nach. Weitere zwanzig Minuten später kommt Unruhe auf.

»Ruf doch mal an«, schlägt Gela vor.

»Ja, aber nicht bei Marc, sondern bei der Taxizentrale. Ich habe keine Lust mehr zu warten.«

Sie ruft ein Taxi. Keine fünfzehn Minuten später sitzen sie alle darin. Jan sitzt vorn. Hinten treiben Tessa und Gela ihre Späße.

Der verstörte Taxifahrer spitzt beschämt die Ohren. Nicht alle Tage hat er Fahrgäste, die offen über sexuelle Techniken plaudern. Immer wieder staunt er verstohlen in den Rückspiegel. Jan schaut aus dem Fenster, ist unsichtbar, wie immer. Sein Vergnügen zieht er an diesem Abend wieder aus dem inaktiven Mitwirken. Das wird ein Spaß. Gela sorgt für ein gutes Gefühl. Sie ist das ausgleichende Element zwischen ihm und Tessa. Vielleicht fehlt es ihr an Wahnsinn, möglicherweise an Abgrund. In jedem Fall ist sie da, wenn Ersteres zu Letzterem verführt. Sowohl für Jan als auch für Tessa und das Ding zwischen ihnen. Sie ist ein kleines Wunder.

Gut gelaunt kommen sie an ihrem Ziel, dem »Insomnia«, an. Der Taxifahrer wagt einen letzten aufgeregten Blick auf die provokant gekleideten Damen, die kichernd seinen Wagen verlassen. »Schönen Abend«, säuselt Gela ihm entgegen. Tessa lacht.

Klick, klack ist die Antwort des Pflasters, als vier High Heels und zwei Budapester darüberschlendern. An der Kasse ist keine Schlange. Nur an der Garderobe.

»Wer trägt denn bei diesen Temperaturen eine Jacke?«, fragt sich Gela.

»Nicht unser Problem.« Tessa stolziert an den dummen Jackenträgern vorbei, direkt nach oben. Ihr Handy trägt sie dicht am Körper, in der kleinen Ledertasche. Das verheißungsvolle Geräusch einer SMS ersetzt der Vibrationsalarm. Bisher keine Vibration wahrnehmbar. Marc wird ihr nicht den Abend verderben. Ganz sicher nicht.

Später sitzt sie am Tresen, gießt ihren zweiten Weißwein in sich hinein. Gela tanzt mit Jan einen Tango. Wer hätte gedacht, dass er so etwas kann. Ob es überhaupt gut ist, sich dem Alkohol hinzugeben? Mit zwanzig war es noch irgendwie sexy, sich zu betrinken, aber ab dreißig beginnt es dann weltfremd und schäbig zu wirken. Bis zu ihrem Dreißigsten ist es nicht mehr lange hin. Sie beschließt noch ein drittes Glas in Angriff zu nehmen. Schließlich sitzt sie nicht wirklich allein an der Bar. Gela und Jan trinken zwischen ihren Tanzeinlagen mit. Nicht so fleißig, dennoch verbündet. Solange man noch Freunde hat, die einem solidarisch begegnen, ist man auf der sicheren Seite. Das »Insomnia« ist noch verhältnismäßig zurückhaltend. Außer das obligatorische Swingerpärchen, das sich, wie auf fast jeder SM-Party, verirrt zu haben scheint. Ungezügelt haben sie sich gleich die erste Liegewiese, links neben dem Eingang oben, gebunkert und frönen dort ihrem geistlosen Gerammel. Swinger sind Tessa mehr als suspekt.

»Das geht ja gut los«, stellt sie angewidert fest – willig gespreizte Gliedmaßen im Blickfeld. Will man so etwas sehen? Nein!

»Um Gottes willen, wirf doch einer diese Swinger raus«, hört Tessa eine vertraute Stimme hinter sich rufen. Und: »Es ist doch nur zu ihrem Besten.«

Es ist Dori. Wer sonst könnte mit einem so süßen Stimmchen solch sarkastische Gemeinheiten verkünden? Dori ist der personifizierte Sadismus in unglaublich niedlicher Gestalt. 1,64 Meter groß – ein roter Pagenkopf rahmt stahlblaue riesige Augen, eine Stupsnase und herzförmige Lippen. Sie beherrscht die hohe Kunst des Mimikry – ihre dunkle Seele mit bedingungslos süßer Kleidung oder anderen Hilfsmitteln zu kaschieren. Eine Wölfin im Schmetterlingsgewand. Bunt und niedlich schlägt sie nicht bloß mit ihren Flügeln. Unkonventionell kommt sie daher, die kleine Sadistin, ohne düstere Dominaallüren. Das sorgt für Gerede und Spekulationen in der Szene. Huch, da wagt es jemand, den Kleiderkodex zu verraten und trägt ein rotes Kleid mit weißen Pünktchen. Und so was von einer, die sich dominant nennt. Da stimmt doch was nicht. Die ist sicher gar keine richtige SMlerin.

Tessa und Dori waren sich auf Anhieb sympathisch. Hinter ihr taucht ein dunkelhaariger Mann auf, der zart und schön an ihrem Rockzipfel hängt. Dori mag dunkelhäutige Rassetypen, die ihr verfallen sind. Für sie ist es nicht zwingend notwendig, dass ihr eigenes Herz beteiligt ist. Andersherum darf ihr Sub gern im siebten Himmel leiden. Am Ohrläppchen zieht sie ihn vor Tessa. »Hallo Süße«, ruft sie und drückt sie fest an sich. »Das ist Hase«, fährt sie fort und legt eine Hand auf den Kopf des schönen Südländers in Hotpants. Hase deutet eine Verbeugung an, grinst verzerrt. »Der ist ja süß«, stellt Tessa beiläufig fest.

»Was sagt man?«, wendet sich Dori mit verspielt-listiger Stimme an ihren Sub. Augenblicklich bedankt er sich bei Tessa. Wieder deutet er einen Diener an. »Das geht doch besser«, bemerkt Tessa. Dori nickt. Es folgt eine ausführliche Verneigung. Geteilter Sadismus ist keineswegs nur halber Spaß. Im Gegenteil. Man begegnet sich auf einer Ebene, jenseits des Alltags. Als Kind hatte man keinerlei Berührungsängste anderen gegenüber. Es wurden keine dummen Fragen gestellt. Es zählte bloß eines: die Fantasie. Wird man erwachsen, ist es plötzlich verwerflich, Räubertochter und Gendarm zu spielen, sich als Prinzessin von einem Ritter verführen zu lassen oder einen Großstadtcowboy an einen Baum zu fesseln. Die großen Kinder müssen sich verstecken und in Clubs spielen. Bäume gibt es dort nicht, dafür einen Spielbereich. Das »Insomnia« verfügt über eine weitere offene Etage. Zu später Stunde spielen sich dort orgiastische Szenen ab. Das ist selbst Tessa zu viel. Gruppendynamiken sind nur dann interessant, wenn ein gewisser Grad an Vertrautheit vorhanden ist. Den Reiz des Fremden hat sie in diesem Zusammenhang nie verstanden. Jan und Gela haben ihr Tänzchen beendet und sich zu den anderen an die Bar begeben. Der leichte Dusel verführt zum Provozieren. Tessa zwickt Jan in die Brustwarze.

»Du hast mir gefehlt«, gesteht sie. »Trink nicht so viel«, trötet Gela dazwischen. Jan zieht einen Mundwinkel nach oben, lässt einen der Hosenträger gegen seinen Oberkörper schnalzen. Seine Zerrissenheit ist ihm anzusehen. Gela hat ihn gewarnt. Bei allem, was er heute tut, sollte er zuerst auf den Inhalt von Tessas Glas schauen, in das sie mit großer Wahrscheinlichkeit heute einen etwas zu tiefen Blick werfen wird. Gela ist Jans persönliche Emotionssecurity, seine Emo-Patrona des Abends. Jan sagt nichts, führt seine Patrona galant über die kleine Tanzfläche. Führen kann er, hören auch. Wieder erwischt sie sich, einen Vergleich mit Marc herzuleiten. Stopp, Schluss damit. In der Tasche unterm Arm vibriert es. Hastig zerrt sie den Reißverschluss auf, wühlt, findet das Handy. Zu früh gefreut – Lexi wünscht ein schönes Wochenende. Sie versteht kaum etwas, schreit in den Hörer, legt wieder auf.

Dori lenkt ab: »Bist du so lieb und hältst Hases Arme auf dem Rücken zusammen? Ich werde gleich etwas tun, was er wirklich hasst.« Die perfide Vorfreude in Doris Stimme überträgt sich auf Tessa. Jan und Gela schauen belustigt zu, wie Tessa die Arme des kleinen Mannes auf den Rücken zieht. Dori holt etwas aus ihrer Tasche. Es sind Metallaufsätze, Krallen für die Fingerkuppen. Nacheinander bestückt sie die Finger ihrer rechten Hand damit, grinst. Hase leidet bereits jetzt, gibt absonderliche Laute von sich. Mit jeder weiteren Kralle hat Tessa es schwerer, ihn zu halten. Er wehrt sich nicht wirklich. Es zöge schlimme Folgen nach sich, fügte er sich Doris Absicht nicht. Manchmal reicht lediglich das Gefühl einer Fixierung, um jemanden zu halten. Freiheit bedeutet immer, dass man eine Wahl hat. Dori nimmt sie ihm.

Die Krallen zeichnen rote Muster auf die Haut. Die Musik ist laut, doch die Ohren der Gäste haben Sensoren für spezielle Geräusche, wie zum Beispiel Schreie. Ein Grüppchen Sensationsverliebter rückt bedrohlich nahe. Vermehren tun sie sich nun auch noch. In den Mägen der Spielenden tut sich etwas, Unterschiedliches zwar, nichtsdestoweniger kribbelt es. Selbst bei Jan und Gela, die bloß zum inaktiven Support gehören. Hase und Tessa sind nicht überzeugt, das Publikum willkommen zu heißen. Dori dagegen ist in Rampenlaune, als Perle unter all den Säuen. Zuschauer sind gern gesehen, solange sie hinter der imaginären Abzäunung bleiben. Bis hierhin und nicht weiter. In der Regel halten sich die Gucker auch daran. Oft sind es sogar Paare, die einen inspirativen Blick erhaschen wollen. Nur vereinzelt bleibt das Publikum geduldig bis zum Schluss. Die meisten haben eine eigene Mission oder entdecken Unterhaltsameres.

Ermutigt nimmt Dori ihrem Begleiter das letzte bisschen Würde, zieht kichernd seine Hotpants in die Kniekehlen, dort hält sie sich schlaff, aber stabil. Ebenfalls stabil, aber alles andere als schlaff hingegen zeigt Hase seine Erregung. Fremdschämen ist angesagt. Jan und ein paar andere wenden kurz den Blick ab. Wiederum andere freuen sich mit Dori über diesen Anblick. Tessa freut sich besonders für Dori, schließt sich dem kollektiven Grinsen an. Obwohl sie sich inzwischen leicht bedrängt fühlt. Die Bar im Kreuz, eine Spannerfront davor. Keine große, aber die Tanzfläche lässt den Sicherheitsabstand schrumpfen. Unter ihnen entdeckt sie ein vertrautes Gesicht. Während Dori weiterhin schmerzende Muster auf die Haut ihres Opfers zeichnet, ihm dabei seine Unzulänglichkeiten auf sehr erheiternde Weise nahebringt, ist Tessa abgelenkt.

Nur wenige Meter entfernt steht Bella Anna und lächelt verlegen in ihre Richtung, nickt kurz mit dem Kopf, deutet ein Winken an. Tessa nickt zurück. Winken kann sie nicht, schließlich wurden ihre Arme zweckentfremdet. Fast hätte sie es geschafft, Marcs Abwesenheit zu verdrängen. Er hätte absagen können. Sauer über sein Nichterscheinen wäre sie trotzdem, aber es offenbarte zumindest einen Hauch an Wertschätzung ihrer Person gegenüber. Er wäre hier nicht einmal allein gewesen. Bella Anna, oder Nina, wie Marc sie am ersten Abend nannte, hätte ihm vielleicht ein gutes Gefühl vermittelt. Wieder schaut Tessa in die Menge. Der Platz, an dem Nina eben noch stand, ist leer.

Ein junges Paar zappelt einen schnellen Wiener Walzer durch ihr Sichtfeld. Einszweidrei-eins. Die Tanzenden haben das Publikum vertrieben. Es ist voller geworden. Aus der lauen Anhäufung kleiner Grüppchen ist eine gutgelaunte Partygemeinde gediehen. Hase darf seine Hose wieder hochziehen, bekommt den Auftrag, neue Drinks zu ordern. Vier Arme werden entwirrt, Tessa ist wieder frei. Eine gute Gelegenheit.

Getrieben von einer Resthoffnung, wirft sie einen Blick auf das Handy. Nichts. Gela reißt es aus ihrer Hand.

»So! Das ist beschlagnahmt, für den Rest den Abends.«

»Gib her«, mault Tessa. »Ich schaue auch nicht mehr drauf.«

»Nur wenn du es ausschaltest!«

Tessa nickt. Unter Aufsicht von Gela drückt sie artig auf die rote Taste, bis T-Mobile sich mit einem Ton, den sie bei der lauten Musik nur erahnt, verabschiedet. Jan überrascht mit einer eigenständigen Geste. Er nimmt Tessas Hand, zieht sie entschlossen zu sich heran. Gela will eingreifen, aber Jan meint es ernst. »Gela, lass mal bitte kurz. Ich weiß schon, was ich tue.« Tessa blickt in Jans Knopfaugen. Sie fühlt sich wohl darin. Ihre Arme legt sie um seinen Körper. Er hat die perfekte Körpergröße, denkt sie. Verspielt zupft sie an seinem Hosenträger.

»Gut siehst du aus, richtig sexy«, sagt sie und meint es so.

»Danke«, murmelt Jan. »Ich könnte jetzt sagen, dass du mich um Längen schlägst, aber das weißt du auch so.«

Noch immer zupft sie an seinen Hosenträgern herum, meidet Augenkontakt. Zeitgleich beginnen sie zu sprechen. Ein Stimmengewirr lässt sie wieder schweigen.

»Du zuerst«, lacht Tessa.

»Ich habe nachgedacht und ... ich möchte das nicht mehr«, beginnt er.

»Du möchtest was nicht mehr?« Tessa befürchtet ein weiteres Drama.

»Na dieses Schweigen zwischen uns. Ich verstehe das nicht. Wir sind schließlich Freunde und diese Beziehungsproblematiken liegen mir nicht besonders.« Sie lacht. Professor Dr. Schmidt is back. Da klingt diese Fachidiotie aus seiner seiner Stimme. Er ist so angenehm kopfgesteuert, so höflich distanziert in seinem Wesen. Ob eine Absicht dahintersteckt, ist nicht klar, doch so oder so ist es der richtige Weg, sie zu erreichen. Das Gewissen greift nicht ein, noch nicht. Tessa ist froh, dass wenigstens eines geklärt zu sein scheint. Wieder ist es Gela, die eingreift, sich zwei Hände schnappt und die beiden auf die Tanzfläche zerrt.

»Baby I've been here before I've seen this room and I've walked this floor, I used to live alone before I knew you, and I've seen your flag on the marble arch and love is not a victory march, it's a cold and it's a broken Hallelujah …«

Halleluja …

Wie auf einer Schulparty stehen die drei nun dicht an dicht. Gela beginnt Tessa zu küssen. Gefühlvoll hebt ihre Zunge Tessas Oberlippe an. Jan nimmt sich zurück. Eine Hand auf jeweils einer Hüfte seiner Freundinnen. Es bleibt ihnen nichts, als sich dem Kitsch des Moments auszuliefern. Zum Glück beweist der DJ Geschmack. Es ist die bekiffte Version von Jeff Buckley, nicht die von Leonard Cohen. Tessa und Gela knutschen wie Teenager. »Halleluja!«, wirft Jan unmelodisch und rumalbernd dazwischen. Gemeinschaftskichern.

»Wenn ihr so weitermacht, halten die euch noch für Vanilla-Lesben, die sich verirrt haben.«

»Das ist mir so egal. Wir sind, was wir sind«, ruft Gela übermütig.

»Genau!«, stimmt Tessa zu und dreht Gela herum. Der nächste Song ist zur Erleichterung aller weniger schwermütig. Der DJ ist launisch, das gefällt Tessa. *Time Warp* von Rocky Horror Picture Show füllt die Tanzfläche. Tessa will nicht von Gela lassen. Das ist genau die Art von Ablenkung, die sie jetzt braucht: verruchte Wärme, kinky, aber bodenständig. Sie greift ihr ins Haar, erst liebevoll. Als sie spürt, dass sie darf, wird der Griff verstärkt.

»Lass uns mal woanders hingehen. Hier wird es mir zu voll«, entscheidet Tessa.

Zu viele fremde Gesichter, zu nah. Sie gehen nach hinten. Ein schmaler Raum, der eher einem Gang gleicht, lädt ein zum Verweilen. Da steht sie, Bella Anna. Der Name macht zum ersten Mal Sinn. Der zierliche Körper unverhüllt. Die blondierten Strähnen leuchten im Schwarzlicht. Geschlossene Augen, konzentrierter Ausdruck. Neben ihr steht ein Mann im schwarzen Anzug. Er versetzt ihr kleine Hiebe, quält sie mit ausgedehnten Pausen dazwischen, lässt sie warten. Gut, dass der Gang kaum Raum für Zuschauer erlaubt. Jan, Tessa und Gela halten sich dezent, beobachten und staunen. Tessa lehnt an Jan, Gela an Tessa. So stehen sie wie Orgelpfeifen, bloß vorwärts. Das alte Trio ist zurück. Der Herr in Schwarz fasst unvermittelt zwischen die Beine seiner Gespielin. Nass glänzend kommen seine Finger wieder hervor. Gela macht ein anerkennendes Geräusch. Als Bella Anna ihren Saft zum Probieren mit zwei Fingern in den Mund geschoben bekommt, ist Gela angestochen. »Ich will auch«, quengelt sie.

»Du solltest vorsichtig mit deinen Wünschen sein, wenn Tessa in der Nähe ist«, lacht Jan.

Tessa grinst, kneift Gela in die Brust. »Da hat er nicht ganz unrecht!«

Die Nähe zu ihren Liebsten, der Anblick der schönen Anna, und im Hintergrund ein guter Song. Sollte Tessa nicht zufrieden sein? Alles schreit nach einer schrillen, intensiven Nacht voller Leben. Nächte wie diese sind selten. Alle haben sich darauf gefreut. Doch die Zufriedenheit lässt auf sich warten. Nervös löst Tessa die Orgelpfeifenstellung auf, schlägt wieder einen Ortswechsel vor. Die Bar ist das Ziel.

»Wir sind doch gerade erst hierhergekommen. Was bist du denn so unruhig?« Gela hat ihren Spieltrieb für einen Moment hintangestellt, ist wieder seltsamen Schwingungen auf der Spur. »Möchtest du lieber nach Hause?«, fragt sie.

»Hm«, macht Tessa. Ein Antwortston, der so viel bedeutet wie: »Ja, aber irgendwie auch nicht, denn du bist ja extra aus Hannover gekommen und wir drei sind so selten zusammen und außerdem ist die Party ja auch gut und überhaupt.«

Gela versteht auch so. Das haben Emo-Patronas so an sich, die haben Empathie im Blut. Jan erklärt, dass auch er nichts dagegen habe, wieder nach Hause zu fahren. Die Party sei ohnehin zu voll und eine Rückzugsmöglichkeit vermisse er auch. Gerade wollen sie die Treppen hinunter, als Dori aufgeregt auf Tessa zuflitzt. Bemerkenswert, wie flink sie auf High Heels ist.

»Wie jetzt? Ihr wollt 'ne Fliege machen?«

»Ja«, Tessa zuckt entschuldigend mit den Schultern, »irgendwie will die Stimmung heute nicht mitmachen.«

»Verstehe«, nickt Dori, verständnisvoll aus großen blauen Kulleraugen blickend.

»Dann kommt doch einfach in zwei Wochen auf Fabians Privatparty. Er wollte dir eh noch 'ne Einladung schicken.«

Fabian ist Doris bester Freund. In unregelmäßigen Abständen veranstaltet er kleine intime Zusammenkünfte. Seine Wohnung war vor seinem Einzug eine Apotheke. Die Apothekenpartys sind etwas Besonderes. Viel intimer als die öffentlichen Partys im »Insomnia«. Das Beste daran: Es gibt dort keine Wichser. Weder die im eigentlichen Sinn noch die charakterlichen. Würde man im »Insomnia« genauer hinschauen, nicht bloß auf die schönen Perversen und pervers Schönen achten, so entdeckte man sie in den Ecken und an den Rändern: die ungern gesehenen Gäste. In der Hand meist ihr bestes Stück, den Blick auf eine leicht bekleidete Dame oder auf ein Spiel gerichtet. Als geübter Partygänger findet man Mittel und Wege, sie auszublenden. Arroganz hält sie fern, Unsicherheit und ein Übermaß an Frivolität lockt sie an. Schöner ist es dennoch, sie nicht im Hintergrund zu wittern. Also, auf zur Apothekenparty.

»Ja, ich komme gern. Kann ich jemanden mitbringen?«

Dori grinst, hebt wissend eine Braue. »Selbstverständlich.«

*

Es ist nicht immer wichtig, eine zielgenaue Vorstellung von seiner Zukunft zu haben. Das belastet auf Dauer nur. Mit ein wenig Geduld und Glaube schlägt der Glückskompass schon im richtigen Moment aus, ganz von selbst. Als die drei am nächsten Morgen erwachen, ist Tessa glücklich. Sie liegt in der Mitte, wird gehalten von ihren Freunden. Dass Marc sie gestern sitzen lassen hat, ist nicht vergessen, aber verdrängt. Im Moment fehlt es an nichts, außer einem guten Frühstück. Probleme dieser Art weiß Jan zu lösen. Er springt auf, läuft in die Küche. Wenige Minuten später duftet es nach frischem Kaffee.

»Ich bin wirklich froh, dass ihr zwei euch wieder eingekriegt habt.« Gela hat vergessen, sich abzuschminken. Unter den Augen kleben Mascarabrösel.

»Na und ich erst!«, sagt Tessa und pult einen der Brösel von Gelas Haut.

»Jan will morgen mit mir nach Hause fahren, aber ich finde, du solltest ihn bitten zu bleiben. Nur, damit er ein besseres Gefühl hat und sich nicht so rausgeschmissen vorkommt.«

Ratschläge am frühen Morgen – das darf nur Gela.

»Ja, das hatte ich eh vor«, gibt Tessa genervt zurück und beißt ihrer Freundin in den Arm. Schreie holen den fleißigen Jan aus der Küche. Mit einem Kissen bewaffnet, wirft er sich ins Weibernest. Im Eifer der Kissenschlacht nutzt Tessa die gute Laune und beherzigt Gelas Rat. »Übrigens! Das mit der Abreise kannst du vergessen! Du bleibst!«

Jan lächelt vielsagend. »Okay, Boss.«

Damit ist alles gesagt. Der Tag wird im Bett verschwendet. Es wird geredet, gegessen, gekuschelt, auch geküsst. Gegen Nachmittag schleicht sich eine altbekannte Unruhe ein. Tessa denkt an Marc. Sie hat das Bedürfnis, mit ihm zu sprechen, endlich reinen Tisch zu machen. Zurückgezogen im Bad, ruft sie ihn an. Hast du keinen Stolz?, mahnt eine innere Stimme, als es klingelt. Wütend schaltet sie das Handy aus. Sie geht zurück zu den anderen. Nur nichts anmerken lassen. Im Schlafzimmer wird im Kleiderschrank gewühlt. Nervöses Husten. Sie schlüpft aus der roten Schlabberhose, zieht eine schwarze Jogginghose an. Gela rümpft die Nase.

»Ja, viel besser. Jetzt kann man sich auch wieder mit dir sehen lassen«, kichert sie. Jan setzt seinen Professorenblick auf, schweigt. Die eigene Psyche kann man nicht überlisten. Wieder dieses Husten. »Da war doch irgendwo dieses Oberteil ... hm ...«, spielt sie die Versunkene.

»Alles in Ordnung?«, versucht es Gela schließlich direkt.

»Hm«, macht Tessa.

»Hör auf, da rumzuwühlen. Damit löst du das Problem nicht.«

»Auf die Idee bin ich auch schon gekommen.« Sie gibt auf, lässt sich aufs Bett fallen. Gela gibt ihr einen Kuss.

»Ist es seinetwegen?«

»Hm.«

»Verstehe.«

Ein Geräusch lässt Gela zusammenzucken.

»Es hat geklingelt«, sagt Jan, sodass es wie eine Frage klingt.

»Wenn man vom Teufel spricht ...«, knurrt Tessa.

»Ich hoffe, der Teufel hat ein paar gute Ausreden dabei.« Gela steht auf. »Soll ich aufmachen?«

»Bloß nicht!« Tessa verschränkt die Arme. »Der soll sich vom Acker machen.«

»Das ist doch Quatsch. Gerade hat er dir noch gefehlt. Hör dir wenigstens an, was er zu sagen hat.«

Wieder klingelt es.

»Machst du bitte auf?«, fragt sie. Gela springt in den Flur, öffnet die Haustür. Jemand sprintet die Stufen hinauf, steht schließlich wankend vor Gela.

»Hi«, sagt Gela.

»Hi«, gibt Marc schnaufend zurück, in der Hand einen Blumenstrauß.

»Ist Tessa nicht da?«

»Doch!«, ruft Tessa, schiebt Gela zur Seite. Ihren Lotterlook ignorierend, baut sie sich provozierend vor ihm auf. Eine echte Dame kann nichts entstellen.

»Was willst du?«

»Ich bin dann mal in der Küche bei Jan«, presst Gela hervor und verschwindet.

Unbeholfen hält Marc den Blumenstrauß in Tessas Richtung.

»Die sind für dich.«

Müde Augen betrachten das bunte Gebinde. Mit verkniffenem Mund nimmt sie es an sich. »Kannst du mir mal sagen, was ich mit Blumen soll?«

»Ich dachte …?!«

»Nein, gedacht hast du dabei sicher nicht.«

Ablehnung schlägt ihm entgegen. Unsicherheit lässt ihn auf die Knie sinken – eine letzte Instanz.

»Es tut mir leid«, sagt er.

Tessas braune Augen färben sich schwarz. Sie kann nicht glauben, was Marc gerade tut. Eigentlich sollte er sie besser kennen.

»Dass du glaubst, mich mit Blumen ködern zu können, ist schlimm genug, sich aber dann noch hinzuknien wie in einer schlechten Liebesschnulze, ist eine wirkliche Beleidigung meiner Person. Glaubst du wirklich, dass ich so was von dir erwarte nach deinem gestrigen Verhalten?«

Marc sieht verdutzt auf, senkt den Blick augenblicklich wieder.

»Ich wollte dir eine Freude machen.«

Tessa verdreht die Augen.

»Eine Freude kannst du mir machen, wenn wir kein Problem miteinander haben. Bitte erspar mir weitere Floskeln und geh einfach.« Ihre Stimme ist gelassen, aber frostig.

Marc bleibt eisern auf seinen Knien. Dass sein Plan nicht aufgeht, will nicht in seinen Kopf. Mit Anlauf springt er ins nächste Fettnäpfchen.

»Meine Herrin, bitte verzeih mir doch.«

Genug ist genug. Eine schlichte Begründung würde ausreichen, stattdessen geht er den bequemsten, den inhaltslosesten Weg. Das ist schwach. Der Gefrierpunkt ist erreicht. Die letzte Möglichkeit für ihn, in Deckung zu gehen. Sie atmet tief ein. Mit letzter Fassung bemüht sie sich um eine Antwort: »Jetzt pass mal auf! Auf Phrase Nummer eins darf niemals Phrase Nummer zwei folgen!«

Sie drückt die Blumen in seinen Arm, schiebt ihn auf den Flur, knallt die Tür zu. Nun steht sie neben dem abgetrennten Kopf einer Narzisse, starrt ungläubig ins Nichts.

## 9. Kapitel

# *Amour fou*

Eine Wiedergutmachungsreise – sicher nicht selten die erste Wahl bei Paaren, um wieder zueinanderzufinden. Komm, Schatz, wir lassen alles hinter uns. Was aber, wenn kaum etwas da ist, was man hinter sich lassen kann. Ebenso frisch verliebt wie zerstritten, setzen Marc und Tessa alles auf eine Karte. Sie sind wie zwei unvereinbare Puzzleteile. Sie entstammen demselben Bild, gehören auf den ersten Blick zwar zusammen, doch beim Versuch sich zu verbinden, scheitern sie. Irgendwo hakt es gewaltig. Doch was nicht passt, wird passend gemacht.

Eine Reise ist wie eine Schocktherapie. Hochdosiert kann man hier dieses seltsam irrationale Konstrukt Beziehung auf die Probe stellen. Ganz oder gar nicht? Das wird sich zeigen. Normalerweise reist Tessa, um Spaß zu haben, sich zu erholen, des Landes und der Leute wegen. So absurd der neue Grund ihres Trips auch sein mag, die Gedanken daran verursachen Kitzel. Marc ködert sie mit zwei ihrer Leidenschaften: dem Mittelmeer und exklusivem Essen. Es geht nach Frankreich in die Stadt der Reichen und Schönen, Nizza.

Beim Kofferpacken ist sie überdurchschnittlich gut gelaunt. Der letzte Urlaub liegt lange zurück. Drei Jahre mindestens. Das einzige große Gewässer, das sie jedes Jahr beschwimmt, ist die Ostsee. Dort besucht sie regelmäßig ihre Großeltern in Laboe. Aber das zählt nicht wirklich als Meer. Selbst die Einwohner sagen immer nur Wasser dazu. Ich fahr dann mal zum Wasser. Nizza ist da ein ganz anderer Schnack. Obwohl es bloß ein verlängertes Wochenende ist, eine Dreitagestour, freut sie sich mit jeder Faser ihres Körpers. Vergnügt und kofferpackend pfeift sie ein Liedchen. Sobald sie am Flughafen eintrifft, muss sie sich zurücknehmen. Gute Laune täuschte Marc falsche Tatsachen vor. Er hat einiges wiedergutzumachen, sollte sich nicht in der Sicherheit seiner guten Idee wiegen. Es ist nicht immer bloß eine Frage des Selbstmarketings, eine Frau zu überzeugen. Seine Strategien sind gut, das muss man ihm lassen. Aber an dieser Stelle helfen Strategien nicht weiter. Lektionen im Loslassen stehen vorerst auf der Tagesordnung. Ursprünglich hatte er angeboten, Tessa samt Gepäck abzuholen. Morgens muffelt es sich jedoch besser allein.

Sie fährt lieber mit dem Taxi, bezahlt für Ruhe. Natürlich könnte sie ihm die Anweisung geben, die Klappe zu halten. Ruhe hätte sie trotz allem nicht. Es ist seine Wirkung, seine Aura, so einnehmend, dass sich die Stille plötzlich verabschiedet, sobald er nah ist. Marc ist anstrengend. Blutegelgleich saugt er an ihr, frisst sich tief in den Verstand und stetig in ihr Herz. Selbstbetrug ist keine Kunst. Sie redet sich gern ein, frei zu sein. Jederzeit kann sie gehen, ohne Reue. Nur ein kleiner Teil in ihr will wahrhaben, dass dies ein Trugschluss ist. Der Teil, der insgeheim noch immer an die Liebe glaubt. Zerknirscht an einem Ort hinter dem Zweifel, den sich die Liebe mit der Sehnsucht teilt. Beide warten auf ihren Durchbruch, warten auf den Tag, an dem alles anders sein wird. Bis dahin sind Zweifel und Kontrolle zwei dienliche Begleiter, weitaus ungefährlicher als die beiden Traumtänzer im Hintergrund.

Echte Stille wird jedoch erst wieder einkehren, wenn es vorher einen ordentlichen Orkan gegeben hat. Momentan scheinen beide in seinem Auge zu stehen. Dort ist es ruhig. Doch schaut man genauer hin, wütet der Sturm drumherum zerstörerisch. Ob Nizza dem ein Ende setzen wird, weiß keiner.

Marc wartet bereits am Flughafen Tegel, weniger sehnsüchtig als ungeduldig. Er war schon anderthalb Stunden vorm Flug dort. Pünktlichkeit ist ihm wichtig. Von wegen. Tessa sieht nicht ein, sich hetzen zu lassen. Aus Erfahrung weiß sie, dass 45 Minuten völlig ausreichen, um einen Flug nicht zu verpassen. Schnaufend reißt er die Taxitür auf, will Tessa begrüßen. Etwas zu energisch für ihren Geschmack. Kein guter Einstieg in den Urlaub. Der einzige Vorteil daran ist: Die schlechte Laune ist nun echt, die Vorfreude aus der Taxitür geweht.

»Bitte! Wir haben noch fast 'ne Stunde Zeit! Mach mal ruhig, es ist früh!«

Er nickt schweigend, wirkt getrieben, als unterdrücke er seine innere Unordnung. Der Taxifahrer bekommt einen Schein in die Hand, Marc ihren Koffer. Wie ferngesteuert zieht er den Griff heraus, rollt mit der Rechten seinen eigenen, mit der Linken Tessas Koffer hinter sich her. Auf Pfennigabsätzen tänzelt sie neben ihm. Gemeinsam geht es zum Check-in. Für einen kurzen Augenblick spürt sie so etwas wie Rührung. Wie er alles organisiert, sie selbst fast nichts zu tun braucht. Aber ein Blick in seine Augen genügt, um wieder dem Missmut zu verfallen. Als die beiden am Schalter in der Schlange stehen, zischt sie wütend:

»Was ist eigentlich los?«

»Nichts!«, grummelt Marc. Verschränkte Arme, abwehrende Haltung. Am liebsten würde sie einfach gehen. Aber sie bleibt. Neben diesem Mann, der sie so unverschämt von unten herauf von oben herab behandelt.

»Ich glaube nicht, dass du in der Rolle bist, dich so zu benehmen.«

Sie flüstert lieber. Keine gute Uhrzeit, um unangenehm aufzufallen. Bloß Schweigen und ein unzugänglicher Ausdruck. Marc versteht. Sein aufgeklärter Blick lässt kurzfristige Teilnahme erkennen. Eine Hand tastet sich in ihre. Der Druck rückt ein Stück weg vom Körper, ganz abfallen will er noch nicht, dazu ist die Lage noch zu schief.

»Es tut mir leid. Du warst so spät dran, ich dachte, du würdest mich versetzen und einfach nicht kommen«, entschuldigt er sich.

»Es ist nicht meine Schuld, dass du dir solch destruktive Gedanken reingezogen hast! Das ist dein schlechtes Gewissen!« Dass sie aus Erfahrung spricht, weiß er nicht.

Sie wird ernst, greift nach seinem Kinn, als wäre es nicht richtig angewachsen.

»Du solltest endlich anfangen, mir zu vertrauen!« Sie rüttelt an seinem Kiefer.

»Ich weiß.« Er lächelt nicht, doch die Augen bleiben weich.

Im Flugzeug holt sie einen Block aus der Tasche, auch einen Füller. Erst wollte sie eine Spitzfeder und ein Gläschen Tinte mitnehmen. Stilecht eben – als zusätzliche Effekthascherei. Doch Täuschungen beginnen schon mit den kleinen Dingen und haben auf dem Weg der Wahrheit nichts verloren. Ferner sind Flüssigkeiten im Handgepäck nur bis zu einer bestimmten Menge erlaubt. Ihr Deodorant hat heute den Vortritt. Deodorant – das klingt so hübsch französisch. Ganz in ihrem Element, hat sie einige Regeln aufgeschrieben. Das ist ihre Art, auf ihn zuzugehen, verspielt, unbeschwert. Die Regeln sollen Marc den Weg zu ihr erleichtern. Brotkrumen auf dem Pfad zu ihrem verwaisten Pfefferkuchenherz. Damit es keine Sackgasse wird, beginnt sie mit simplen Grundsätzen für den Urlaub, die sie ihm vorliest. Danach soll er sie selber zu Papier bringen und auswendig lernen. Morgen wird sie ihn prüfen. Bereits die erste Regel lässt Marcs Gesichtszüge entgleisen.

»1. Ich lasse Tessa jeden Morgen so lange schlafen, wie sie möchte! Und beschäftige mich derweil mit mir selbst. Natürlich so, dass ich Tessas wohlverdienten Schlaf dabei nicht störe.«

Sie ignoriert den trotzigen Blick auf dem Platz neben ihr. Das Flugzeug hebt ab, drückt die Körper der Passagiere in ihre Sitze. Tessa glaubt zu spüren, dass ihre Lunge schrumpft, verdrängt diesen Gedanken aber schnell wieder. Noch immer wird neben ihr heftig geschwiegen.

»Wiederhole die erste Regel mit deinen eigenen Worten!«, fordert sie nun.

»Ich soll dich schlafen lassen und keinen Krach machen, bis du wach bist.« Er klingt wie eine leiernde Schallplatte.

»Langweilen dich meine Regeln?«

Er schaut ihr tief in die Augen. In ihm tobt es. Die Pupillen haben die Netzhaut zurückgedrängt, was bleibt, ist ein grüner Ring um tiefes Schwarz.

Er ist ein Teufel, denkt sie, greift unauffällig nach seinem Nippel, drückt zu. Er schließt die Augen, genießt den Schmerz, nonchalant grinsend, wie einen Joint. Der schüchterne Typ vom ersten Abend ist gegangen. Sie sollte sich seinem ständigen Sog, seinen stummen Forderungen entziehen. Dieser neue Ausdruck in seinem Gesicht, der leicht geöffnete Mund dabei, sein warmer, süßlicher Atem. All das wird zum Verhängnis. Es gerät aus den Fugen, obliegt nun nicht mehr ihrer Kontrolle. Zwischen ihren Beinen ist es nass. Im Magen tun Falterschwärme ihr Übriges. Der Teufel. Unbeherrscht leckt sie über seine Lippen.

»Ich werde dich schlagen! Ich werde dich schlagen, sobald wir im Hotel sind!« Zittern in Stimme und Atem.

»Ja bitte«, fleht Marc und klingt wie auf Knopfdruck wieder devot. Sie kennt ihn inzwischen. Wahre Demut liegt weit entfernt von seiner Gier. Er kann auch anders, konnte es zumindest. Tessas Überlegenheit ist so abwesend wie ihr Verstand. Sie nimmt ihre ganze Kraft zusammen, zentriert die Energie in ihrem heißen Schädel.

»Langweilen dich meine Regeln?«, fragt sie erneut, um Konsequenz zu beweisen, und nimmt die Hand von seiner Brust.

Er öffnet die Augen. Grün blitzend antwortet er:

»Nein! Ich brauche diese Regeln!«

*

Marc hat mit einem außergewöhnlichen Hotel geprotzt, als er sie einlud. Tessa, die mit wenigen Erwartungen losfuhr, ist überwältigt, als sie die futuristische Eingangshalle betritt. Es ist ein Kunst- und Designhotel. Modern, unique, unglaublich hip. Die Zimmer wurden von verschiedenen Designern entworfen. Alles ist bunt, aber nicht schrill. Plastisch, aber nicht kantig. Sogar die Empfangstheke erinnert eher an ein Transportmittel aus einem Science-Fiction-Film als an einen Tisch. Sie muss an die große Werbeagentur denken, für die sie mal gearbeitet hat. Irgendwie ist ihr dieses Hotel unsympathisch, zu unecht, als dass sie sich tatsächlich wohlfühlen könnte. Dennoch ist sie fasziniert von dieser anderen Welt um sie herum, die sie auf wundersame Weise zu vernebeln scheint. Die Klimaanlage gaukelt eine angenehme Temperatur vor, während draußen 35 Grad im Schatten wüten. Kühle Farbspiele. Themenräume von der Halle über das Restaurant bis zum Wellnessbereich. Französisch ist dieses Hotel kein bisschen. Bis auf den kleinen Portier mit großer Nase und Nickelbrille, der die beiden herumführt.

Es gibt einen Orangen-Minz-Drink zur Begrüßung. Im Fahrstuhl wird es still. Marc introvertiert mal wieder vor sich hin. Vielleicht fährt er gerade etwas runter. Das ist gut. Im Zimmer angekommen, bezahlt er den Portier für seine Dienste, nimmt Tessas Hand, kniet sich hin. Seine vertraute Güte ist zurückgekehrt. Auf und ab und auf und ab und ... Die restlichen Regeln hat er ohne zu zögern geschluckt. Dann hat er den Block an sich genommen. Geschrieben hat er bislang nicht. Tessa hat sich vorgenommen zu warten, abzuwarten, ob er ohne erneute Aufforderung sich ihren Regeln widmet. Es ist an der Zeit, dass er von allein agiert. Wenn es so ist, wie er sagt, und er diese Regeln wirklich benötigt, dann sollte er zusehen.

Sie schmeißt sich aufs Bett, begutachtet die gewöhnungsbedürftige Wandfarbe – Lila. Müde, aber zu aufgewühlt, um zu schlafen, schaut sie aus dem großzügigen Fenster. Dort draußen wartet eine fremde Stadt, die es zu erobern gilt. Ein kurzer Moment der Ruhe kann nicht schaden, dann geht es los. Die Augen geschlossen, spürt sie einen zweiten Körper aufs Bett fallen. Jemand pirscht sich an. Dann liegt ein Kopf auf ihrer Brust. Ihre Hände fassen in die vertraut klebrigen Zotteln, die Finger teilen sie in kleine Abschnitte. Schnurren – er vergräbt das Gesicht in ihrem Busen, so dass es fast ein wenig wehtut. Die Arme über dem Kopf verschränkt, beobachtet sie einen emsigen Kopf höher wandern. Kleine Küsse befördern sein Gesicht über das Dekolleté, hoch zu ihrer Achselhöhle. Dort bohrt er sich erneut in ihre Haut. Sie zuckt kurz. Die letzte Dusche liegt ein paar Stunden zurück, ihr Deodorant war zwar Teil des Handgepäcks, kam aber nicht zum Einsatz. Er saugt den Duft tief in sich ein. Zufriedenes Grunzen nimmt ihr die Selbstzweifel.

»Du duftest wie eine Blumenwiese, nur viel besser!« Sie lächelt und schläft kurz darauf mit dieser liebevoll schnüffelnden Nase unterm Arm ein.

Rascheln, nerviges Knistern. Sie schreckt aus dem Tiefschlaf. Ein verschwommener Marc wühlt aufgeregt in seinem Rucksack. Als er bemerkt, dass Tessa wach ist, wirft er sich neben sie aufs Bett. In der Hand hält er eine Tüte Chips.

»Es ist schon halb sechs. Lass uns mal losgehen«, schmatzt er. Barbecueduft steigt ihr in die Nase. Es ist kaum zu glauben. Das sind gleich drei Regelverstöße auf einmal. Zum einen hat er sie geweckt, zum anderen ist er dreist und fordernd und das mit vollem Mund. Denn in Regel Nr. 3 heißt es:

»Wenn ich eine Idee habe oder den Wunsch habe, etwas zu unternehmen, frage ich Tessa höflich danach oder bitte sie. Wenn es die Umstände erlauben, knie ich mich dafür hin.«

Tessas Magen revoltiert. Wer hat schon Lust, gleich nach dem Aufwachen eine Standpauke zu halten. Schließlich hat sie Urlaub. Sie steht auf, verschwindet schweigend im fliederfarbenen Designerbad. Marc trottet hinterher, klopft von außen an die Tür.

»Kann ich wenigstens mal in Ruhe pinkeln!?« Ihre Stimme klingt gereizt. Sie will nicht mehr erklären, verwarnen oder souverän sein müssen. Auch wenn sie nicht bloß einen, sondern ein ganzes Sortiment an Geduldsfäden zu haben scheint – soeben ist der letzte endgültig gerissen. Ein bisschen Normalität täte jetzt gut, nur ein wenig. Sie wäscht ihr Gesicht. Das kühle Wasser ist angenehm. Der Anblick ihres Spiegelbildes leider nicht. Am liebsten wäre sie allein. Plötzlich sind da Tränen – viele, zu viele. Nur selten erlaubt sie sich traurig zu sein. Auch jetzt würde sie die aufkommende Trostlosigkeit lieber ignorieren. Doch der Schutzwall ist gebrochen, Sintflut ahoi. Die Wahrheit ist: Sie kommt mit diesem Mann nicht weiter. Heftig zieht sie die Nase hoch. Mit den Fingerspitzen versucht sie, die geschwollene Haut unter den Augen zu beruhigen, doch sie hinterlässt bloß rote Spuren. »Verdammt!« Sie frischt den verlaufenen Mascara auf. Ihre Wimpern sind feucht, die neue Farbe haftet nicht richtig. »Jetzt ist eh alles egal!«, ruft sie, wirft die Wimperntusche ins Waschbecken.

»Alles okay?«, hört sie Marc vor der Tür fragen. Seinem Tonfall ist nicht einmal ein Anflug von Sorge zu entnehmen. Ein letzter Blick in den Spiegel, dann schließt sie die Tür auf.

»Gehen wir!«

Ohne ihn anzuschauen, geht sie Richtung Tür, greift ihre Handtasche, schlüpft in ihre Schuhe, verlässt das Hotelzimmer. Der Fahrstuhl ist drei Stockwerke entfernt. Tessa wartet nicht. Nicht auf den Fahrstuhl, auch nicht auf Marc. Das Treppenhaus bietet eine Menge grafischer Leckerbissen. Die ganze Wand ist voller Figuren, Formen und abstrakter Gebilde. Das lenkt ab, tröstet irgendwie. Jedes Stockwerk ist anders. Dass Marc hinter ihr ist, bemerkt sie nicht. Einfach gehen, egal wohin. Unten angekommen, scheint die Klimaanlage mindestens zwei Grad kälter gestellt zu sein. Ihr fröstelt in ihrem kurzen Sommerkleid. Ein Flur führt zum Ausgang, hinaus aus der sterilen Designerbutze, hinein ins Leben Nizzas. Wie eine unsichtbare Wand donnert ihr die Hitze des Nachmittags entgegen. Der Unterschied ist beachtlich. Kälte und Hitze im Wechsel, damit ist sie vertraut. So fühlt sich Urlaubsklima an, denkt sie traurig, dreht den Kopf. Marc. Er schmunzelt verlegen, als er ihre roten Augen sieht, sagt aber nichts. Sein Ausdruck trifft. Wenn du nur nicht so schön wärst, denkt sie. Es lebte sich besser ohne Gefühl. Emotionen verzotteln die Gedanken, machen diffus. Zeit für Kontrolle, das nimmt sie sich fest vor. Dann greift sie seine Hand. Nicht liebevoll, sondern energisch. Pokerfacemodus. Defensives Lächeln, aber nur außen. Innen wogen die Emotionen gegen den porösen Verstand.

Die wunderbaren alten Bauten der Stadt versuchen abzulenken, schaffen es auch irgendwie. Zumindest ihren Kopf.

Die ganze Stadt trägt Flip-Flops. Tessa möchte auch welche, hält Ausschau. Der Mann an ihrer Hand wird eisern ignoriert, Blickkontakt oder Kommunikation vermieden. Eine weitere Auseinandersetzung lenkte bloß ab, das wäre schade um die schönen Impressionen. Eine Truppe jugendlicher Skater schafft es, Tessa ein echtes Lächeln abzuringen. Sie schaut ihnen nach, wie sie die Straße runterbrettern, über eine Holzbank gleiten, sanft auf dem Asphalt landen. Das ist Selbstbeherrschung. Die Luft ist herrlich, trotz der Wärme. Es duftet nach altem Stein, ein wenig nach frischem Fisch, dem Meer und dahinter weht der Wind noch einen anderen Duft in Tessas Nase. Marc. Kenzo und Marc. Von Anfang an eine attraktive Mischung. Doch in Verbindung mit dem Duft dieser Stadt beinahe unerträglich betörend. Der Zufall führt die beiden direkt zur Strandpromenade. Das Geschrei der Möwen wird untermalt von den Lauten des Straßenverkehrs. Der Fischgeruch überdeckt endlich Marcs Aroma. Es weht ein angenehm neuer Wind. Tessa atmet durch. Fast perfekt. Als sie zu ihm herüberschielt, dauert es nicht lange und ihre Blicke koitieren.

»Es tut mir leid«, sagt er.

»Was tut dir leid?« Spontan würden ihr vier Dinge einfallen.

»Alles!« Er versucht sie zu küssen.

Tessa geht einen Schritt zurück. So einfach ist es also. Das könnte ihm so passen, denkt sie.

»Das könnte dir so passen!«, sagt sie. »Erst wird meine Frage richtig beantwortet. Also. Was tut dir leid?«

»Na … na … dass ich ddich vorhin … hin geweckt habe.«

Stottern. Wie lange ihm das nicht mehr passiert ist. Warum jetzt? Wüsste er, worum es hier wirklich geht, paddelte er nicht so rum. Zugegeben, die bezaubernde Wirkung seiner

Hilflosigkeit geht auch an ihr nicht spurlos vorüber. Doch allem niedlichen Winden zum Trotz bleibt sie stur.

»Hast du dich mit meinen Regeln vertraut gemacht?«

Er nickt, kramt nervös in seinem Kokettierrepertoire. Verlegenes Lächeln, Auf-der-Stelle-Tapsen, Hundeblick, abgedroschene Komplimente. Tessa bleibt Granit.

»Warum missachtest du sie dann innerhalb von nicht einmal dreißig Sekunden gleich dreimal?«

Er macht den Mund auf, als wolle er etwas sagen. Dann macht er ihn wieder zu, schüttelt den Kopf, verschränkt die Arme. Ein Eisblock schiebt sich zwischen die beiden. Die malerische Promenade Nizzas wird in das Licht einer tief stehenden Sonne getaucht. Possierliche Verkaufsstände und Restaurants mit französischen Delikatessen erstrecken sich entlang der Straße. Köstlicher Wein, Käse, luftgetrocknete Salami, duftender Schinken, frische Früchte, Schokoladentörtchen und Apfeltarte. Aber all das bleibt den Sinnen der Streitenden verborgen. Sie diskutieren lieber über Regeln, die keiner der beiden wirklich braucht. Es hätte ein Happening für die Sinne werden können, scheint aber in Larifari zu enden. Genau das ist der Grund, weshalb Tessa der Kragen platzt. Nach der Trostlosigkeit erfasst Tessa eine neue Gefühlswelle: Wut.

»Jetzt reicht es!«, sagt sie unvermittelt laut, sodass selbst der französische Verkäufer am Käsestand nebenan verstanden hat, dass nun Schluss ist mit lustig.

»Was ist nur los mit dir? Wo ist unsere verfickte Leichtigkeit geblieben? Du bist so ignorant, so verdammt egoistisch, so…« Sie ringt nach Worten. Der widerspenstige Blick ihres Gegenübers hindert sie am Weiterwüten. Es lohnt sich nicht. Marc hat sich zurückgezogen, an jenen Ort, den er ihr verwehrt, wohl immer verwehren wird. Sie kehrt dem schönen Abend den Rücken. Genug gefühlt, genug gehört. Sie hat sich ausreichend verbogen und zu viel Gesicht gezeigt. Solange sie zu Diskussionen bereit ist, sollte man zusehen, überzeugende Argumente anzubringen. Sobald Tessa sich fürs Schweigen entscheidet, hat man seine Karten verspielt. Empört läuft Marc hinter ihr her, beginnt panisch auf sie einzureden. Nun hat die Emotionswelle auch ihn übermannt.

»Als ob du immer alles richtig machen würdest«, beginnt er. Sie läuft weiter, den Blick stur nach vorn gerichtet. Er redet und redet.

»Ich weiß, das mit den Regeln war auch meine Idee, aber müssen das solche Regeln sein? Die sind doch überhaupt nicht alltagstauglich! Ich fühle mich nicht ernst genommen!«

Kurz stoppt sie ihren Marsch, bleibt stehen – wenn Blicke ohrfeigen könnten – und geht dann weiter.

»Du? Du fühlst dich nicht ernst genommen? Hast du mal eine Sekunde darüber nachgedacht, wie ich mich dabei fühle? Dominier mich, aber bitte so, wie ich es will? Ist es das, was du mir sagen willst?«

Die Souveränität ist aus ihrer Stimme bereits beim Verlassen des Hotels gewichen, doch nun ist da dieser furieske Unterton, den sie selbst kaum erträgt. Es ist entsetzlich warm. Das Kleid klebt unangenehm am Rücken. Marc klingt plötzlich wieder verbindlich.

»Tessa, bitte, was du da verlangst, ist einfach so…« Er macht eine kurze Pause, schaut sie an, als wäre sie in der Lage, seinen Satz zu beenden. Fassungslos starrt sie zurück.

»Außerdem stehst du auch nicht zu den Dingen, die du mir versprichst!« Wie Federn aus einem Kissen platzen die Worte aus ihm heraus. Sein Gesicht wirkt angestrengt. Sie reißt die Augen auf. Schweiß läuft an ihren Schläfen entlang.

»Wie bitte?« Die Enttäuschung ist ihr deutlich anzumerken. Marc raubt jede Kraft.

Weiterhin vorwurfsvoll ruft er:

»Du hast im Flugzeug versprochen, mich im Hotel zu schlagen. Schließlich bist du eingeschlafen, hast mich ignoriert und jetzt sind wir hier.« Verständnisloses Kopfschütteln.

»Du verstehst gar nichts! Ich bin doch kein Dienstleister!«, sagt sie, atmet schnaufend durch, jedoch nicht, ohne zornig weiterzulaufen. Eine Hand greift nach ihrem Arm. Sie spürt seine körperliche Überlegenheit. Gut, dass sie in der Öffentlichkeit sind. Fast erschrocken, bleibt sie stehen. Marc verschafft der Absurdität des Moments einen weiteren Höhepunkt. Er fällt auf die Knie. Übertrieben dramatisch reißt er die Arme nach oben. Pure Provokation. In Tessa fällt eine Klappe, sie wird augenblicklich wieder sachlich. So viel, was bisher unausgesprochen blieb. Sie weiß, er ist nur verunsichert, bräuchte wahrscheinlich eine Ohrfeige. Ein Machtwort. Handzahm wäre er dann, von null auf hundert. Aber sie kann nicht, bleibt gefangen in der Situation, defekt, nur ein Mensch.

»Es ist besser, wenn ich mir ein eigenes Hotel suche. Wir sehen uns dann am Flughafen«, ist alles, was sie noch über die Lippen bringt. Irgendwie klingt das lächerlich, so ähnlich wie: Du hörst dann von meinem Anwalt.

Marc kniet auf der abschüssigen Straße, Tessas Worte wirken.

»Tessa, ich würde alles für dich tun, das weißt du!«

Aber Tessa hat genug gehört. Ständiger Wechsel zwischen Heiß und Kalt. Sie dreht den Hahn ab, macht kehrt und verschwindet in einer Seitengasse. Marc lässt sie ziehen.

»Reisende soll man nicht aufhalten!«, hört sie ihn noch rufen, dann wird es still. Es duftet nach gebratenem Knoblauch. Ziellos geht sie weiter, passiert eine kleine Restaurantgasse. Schön ist es hier, sehr schön sogar. Freundliche Gesichter,

Männer, die ihr nachschauen. An der nächsten Ecke erkennt sie die Straße wieder. Intuitiv, möglicherweise auch zufällig hat sie den richtigen Weg gewählt. Das Hotel ist auf der gegenüberliegenden Straßenseite.

Das gefakte Klima der Lobby macht Gänsehaut, das Warten auf den Fahrstuhl aggressiv. Im obersten Stock gibt es ein pont supérieur – ein Sonnendeck. Immerhin. Vielleicht der Notanker des Abends. Sie zeigt auf den Knopf. »Zum Rettungsdeck bitte«, murmelt sie und hofft, dass der Liftboy kein Deutsch versteht. Inzwischen dämmert es draußen. Sie betritt das Dach des Hotels. Nizza bei Nacht – abartig schön. Auf der rechten Seite ist ein illuminierter Pool, dessen Wasserbewegungen Lichter tanzen lässt. Sie setzt sich auf einen der mit Handtuch reservierten Liegestühle. Der Ausblick macht melancholisch. Heute ist das erlaubt – sieht ja keiner. Ihr Puls beginnt, sich zu verlangsamen. Jetzt bloß keine Tränen, denkt sie noch, aber da kullern sie auch schon. Sie kullern für die Schönheit dieser Stadt und die Blindheit von Marc, für die letzten Wochen der Ungewissheit und ihren falsch platzierten Stolz. Sie kullern, fließen, rollen und nehmen ein Stück Anspannung mit sich. Tessa schließt die Augen, wird ruhiger, immer ruhiger. Loslassen tut gut.

Eine Spur aus Wasserperlen zieht sich durch das zart beleuchtete Treppenhaus des Hotels. Ihren Körper in ein Handtuch gehüllt, schleicht sie durch die Stockwerke. Das künstliche Klima legt sich eisig auf die nasse Kopfhaut, die Haarspitzen tröpfeln vor sich hin. Tessa war schwimmen.

*No swimming after dark*. Gibt es wirklich Gäste, die sich an Hinweisschilder dieser Art halten? Die Luft war wie gemacht, um zu schwimmen, der Blick allemal. Sie schälte sich aus der klammen Baumwolle ihres Kleides, sprang in die gechlorte Illusion. Herrlich. Ruhig zog sie ihre Bahnen.

Die trübe Suppe im Kopf klarte allmählich auf. Weit weg von Berlin, über den Dächern Nizzas, fand sie seit Langem wieder zu sich. Die Leichtigkeit kehrte zurück – mir ihr das Bedürfnis nach Klärung. Rasch trocknete sie sich ab, griff nach Kleid und Schuhen, schulterte die Handtasche. Ob Marc auf sie wartete?

Jetzt, da sie das Hotelzimmer fast erreicht hat, schleichen sich die ersten Zweifel ein. Verstohlen sitzen sie im Hinterkopf, knabbern fröhlich an der neuen Courage. Die Schlüsselkarte findet zu ihrer Bestimmung, öffnet die Zimmertür. Kein Licht – das spricht gegen seine Anwesenheit. Kein Geräusch. Nicht verwunderlich, dass er nicht hier ist. Der kühl designte Raum hat keine Chance gegen diese Stadt. Sie sollte es ihm gleichtun: raus hier, vielleicht zum Strand, oder in eine Bar. Was hätte sie zur Winterzeit in Berlin gegeben, um an einem Ort wie diesem zu sein? Das Licht geht an, wahrscheinlich automatisch. Was ist hier eigentlich nicht funktional durchdacht? Ihr Leben war es bis vor Kurzem auch noch. Ein Schreck fährt durch den Körper, lässt den Puls in die Höhe schießen. Marc sitzt auf der Bettkante. Verschlafener Blick, die Frisur sitzt. Wie kann er schlafen, während sie sich sorgt? Und dann auch noch in voller Montur. Jeans, Hemd, sogar die Socken hat er mit ins Bett genommen.

»Wo warst du?«, fragt er.

»Würde dir eh nichts sagen. Oder kennste dich hier aus?« Soll er ruhig denken, sie sei durch die Straßen gezogen. Das wirkt autark. Aber vermutlich nicht ganz glaubwürdig – wer trägt schon ein Handtuch beim nächtlichen Streifzug?

»Ich habe mir Sorgen gemacht.« Ui, jetzt greift er wieder in die Schublade, bemüht sein Repertoire.

»Deshalb hast du ja auch geschlafen. Voller Sorge bist du eingeschlafen, stimmt's?!«

Jetzt nur nicht zickig werden. Das vernichtet höchstens den Klärungsplan, nicht aber das Problem.

Er fährt sich durchs Haar, gähnt ausgiebig.

»Tessa, ich weiß nicht mehr, wie ich mich verhalten soll.«

Entwaffnende Ehrlichkeit. Das kam unerwartet. Sie geht einen Schritt in seine Richtung, steht nur einen Meter entfernt.

»Sei einfach mal du. Das würde schon ausreichen.«

Kurz ist sie stolz auf die Weisheit, die ihren Worten anhaftet, aber etwas daran ist falsch. Marc schüttelt energisch den Kopf.

»Bist du denn immer du?« Seine Worte bestätigen das Bauchgefühl.

»Keine Ahnung.« Sie sagt die Wahrheit, das kann er sehen.

»Wieso hast du eigentlich nichts an?«, wechselt er das Thema. Sie setzt sich auf die Bettkante. »Oben auf dem Dach ist ein Pool.«

»Es ist verboten, nachts zu schwi…«

Ihr bissiger Blick hindert ihn am Weitersprechen.

»Ich weiß«, lächelt sie dann doch.

»Du tust, was du willst, das gefällt mir so an dir.«

Seine Worte sind klar, frei von bemühten Tönungen, ehrlich. Sie tut was sie will? Ist das so? Manchmal fühlt es sich so an, als würde sie schon lange auf den richtigen Moment warten. Auf eine Gelegenheit ihre wahren Wünsche, die sie nicht einmal richtig definieren kann, zu erfüllen.

Mit der Liebe verhält es sich genauso. Die vielen Männer vor Marc – alles bloß Snacks. So schnell vergessen, wie verschlungen. Fast Food hinterlässt jedoch aufsässigen Appetit. Da bleibt immer ein bisschen: Was wäre wenn? Wer wenn nicht er? Wo wenn nicht hier? Kaum zu glauben, aber trotz der aufreibenden Zeit mit ihm, gibt es in diesem Moment keinen Anderen, als ihn. Marc.

Sie öffnet das riesige Fenster. Die Klimaanlage stellt sie aus. Wenn sie schon nicht dort draußen sind, darf die Stadt wenigstens zu ihnen. Als sie aufs Bett kriecht, prüft sie seine Reaktion. Kein Protest. Ihre Lippen suchen nach Sicherheit. Marc verspricht sie, lange und ausgiebig. Sein Kuss bringt sie zu ihm. Sie atmen gemeinsam, tief, schnell, dann schneller. Die Straßengeräusche hauchen neues Leben ein. Tessa hat Lust auf Wein.

»Ich habe welchen gekauft.«

Er springt auf, geht zum Kühlschrank.

»Ich wollte mich eigentlich betrinken, aber als dein Koffer noch hier war, wollte ich mir die Chance nicht entgehen lassen, dir zu sagen, dass es mir leid tut.«

Wieder ist sie versucht nachzufragen, ob er überhaupt wüsste, wofür er sich entschuldigt. Aber sie hält sich zurück. Irgendjemand muss den Teufelskreis unterbrechen. Besagt die Regel, dass der Klügere *sofort* nachgeben muss? Oder darf er sich noch etwas sträuben, ehe er kapituliert? Der Wein schmeckt köstlich, Marc fantastisch. Er küsst so gut. Da ist es nur verständlich, dass sie die Hälfte vom Wein auf dem Bett verschüttet.

»Shit. Oh nein …«

Hektisch springt sie auf, reißt sich das Handtuch vom Leib, rubbelt auf dem Laken herum. Marc starrt, tut nichts.

»Was ist? Hilf mir lieber«, schimpft sie.

Als das Laken so weit wie möglich trockengelegt ist, steht sie kurz still. Natürlich ist klar, dass sie nackt ist, aber jetzt fühlt sich sein Blick plötzlich anders an. Ihre Verlegenheit ist flüchtig, denn ein jähes Verlangen überlagert diese. Mal wieder reicht die Zeit nicht aus, um sich eines einzigen Gefühls zu erfreuen. Dafür kommen da zu viele auf einmal angeflattert. Er weiß, was dieser Ausdruck bedeutet. Automatisch rückt er näher, sitzt nun direkt vor ihr. Das linke Bein stellt sie auf die Bettkante. Sie vergreift sich an seinem Ohrläppchen, zieht ihn zwischen ihre Schenkel. Wie nass es dort schon wieder ist.

»Das ist deine Schuld!«

Sie gibt ihm einen Klaps auf den Hinterkopf. Alles ist seine Schuld. Er hat gezielt und getroffen. Draußen hupt ein Wagen. Eine Gruppe Betrunkener zieht über die Straße, schreit französische Lieder. Die Wärme verdrängt den Rest der künstlichen Frische. Marc schenkt ihr den ersten Höhepunkt des Urlaubs. In Hotels darf man lauter sein als zu Hause. Sie schreit sich frei. Am Nacken zwingt sie ihn in die Knie. Ein Farbstreifen zieht sich durch den Raum, über den Boden. Was für ein Bild, wie er zwischen Schneeweiß und Zartlila kriecht, ihren Fuß mit seiner Zunge bearbeitend. Als gäbe es kein Morgen, schleckt er von den Zehen bis zu den Fesseln und zurück. Es dauert nicht lange und die zwei sind inmitten einer großen Seifenblase. Geräuschlos, ohne Raum oder Zeit. Sie hebt den linken Fuß, spitzt die Zehen wie eine Ballerina und tanzt um sein Gesicht herum. Sein Kopf geht mit, folgt jeder Bewegung. Sie steht auf. Bei diesen Temperaturen ist man niemals nackt. Die Wärme legt sich um den Körper wie ein feines Tuch. Umhüllt von der fremden Atmosphäre und ihrer Lust, macht sie kleine Schritte durch den Raum – rückwärts. Sie will ihn sehen, will, dass er kriechend folgt. Der Fuß wird als Lockmittel vor die Nase gehalten. Es gelingt, Marc begehrt ihren Fuß wie der Esel die Möhre. Sie könnte weitermachen, sich in diesem Spiel verlieren, die ganze Nacht lang.

Die Zweifel sind jedoch noch immer am Werk, nagen weiter. Klarheit statt Zerstreuung, das war der Plan des Urlaubs. Nichts ist klar, alles flirrt zerstreut um sie herum. Doch sie hat ihn. Genau jetzt, an diesem Punkt besteht die Chance, ihn bei den sprichwörtlichen Eiern zu packen.

»Zieh dich aus!«

Devotion scheint in engem Zusammenhang mit Gemächlichkeit zu stehen. Jan wird auch immer lahm, wenn sie befiehlt. In aller Ruhe knöpft Marc an der Jeans herum.

»Geht das auch schneller?!«

Ein kleiner Tritt beschleunigt sein Tempo. Er zieht die Hose aus, wirft sie schludrig zur Seite, will das Hemd aufknöpfen. Einen Knopf schafft er gerade noch.

»Leg die Hose zusammen ... ordentlich!«

In Hemd und Socken wirkt er so niedlich unbeholfen. Fast kaufte sie ihm diese Nummer ab. Er faltet die Jeans zu einem kleinen Paket. In seinen Bewegungen steckt die Ungeduld. Sein Kopfkino spielt ganz andere Szenen. Dass er sich nun mit einer Hose herumärgern muss, passt ihm nicht. Tessa prüft seinen Job. Sie nimmt die Jeans auseinander, schleudert sie in sein Gesicht.

»Das ist also deine Vorstellung von Ordnung? Als Putzsklaven würde ich dich nicht einstellen!« Treffer, das saß! Verärgert macht er sich erneut ans Werk. Männer – wittern sie einen Kontrahenten, sind sie nicht mehr zu bremsen. Es ist nicht Eifersucht, die ihn drängt, sondern Wettkampf. Akkurat faltet er ein Rechteck. Wieder prüft sie es. Es ist wohl kaum möglich, eine Jeans ordentlicher zu falten. Ein Lob gibt es dennoch nicht.

»Geht doch! Weitermachen!«

Das Hemd wird über den Kopf gestülpt. Die Arme sind schnell befreit. Am Hals bereitet es Schwierigkeiten. Vielleicht hätte er einen Knopf öffnen sollen? Tessa nutzt die Lage aus. Sie reißt seine Arme auf den Rücken, lässt das Hemd über dem Kopf hängen. Dank Bügelstärke ist es steif und rau. Die Ärmel knotet sie über dem Kopf zusammen. So ist sein Gesicht verschwunden – auch nicht schlecht. Mit dem Fuß drückt sie seinen Oberkörper auf den Boden. Sein Hintern ragt wie ein Podest nach oben – formvollendet. Ihr Blick reißt sich los. Auf dem Tisch steht ein Arrangement aus Kerzen, natürlich auch in der Lilalaunefarbe des Raumausstatters. Sie zupft eine Kerze aus dem Ständer. Die Vorfreude lässt sie schmunzeln. Überzeugte Verzögerungsgenießer haben Zeit für Pausen. Marcs verbundener Kopf rutscht unruhig auf dem Boden hin und her. Über dem Steiß hält seine linke brav die rechte Hand. Ein Haargummi soll die Hände an den Gelenken zusammenhalten. Sie zwingt seine Hände nacheinander durch das gedehnte Gummi. Natürlich kann er sich jederzeit befreien, doch seinem Kopf reicht eine angedeutete Fixierung aus, um der Versuchung einer Flucht zu widerstehen. Sie geht zum Fenster, atmet französisches Flair, nippt am Wein. Entschlossen schreitet sie zur Tat. Das Glas landet auf dem Nachttisch, die Kerze in Marc. Ein seltsames Geräusch entflieht seinem Mund, wahrscheinlich hätte sie Gleitcreme verwenden sollen. Nach zwei Zentimetern hört sie auf zu schieben.

»Wenn du sie fallen lässt, schicke ich dich nackt auf die Straße. Die Franzosen sehen das sicher nicht so eng. Die sind wahnsinnige Touristen gewöhnt.«

Jammernd kneift er die Backen zusammen. Erst das Geräusch eines zündenden Streichholzes macht ihm bewusst, was in seinem Hintern versenkt wurde. Sie zündet die Kerze an. Perfekt. Nun ist er Teil des Inventars. Die Schräglage seines Körpers ist optimal. Es dauert nicht lange und die Kerze wirft den ersten Tropfen auf seine ungeduldige Halterung. Marc zuckt. Die Bewegung seines Beckens macht die Kerze munter. Zwei lilafarbene Kleckse setzen das Raumkonzept auf schneeweißer Haut fort. Tatsächlich macht er sich gut als Deko. Die überraschten Laute, die er von Tropfen zu Tropfen von sich gibt, sind nicht anstrengender als die Klimaanlage.

Die vielsagenden Blicke kann er höchstens dem Stoff seines Hemdes zuwerfen. Tessa ist davor gefeit.

Dem visuellen Leckerbissen zum Trotz muss sie konzentriert bleiben. Die Stille ist Absicht. Sie wird noch eine Weile stumm sein. Marc soll nach ihren Worten lechzen. Es ist besser, einen Mann glauben zu lassen, er sei selbst auf die Idee zu einem Gespräch gekommen. Obwohl ein »Schatz, wir müssen reden« zum jetzigen Zeitpunkt eine spaßige Komponente hätte.

Einige Minuten sitzt sie einfach nur da, lauscht, schaut, sinniert. An der Garderobe hängt ein Schuhlöffel aus lila Plastik. Schon bei der Ankunft hat er sie komplizenhaft angeglänzt – nun kommt sie auf sein Angebot zurück, geht zum Kleiderständer, nimmt ihn vom Haken. Die kantige Biegung könnte besser in der Hand liegen. Sie schleicht um den kopflosen Marc. Das Wachs hat eine Landkarte auf seinen Hintern gekleckert. Eine breite Fläche, mit kleinen Ausläufern, Richtung Beine und Hüfte. Sein Wimmern ist leiser geworden. Das ist schade, sie hatte sich gerade damit angefreundet. Die Flamme wird gelöscht. Mit einem Ruck pflückt sie die Kerze wie Unkraut aus ihm heraus. Sofort bekommt sie den Quittungston – kurzes absteigendes Quieken, gefolgt von schnellen Atemzügen. Es geht weiter. Sie hat die Abfolge genau im Kopf. Eben war ihr Handeln noch vom Zufall bestimmt, nun weiß sie, was zu tun ist. Als Erstes braucht er seine Hände wieder. Sie hat vor, auf seinen Rücken zu steigen, ihn von dort mit dem Schuhlöffel bekannt zu machen. Dafür muss er ihr genügend Halt geben. Die Haargummis bleiben stur, geben die Hände nicht frei. Verdammte Zwischenfälle. Deshalb mag sie Pläne nicht, es kommt grundsätzlich anders. Sie läuft ins Bad. Eine Nagelschere soll das Problem lösen. Kurz vorher stoppt sie. Man könnte sicher auch daraus etwas machen? Wo sie schon mal dabei ist. Eine Schere. Ihre

Gedanken bleiben an seinen Haaren hängen. Klar, wo sonst. Sein Haar ist seine Identität, seine Deckung. Nimmt sie ihm diese, ist er pur. Vielleicht wird er dann endlich reden. Mit einer Nagelschere wird sie nicht viel ausrichten können. Zum Androhen eines Kahlschlags reicht sie aus. Doch es müssen mehr Fixierungen her. Eitelkeit macht Menschen zuweilen unberechenbar. Sie knotet die Ärmel des Hemdes auf, befreit sein Gesicht. Er ist rot, sein Blick – so grün wie immer.

»Setz dich aufs Bett!«

Die Arme noch immer hinterm Rücken verschränkt, kommt er nur mühsam hoch. Als er auf der Bettkante sitzt, bindet sie das Hemd an den Oberarmen wieder zusammen. Mit etwas Kampf wird es nicht schwer sein, sich zu befreien. Aber sie sollte auf Nummer sicher gehen.

Bewusst hat sie darauf verzichtet, auffälliges Spielzeug mitzunehmen. Am Flughafen sollte man nicht zu viel Aufsehen erregen durch fragwürdige Gegenstände im Gepäck. Schwarzes Gaffer Tape dagegen ist unauffällig und nützlich. Perfekt getarnt zwischen schwarzen Kleidern, fällt es selbst Tessa schwer, es zu finden. Marc verfolgt mit verwirrtem Blick, wie Klamotten über dem Boden verteilt werden. Sie wühlt, kramt, wird schließlich fündig.

»Ha, da bist du ja!« Die dunkle Rolle wird wie ein Pokal nach oben gehalten. Aber der eigentliche Preis ist noch nicht gewonnen. Tessa fühlt sich wie in einem Adventure-Spiel. Bis auf dieses hohe Level hat sie es geschafft. Sie hat gekämpft, hat sich hochgekämpft. Raus aus alten Mustern, auf zu neuen Ufern, vor allem aber zu sich selbst. Marc scheint der Endgegner zu sein.

»Und? Hast du alles gefunden?«, grinst er unverschämt.

»Interessant, auf welch dünnes Eis du dich wagst«, grinst sie zurück.

Gutes altes Gaffer Tape. Es rettet Bondage-Dilettanten aus jeglicher Misere.

Als sie das Bettlaken um ihn wickelt, ist er sogar behilflich, rollt seinen Körper auf Kommando hinein. Tessa klebt, während Marc sich dreht. Dabei singt er eine Passage aus *Sweet Gwendoline.* Sie stimmt in sein Lachen ein, spiegelt ihn, um des lieben Friedens willen. Noch darf er nichts mitbekommen. Einen Meter Gaffer später ist es vollbracht. Marcs Körper ist verklebt und regungslos. Da kommt er so schnell nicht wieder raus. Will er auch nicht. Entspannt liegt er da, lächelt leise. Nur Kopf und Füße schauen heraus. Um noch etwas Zeit zu schinden, auch weil sie selbst noch nicht bereit ist, kitzelt sie seinen linken Fuß. Marc lacht hysterisch, fleht um Gnade. Gar nicht mal schlecht, diese Methode. Zeit für eine Einleitung. Er soll wissen, dass er aus gutem Grund verpackt wurde.

»Wir haben bisher gar nicht über den Abend gesprochen«, beginnt sie.

»Stimmt.« Ganz Mann, fällt seine Antwort karg aus.

»Dann erzähl doch mal ...«

»Was soll ich erzählen?«

»Weshalb du nicht ins ›Insomnia‹ gekommen bist.« Wieder kitzelt sie ihn.

Marc lacht laut und lange, sogar länger, als Tessa kitzelt. Glaubt er etwa seiner Antwort auf diese Weise entkommen zu können?

»Ich höre nichts!« Ihr Ton ist weit entfernt von Humor.

»Ich ... ich wwar zu Hause ...«

»Zu Hause warst du also? In Friedrichshain?«

Stummes Nicken.

»Und warum bist du nicht gekommen?«

Nur langsam schleicht sich bei ihm der Verdacht ein, sie führe etwas im Schilde. Geht es hier etwa nicht mehr um ein

Spiel? Ein seltsamer Ausdruck legt sich zögerlich um seine Mundwinkel.

»Tessa, ich ... was soll denn das? Können wir nicht in Ruhe darüber sprechen? Beim Essen vielleicht, mit einem guten Wein. Ich meine ...«

Er spürt, wie sinnlos sein Gerede ist, bricht ab. Die gute Laune ist vergangen. Gut, dass das Fenster offen ist, der Raum verfügte nicht über genügend Volumen, um dem plötzlichen Hochdruck standzuhalten. Marc schluckt, Tessa schweigt. Sie steht auf, schnappt eine der Bettdecken, wickelt sie wie ein Handtuch um ihren Körper. Hinter sich spürt sie seinen Blick, erwartungsvoll, ratlos. Noch kann sie abbrechen, ihn losbinden, auf seine Worte vertrauen. Doch die Augenhöhe würde nichts bewirken. Sie weiß es, er weiß es. Er weiß um ihr Wissen und sie weiß, dass er weiß, dass sie weiß. Es gibt keinen Grund mehr, Tatsachen zu verschleiern. Ihr Körper wendet sich ihm zu – kleine Schritte ums Bett.

»Findest du nicht, dass es Zeit ist, mal die Wahrheit zu sagen?«, räumt sie ihm eine letzte Chance ein. Fast ist er froh, dass sie das Wort an ihn richtet. Seine Antwort schlüpft ihm direkt aus dem Bauch.

»Doch ... doch, das finde ich!«

Bedeutungslos ist der Inhalt seiner Worte. Bedeutend dagegen die Mimik. Fast hat sie ihn so weit. Ihre Bewegungen durch den Raum sind weich. Gerade Schultern, leichtes Hohlkreuz, so geht sie auf und ab. Die Bettdecke um ihren Körper wischt schleppenartig über den Boden. Ein flüchtiger Blick fordert ihn zum Sprechen auf.

»Ich konnte einfach nicht kommen«, sagt er abwesend.

»Und warum nicht?«

Sie wartet nicht auf seine Antwort, nicht noch länger. Kurz schaut sie sich um. Die Nagelschere liegt auf dem Nachttisch, brav, scharf und bereit. Sie steht auf, schlüpft mit den Fingern in die Griffe.

»Wenn du nicht redest, werde ich dir deine wunderschönen Haare abschneiden. Und glaub mir, ich werde am meisten unter diesem Verlust leiden.«

Panik in seinen Augen. Doch als Robbe hat man es schwer mit der Fortbewegung. Dabei beteuert er immer wieder, dass sie ihn bloß loszubinden brauche, dann würde er schon reden, ganz sicher. Tessa bleibt gelassen. Sie weiß, er kann nicht weit kommen. Sie setzt sich auf seinen Bauch, versucht, ihn mit einem Kuss milde zu stimmen. Es gelingt, er wird ruhiger.

»Das war doch nicht ernst gemeint, oder?« Seine Stimme klingt besorgt.

Tessa nimmt eine Locke zwischen die Finger, schneidet. Sie liebt dieses Geräusch. Es lässt sich mit nichts vergleichen. Vielleicht ist es ein bisschen, wie ein dickes Bund Rucola in der Mitte zu zerteilen. Viele einzelne Elemente, die gemeinsam ein letztes bündiges Geräusch von sich geben. Ratsch und Schluss. Sekunden später liegt die Strähne auf dem Kissen neben ihm.

»Noch Fragen?«, sagt sie.

Eine weinerliche Stimme lässt erkennen, dass sie auf dem richtigen Weg ist. Sein Jammern rückt in den Hintergrund. Die nächste Strähne ist das Ziel. Sie wird sie aus ihm herausschneiden – die Wahrheit. Wird schneiden und schneiden, so lange, bis er redet. Ratsch – ist die nächste Locke gefallen und noch eine und …

Marc schreit: »Nein, Tessa, bitte. Das ist gegen die Regeln!«

»Na das sagt ja der Richtige!«, lacht sie kühl.

»Touche!«, flüstert Marc. Er sieht traurig aus. Keine Panik mehr. Tessa lässt die Schere sinken. Sie muss umsichtig sein, er soll sich nicht wieder zurückziehen. Sein falscher Stolz ist angeknackst, jedoch noch nicht gebrochen. Sie lenkt ihren Blick auf die vielen Haare, die verloren ihre letzte Welle auf dem Kissen aufführen.

»Es gibt eine andere Frau in meinem Leben.« Als würde er über ein jahrelanges Magenleiden sprechen, kommen die Worte müßig aus dem Mund geschlichen. Sie schaut ihn an, fassungslos, als würde sie auf eine Folgeinformation warten. Nur langsam sickert sein Geständnis durch die dicke Erwartungsschicht ins Bewusstsein. Sie hätte mit vielem gerechnet, mit dem Schlimmsten. Doch letztlich ist es eine Lappalie. Er hatte viele Chancen, die Wahrheit zu sagen. Eine Wahrheit, gegen die sie nichts einzuwenden gehabt hätte. Unfassbar, dass er sie so unterschätzt hat. Wahrscheinlich hat er ihr nie vertraut. Kopfschüttelnd nimmt sie eine Locke zwischen zwei Finger, zieht sie glatt. Keine Fragen mehr. Und doch ist es, als bliebe etwas zurück in ihrem Kopf. Ein Nebel, der sich kaum auflöst in der Banalität seiner Begründung. Er hätte sie erwähnen können, diese andere Frau, so beiläufig wie Tessa ihren Putzsklaven. Doch das hat er nicht. Er tut es jetzt, zwangsläufig, nicht beiläufig.

Bei Marc scheint sich ein Ventil geöffnet zu haben. Er sprudelt über. Viele Jahre sei sie nun schon an seiner Seite, diese Frau, die ja eigentlich ideal für ihn sei. Ihren Namen verrät er nicht. Sie teilten Interessen, ja sogar den gleichen Job hätten sie. Während ihrer Studienzeit hätten sie sich kennen- und irgendwie auch lieben gelernt. Nun, neun Jahre später, sei die Luft raus. Es fehle an Mut, so sagt er, einen Schlussstrich zu ziehen, sich den Veränderungen zu stellen. Was das allein in den dazugehörigen Familien auslösen würde. Entsetzt würden sie sein, allesamt, da sie doch größte Hoffnung in die beiden als Paar gelegt hatten. Ständiger Druck von allen Seiten, das könne sich Tessa ja überhaupt nicht vorstellen. Und dann seien da immer diese Fantasien, die ihn nicht losließen. Carina

– endlich spricht er ihren Namen aus – habe dafür keinerlei Verständnis. Nicht einmal ein bisschen.

Seit er seine Fantasien lebt, sei alles anders. Ganz aufgeregt ist er, als er das sagt. Traum und Trauma zugleich sei Tessa für ihn, gesteht er aufs Dramatischste. Sein Leben sei verstopft, überfüllt, belagert. Er sei umzingelt von Menschen, die ihn nicht berühren. Ein trauriges Bild hat er da gemalt, der schöne Marc. Nur der Kopf schaut heraus aus seinem Kokon und tut etwas, was er sonst niemals tut, er plappert. Entscheidungen sind wie Dominosteine. Ist die erste gefallen, folgen weitere, unweigerlich. Dinge kommen ins Rollen, schneller als man bereit ist, sich ihnen zu stellen. Eine Kettenreaktion: Schicksal. Seine Probleme sind ihr fremd, die Angst vor der Veränderung vertraut.

Er richtet den Kopf zum Fenster. Ein indifferenter Blick verliert sich über den Dächern der benachbarten Häuser. Auf der Oberlippe sitzen kleine Schweißperlen. Es ist warm unter der Tapebandage. Jetzt ist es raus. Marc ist verunsichert. Die Wahrheit auszusprechen stellt eine Bedrohung für ihn dar. Jetzt, da seine Maske gefallen ist, steht er ungeschützt. In seiner Lüge hatte er sich sicher eingerichtet. Nun fällt er tief. Doch sie ist da, ihn zu halten, das muss er nur erkennen.

Ein ganzes Büschel Locken liegt in ihrer Hand. Sie zieht daran, ganz leicht nur. Marc schließt die Augen, bereitet sich vor. Ihr Zug verstärkt sich.

»Eigentlich sollte ich deinen Skalp nehmen. Das wäre ein angemessenes Opfer.«

Der Ansatz Ironie in der Stimme öffnet seine Augen. Fehlende Worte, ehrlicher Blick.

»Nein«, beantwortet sie die unausgesprochene Frage. »Ich bin nicht enttäuscht ... nicht mehr.«

*

Frühstück auf der Promenade. Wind um die Nase, mit Croissants und Café au Lait beginnt der Tag. Das Meer wirft sich schäumend an den Strand, die Milch auf den Kaffee und Marc, überschäumend, zu ihren Füßen. Der Tag liegt vor ihnen, so offen wie ihr Verhältnis. Treiben lassen, in den Moment spazieren. So schlendern sie mit vollen Bäuchen die Promenade entlang, Hand in Hand. Sie flüchten vor der Mittagshitze in den Schatten. Marc sorgt für Wasser, navigiert per Karte. Anspruchslosigkeit begleitet die beiden eine touristisch programmierte Weile.

Zum Abendessen trägt sie das Kleid, das Marc in einer Boutique entdeckt hat. In seiner Sonnenbrille sieht sie ihre Augen leuchten. Zucchiniblüten mit Balsamicoschaum eröffnen das überteuerte Menü. Nach dem Thunfischsteak in Salbeisoße scheinen die Sinne endgültig überreizt. Gut, dass der Sonnenuntergang sie beruhigt. Marc bestellt ein Dessert und zwei Löffel. Sie möchte sie sagen, Worte, die tagtäglich so viele Menschen über die Lippen bringen. Wenn auch häufig ohne Bedeutung. So ist es aber in ihrem Fall nicht, sie meint, was sie sagen will. Jetzt, hier, zu ihm. Die Worte stecken fest. Immer wieder drängeln sich Gedanken vor, blockieren die Zunge. Vergebens versucht Tessa zu sprechen. Es ist, als wolle sie während der Rushhour eine U-Bahn am Alex erwischen. Der Zug steht schon da, die Türen sind geöffnet. Doch von innen drängen Menschen hinaus, immer mehr und mehr und mehr. Egal wie sehr sie versucht hineinzugelangen, sie wird zur Seite gedrängt. Auch von hinten wird geschoben, denn gleich wird er abfahren, der Zug. Und mit ihm die Chance. »Zurückbleiben bitte«, hört sie in ihrem Kopf. Das ist doch absurd. Statt den Schritt zu wagen, endlich zu sprechen, verstopft sie ihren Mund mit einem großen Löffel Mousse au Chocolat. Und dann drängelt sich jemand vor – Marc. »Ich liebe dich«, sagt er, ganz ungehetzt.

## 10. Kapitel

# *Von Apothekenprinzessinnen und ruhenden Faltern*

In Berlin regnet es. Was macht das schon, wenn Marc als Kofferträger dabei ist und das Schmuddelwetter einfach übergeht. In Tessa bleibt es sonnig. Marc lächelt, so ganz ohne Wenn, erst recht ohne Aber. Trotzdem gut, dass es warm ist. Sommerregen ist gnädig. Bevor sie ins Taxi steigt, dreht sie sich noch einmal um. Er ist da, wirklich. Seine Sommersprossen sprenkeln sich rotbraun in das unparteiische Grau des Tages. Ungestylte Locken fallen kreuz und quer über den Kopf. Ihr Finger kringelt sich um eine Strähne.

»Gut, dass du so viele davon hast, man sieht die Lücken kaum.«

»Ich hätte es dir auch so gesagt, das hatte ich eh vor, aber …«

Sie legt eine Hand über seine Lippen. Das Misstrauen hat Pause. Der Hintergedanke darf ruhen, bis auf Weiteres. Die Zeit steht still, aber wer braucht die schon? Die Luft vibriert gerade so angenehm verlässlich. Der Abschied fällt kurz aus. Beide wissen, es wird nicht lange dauern bis zur Fortsetzung. To be continued, mit neuen Rollen.

*

»Rot? Wieso ausgerechnet rot?« Sie steht in der Küche, ihre Küche, immer noch ihre. Jan hat im Alleingang sein Aufgabengebiet erweitert und die Wand gestrichen. Blutrot droht diese nun die Besucher des Raumes zu erdrücken. Sie wechselt den Blickwinkel, legt den Kopf schief. Nein, es bleibt bedrohlich. Mit frischer Friedensfreude im Gemüt ist man zu manchem Kompromiss, ja sogar zum Wohlwollen bereit. Jan hat es sicher gut gemeint.

»Hat es dir wenigstens Spaß gemacht?«

»Naja, Sehnsucht macht kreativ«, gibt er überspitzt zurück und lässt durchblicken, dass auch ihn das Ergebnis nicht zufrieden stellt. Immerhin.

»Ich dachte …«

Sie hebt den Zeigefinger. Konditioniert wie Jan ist, versteht er sofort.

»Ich weiß, denken ist nicht meine Stärke.«

Sie nickt zufrieden, gibt ihm einen Kuss.

»Dann hast du ja was zu tun, während ich die Woche über arbeite. Ich hätte gern ein warmes Orange.« Jan weiß nichts von dem Apfelsinenton des Sonnendecks über Nizza, der ihr vorschwebt. Doch ihren Augen ist zu entnehmen, dass ihr Wunsch ein essenzielles Bedürfnis zu sein scheint.

»Kein Problem!«, verkündet er, froh, dass sie heil und glücklich zurück ist.

Später essen sie gemeinsam. Jans Kochkünste stehen der echten französischen Küche in nichts nach. Die Vorspeise – Ziegenkäse mit Himbeersoße – ist so köstlich, dass sie nicht aufhören kann. Jan ist nicht enttäuscht, dass die Ente im Kühlschrank landet, auch nicht darüber, dass Tessa nach dem ersten Glas Wein aufgibt und müde ins Bett fällt. Denn das tut sie. Nur drei Tage und so viel Auf und Ab. Gefühle, so intensiv und unterschiedlich, dass man einen ganzen Monat damit füllen könnte. In stillen Jahreszeiten sogar zwei. Allein im Bett lässt sie die drei Tage Revue passieren. Ausdauer zahlt sich aus. Morgen wird sie Marc fragen, ob er sie zur Apothekenparty nach Kreuzberg begleitet. Ob er sich dazu überwinden kann, wird sich zeigen. Sowieso wird sich nun vieles zeigen.

Schwere Lider. Ein Hauch von Zweifel mischt sich zwischen die Gedanken. Doch dieser wird sogleich vom Schlaf verscheucht.

Der nächste Tag beginnt mit einem alten Bekannten: dem Alltag. Auch die Sonne ist zurück, blinzelt verhalten durch die Vorhänge des Büros. Tessa hat Sehnsucht. Es ist die Sorte Sehnsucht, die den Kopf langsam macht und den Körper fahrig. Der neue Kunde schlägt Alarm. Eine Broschüre brauche er, mit vielen Bildern, einem griffigen Text und das am besten bis gestern, klar.

Schon wieder spielt ihr Körper verrückt. Harte Nippel, seit dem Aufstehen. »Igelnasen«, sagt Marc dazu. Dafür erntet er Ohrfeigen. Sie mag diesen Vergleich. Er weiß das. Er zieht ihn bewusst und schließt vorbeugend die Augen. Dann erfüllt sie ihm seinen Wunsch, schlägt zu. Es ist nur ein flüchtiger Moment, knapp, aber intensiv, den jeder auf seine Weise genießt. Die Kleinigkeiten sind es. Sie knüpfen Muster in unseren Alltag. Je nachdem wie risikobereit wir durchs Leben gehen, desto verzierter unser Weg. Sie holt Luft, schaut auf die Uhr. Bald.

*

Dori hat alles geregelt. Tessa ist eingeladen, samt Fraktion. Jan und Marc sind beide willkommen. Jans kleine Freundin Maren ist auch dabei.

»Frischfleisch doch immer«, lacht Dori. »Solange es sich nützlich macht.«

Sie legt auf. Marc, der mitgehört hat, simuliert Verlegenheit. Als ob sie ihn nicht besser kennen würde.

In den letzten Tagen hat sie ihn oft angerufen. Erreicht hat sie ihn nie. Er bestimmt, wann seine Stimme ihr gehört und wann nicht. Das ist in Ordnung, vorübergehend, sie kennt ja den Grund. Zeit. Die muss sie ihm schon geben, die Zeit, auch wenn es schwerfällt. Jetzt steht er vor ihr, selbstgewiss in seinem Charme, die schlechten Ausreden sind auch dabei. Wieso glaubt er bloß, dass diese nötig sind? Es wird schon weniger werden. Er wird sich dran gewöhnen, nicht mehr aufs Lügen angewiesen zu sein.

*

Eine Woche Vorfreude und viel Arbeit liegen hinter, ein reizvoller Abend vor ihr. Jan bringt Tee. Nach wie vor sind Spannungen zwischen ihm und Marc zu spüren. Das wird sich mit der Zeit geben, redet sich Tessa zu. Menschen sind Gewohnheitstiere. In jedem Rudel gibt es zunächst Gerangel um den Alphastatus, das ist natürlich. Gemeinsam sitzen sie in Tessas Küche, schwatzen. Man könnte meinen, sie wären Freunde. Die Wand erstrahlt in neuem Glanze, Pfirsich statt Apfelsine, aber sie mag es. Marc kippt den Tee wie Wasser in sich hinein. Jan verzichtet ganz darauf. Tessa nippt zwischendurch, sorgt für Unterhaltung, präsentiert Outfits für den Abend. Es fällt schwer, sich zurückzuhalten, nicht den Vermittler zu spielen. Sie werden ihre Probleme schon unter sich ausmachen, die Männer.

Sie entscheidet sich weder für das blaue Samtkorsett, das Marc die Sprache verschlägt, noch für den strengen Nadelstreifenrock, der Jan zusagt. Extravaganz bleibt heute im Schrank. Weniger ist mehr, beziehungsweise subtil ist Prunk.

So oder so wird sie für Gesprächsstoff sorgen, mit ihren zwei Männern. Ein unvermeidlicher Mittelpunkt zu sein, baut Druck auf. Manchmal zieht sie das Wohnzimmer einer interessanten Party vor. Heute nicht. Apothekenpartys sind privat. Hier sind die Guten unter sich. Gastgeber Fabian ist sorgsam bei der Auswahl der Gäste. Viele Kreativlinge zwängen sich in die Räumlichkeiten der ehemaligen Apotheke. Diese Wohnung ist schon etwas Besonderes. Der einstige Verkaufsraum dient Fabian als Fotostudio. Verklebte Schaufenster schützen vor unerwünschten Blicken und tauchen den Raum in ein kamerafreundliches Dunkel. Vertrauensvoll stellt er den Gästen sein Equipment zur Verfügung, in der Hoffnung auf kreative Ergüsse. Hinterher stellt er diese dann zum Download auf seiner Homepage bereit. Dori ist in der Küche, als die drei eintreffen. Versunken hebt sie Tomatenspalten unter eine Spiralnudelbasis.

»Stell dir vor«, erzählt sie. »Hase hatte die Aufgabe, Erbsen mitzubringen, für den Nudelsalat. Jeder normal denkende Mensch bringt doch Erbsen im Glas mit, die man einfach in den Salat kippen kann – zack.« Sie macht eine Handbewegung über der Tupperschale. Hase sitzt schuldbewusst am Esstisch. »Stattdessen«, fährt sie fort, »hat er das da mitgebracht.«

Ihr Finger deutet auf eine transparente Plastikverpackung mit Trockenerbsen. Jan und Marc stellen sich vor, geben Hase verständnisvoll die Hand. Tessa und Dori umarmen sich. Schelmisch führt Fabian die drei herum. Neben einer Vielzahl bemerkenswerter Fotografien verfügt die Wohnung über einen angrenzenden Keller. Auf jeder Apothekenparty lässt der Gastgeber sich etwas Neues einfallen. Seine Ideen werden viel zu wenig genutzt. Dabei schreien die Inszenierungen geradezu nach kreativer Ausplünderung. Zwei Fernseher ohne Empfang vertreten die Kellerbeleuchtung. Ebenso inhaltsleer wie großartig strahlen sie ihr nervöses Rauschen in den kargen Raum. Wieder oben, begeben sich die drei ins Fotostudio. Interessiert, aber wertfrei, werden sie begrüßt. Hase serviert Wein und sorgt für Unterhaltung. Dori hat ihn mit einer kleinen Plastikkrone ausgestattet. Sie selbst ist in der Küche geblieben und bewirtet die Neuankömmlinge. Gut, dass Tessa dafür gesorgt hat, dass auch Maren eine Einladung erhält. Jan ist augenblicklich abgelenkt, als sie das Studio betritt. Marc ist still. Außer der üblichen Sprachschnörkel beim Vorstellen wirft er nicht gerade mit Worten um sich. Schenkte sie seiner Verunsicherung Aufmerksamkeit, würde sie noch wachsen.

Seit Marcs Geständnis hat sich die Nähe verfestigt. Sie schwirrt nicht mehr zwischen all den Einwänden umher, ist einfach da, dazwischengespannt wie ein unsichtbares Seil. Es fehlt Tessa an passenden Worten. Dabei stehen doch sämtliche Möglichkeiten offen. Doch jeder Versuch eines Gesprächs endet im halbherzigen Small Talk. So kann das nicht weitergehen. Sicher braucht Dori etwas Hilfe in der Küche. Sie nimmt Marc an die Hand, zieht ihn wortlos mit sich. Jan und Maren kichern in ihre Weingläser und knutschen derweil ein wenig.

Marc hat sich in sich zurückgezogen. Gelangweilt schleppt er sein Schneckenhaus in die Küche. Kein Gewinnerlächeln mehr, kein Wort. Irgendwie gerät die Tüte mit den Erbsen in Tessas Hand. Irgendwie rollen sie plötzlich auf dem Boden auseinander. Viele, viele grüngraue Kugeln.

»Wie dumm von mir.« Irgendwie war das kein Zufall und irgendwie landet Hases Krönchen auf Marcs zerzaustem Haar. Sein verständnisloser Blick wird schnell von einer Ahnung heimgesucht. Ja, er habe richtig verstanden, versichert ihm Tessa. Prinzessinnen seien für Erbsen zuständig. Insbesondere wenn sie so bezaubernd dreinblickten wie er. Vorsichtig, mit leisen Bewegungen begibt er sich auf den Küchenboden. Auch sein Hemd zieht er ohne Anstalten aus. Das aufdringliche Licht der Neonröhre über ihm kann seiner gebräunten Haut nichts anhaben. Eine Schüssel landet vor seiner Nase.

»Na dann sammle mal schön. Ich möchte später wissen, wie viele es sind.«

Sie nimmt sich eines der Gläser von Hases Tablett, trinkt. Inspiration macht durstig. Die Prinzessin erweist sich als begabte Erbsenzählerin. Erbse für Erbse sortiert Marc in die Schüssel. Inzwischen hat sich Dori hinzugesellt. Die Farbe der Schüssel, »Schweinchenrosa«, hat es ihr angetan.

»Das passt ganz wunderbar zu der Farbe deiner Wangen«, lässt sie ihn wissen.

Der Spott der Zuschauer wird ihm zur Kraftquelle. Er krabbelt, sammelt, zählt. Dori klagt über seine introvertierte Haltung. Man möchte ihn doch hören, schließlich seien alle brennend an der Summe der Erbsen interessiert.

»... 27, 28 ...«, grinst Marc und hält jede einzelne kurz in die Luft, bevor er sie in die Schüssel rollt. Er löst seine Aufgabe auf die einzig würdevolle Weise: mit Humor. Während Dori sich köstlich amüsiert, ist Tessa durch ein seltenes Gefühl abgelenkt. Die flattrigen Nachtfalter kommen zur Ruhe, bilden eine Reihe, abgründig zwar, doch lauschig – geordneter Sadismus. Noch immer möchte sie Marc am Boden sehen. Nicht auf diese rastlos triebhafte Weise, sondern gesammelt, friedlich. Das mag daran liegen, dass sie sein Rätsel gelöst hat. Wissen ist letztlich doch die einzig wahre Macht, die man besitzen kann, so scheint es. Denn jetzt, da Klarheit zwischen ihnen herrscht, ist sie auch wieder Herr der Lage. Auch Tessa hat sich in die Karten schauen lassen. Das ist der Preis jeder Beziehung.

Seufzen, zufriedenes Lächeln auf Tessas Lippen. Dori findet, dass Marc zu viele Kleider am Leib hat. Tessa teilt diese

Meinung. Nackt bis auf die schwarzen Boxershorts, sitzt er in seiner Aufgabe, lässt sich feiern. Zwischendurch gerät die eine oder andere Erbse unter seine Knie, dann hüpft er so nett.

Die Erbsen sind gezählt, Marc ist noch immer ohne Kleidung. Im Studio baumelt Maren in den Seilen. Schöne Beine, lang und fest. Fabian hat Maren zum Fliegen gebracht. Nun macht er Fotos von ihr. Jan und ein paar andere schauen zu. Die Stimmung verteilt sich im ganzen Raum – nicht zentriert auf einen Vorgang oder etwa eine Person. Jedes Grüppchen bildet seine eigene Mitte, ohne sich ablenken zu lassen. So soll es sein. Im Hintergrund läuft *Karma Police* von Radiohead.

Marcs Kopf liegt in ihrem Schoß. Sie sind für sich, unter vielen. Einige Blicke haben ihn heute getroffen, viele Worte erröten lassen. Er hat seine Sache gut gemacht. Tatsächlich hat sie ihn verschont, automatisch. Zum ersten Mal durfte er Anfänger sein. Sie hatte sogar Spaß daran. Jan ist behilflich, als Maren aus der Fesselung schlüpft. Er hält sie, legt superheldengleich einen Pullover um die zierliche Schulterpartie. Tessa ist stolz auf ihre Männer. Eine gute Wahl zeichnet sich immer erst im Nachhinein als solche aus. Wie jede Privatparty nimmt auch diese ihr heimeliges Ende in der Küche. Der leichte Schwips macht hungrig. So werden die Reste des Nudelsalats vernichtet und die letzte Flasche Wein geleert.

»War gar nicht so schlimm«, stellt Marc abschließend fest, während er sein Hemd zuknöpft.

*

Die ganze Nacht hat sie auf seiner Brust verbracht, in der kleinen Mulde zwischen Brustmuskel und Schulter. Dort passt das Gesicht genau hinein. Sie zupft ihm ein einsames Haar aus der Brust.

»Au …«, murmelt er.

»Ich hab Hunger. Wird Zeit, dass du aufstehst«, sagt Tessa.

Frühstück im Bett. Küsse, die nach Marmelade schmecken, Orgasmen, zwischendurch Kakao. In der Badewanne wäscht sie ihm das Haar.

»So nass kommen die kahlen Stellen ziemlich deutlich zur Geltung.«

Sein unzufriedenes Gesicht, verschränkte Arme.

»Hör auf zu bocken, sonst rasiere ich deinen Schädel doch noch ganz«, sagt sie liebevoll, beißt ihm ins Ohr. Auch wenn ihr die Frage auf der Zunge brennt, wie die andere auf seine eigenwillige Frisur reagiert hat – die Zunge benutzt sie momentan lieber für andere Dinge. Wer könnte sich da noch widersetzen? Sie drückt seinen Kopf nach unten. Er holt Luft, taucht zwischen die Schaumberge. Körperliche Verausgabung, das ist es, was sie braucht. Sie will satt sein, müde und glücklich. Letzteres ist sie, für das andere muss Marc noch sorgen. Das tut er, ohne zu zögern. Erst als sie seine Zähne spürt, lässt sie ihn auftauchen. Sie gibt ihm wenig Zeit zum Luftholen, küsst ihn, schleckt ihm den Schaum von der Wange. So körperlich hat sie sich lange nicht gefühlt. Gemeinsam verschwenden sie den Tag, die Zeit. Nach der Wanne geht es im Bett weiter. Ihr feuchtes Haar zieht sich auf dem Weg nach unten über seinen Bauch. Ein Geräusch an der Tür lässt ihn unruhig werden. Sie hat nichts gehört. Aber Marc ist ganz sicher.

»Und wenn schon. Entspann dich.« Sie spürt die Stimmung kippen.

Er könne sich so nicht entspannen, erklärt er. Tessa hat keine Lust, ihn zu überwinden, ihr ist nicht danach. Das würde bloß in einer Intensität enden, die sie heute nicht braucht. Sie seufzt, wirft sich einen Bademantel über. Seine Fesseln werden gelöst, dann geht sie in den Flur. Es ist Jan, wer auch sonst. Er hat die Nacht bei Maren verbracht. Dass es ihm gut geht, kann man sehen. Seine Augen wirken knopfig, wie die eines Stofftiers von Steiff. Maren schlüpft hinter ihm durch die Eingangstür, mit einer großen Tüte Brötchen in der Hand.

»Hi!«

»Es ist nach halb vier. Wir haben längst gefrühstückt«, wundert sich Tessa.

»Wir aber nicht.«

In Marens Blick sitzt der Schalk, Tessa kann sich denken, was Jan an ihr findet. Aus dem Schlafzimmer kommt ein Geräusch. Kurz darauf steht Marc in der Tür, komplett angezogen. Maren und Jan verschwinden in der Küche. Stirnrunzelnd geht sie auf ihn zu, zieht die Kordel ihres Bademantels enger.

»Willst du gehen?«

Er nickt, sinkt auf die Knie. Der Wert dieser Geste schmälert sich mit seinem Gestammel. Er kann nicht bleiben. Irgendeine Familienfeier stünde heute noch an, am Abend. Stottern, Winden, unproduktive Worthülsen. Ob sie denn kein Verständnis habe?, fragt er. Seine unheilvolle Miene wird durch einen schwachen Sonnenstrahl aus dem Schlafzimmer erhellt. Tessa steht im dunklen Flur. Nein, Verständnis hat sie nicht, aber Geduld. Dass er die Wahrheit gesagt hat, ist eine Sache, sie zu leben, eine ganz andere. Tessa auf die Party zu begleiten, war ein erster Schritt. Der nächste darf größer sein, hat aber Zeit. Seine Familienfeier wird ihm den Kopf waschen. Er wird Schaum schlagen, heiße Luft fabrizieren, blenden. Das wird er bald satt haben. Sie wird da sein, wenn es so weit ist.

## 11. Kapitel

# *Domino*

Der Helmholtzplatz – ein weiterer Grund, Berlin zu lieben. Dort geht man sonntags frühstücken. Bunte Straßencafés schlängeln sich über zwei Kreuzungen um eine kleine grüne Insel. Sie war lange nicht hier. Nun, da der Sommer kurz davor ist, sich dem Herbst zu beugen, sollten die letzten freundlichen Tage ausgekostet werden. Die kleine Grünanlage zwischen der Raumer- und der Lettestraße teilt sich in zwei Bereiche. Auf einer Seite die neureichen Jungfamilien mit ihren Kindern auf dem Spielplatz, auf der anderen die Punks, die ihr Revier verteidigen. Phänomenalerweise hört man niemals von Ausschreitungen oder anderen Vorkommnissen. Es scheint ein stilles Abkommen zwischen beiden Parteien zu geben. Man duldet einander. So etwas gibt es nur in Berlin, erklärt sie Jan.

Er hat einen Tisch im »Frida Kahlo« reserviert. Nur noch wenige Tage, dann wird er sich zurück in die Normalität begeben, nach Hause fahren in sein altes Leben. Alles hat seine Zeit. Er wird ihr fehlen. In den letzten Tagen hat sie darüber nachgedacht, ob Marcs halbgare Bereitwilligkeit überhaupt ausreicht, sobald Jan nicht mehr da ist.

Marc hat sich zurückgezogen. Seit dem Urlaub ist auch er mehr und mehr zurückgekehrt in sein altes Leben, in seine Lüge. Inzwischen ist der Katalog mit den Ausreden ausgeschöpft. Seine Zerrissenheit – ob sie diese denn nicht verstünde. Er habe doch so schwer zu tragen. Die Organisation zweier Leben sei ein kompliziertes Unterfangen, so erklärte er anfangs noch. Inzwischen blockt er ab. Jede Frage zu seiner Verschlossenheit rückt ihn ein weiteres Stück von ihr weg. Vorwurfsvoll, mit abgewandtem Blick, zieht er Luft in seine Lungen. Fernab jeglicher Kommunikationsbereitschaft lässt er sie dann schwermütig und sehr lange wieder heraus. Sie war wohl nicht geradlinig genug, hat sein Doppelleben mit zu viel Verständnis behandelt. Doch die Schonfrist ist vorüber, die Geduld in der Endrunde. Nächsten Samstag, bevor Jan abreist, wollen sie zum Abschied einen Perversenbrunch besuchen, ein Stammtisch in der Früh. Hinterher wird sie mit Marc reden. Kein Zuckerbrot mehr.

*

»Keine Ahnung, wieso du deine Tuppersachen gaaanz unten hattest, in einem Fach, bei dem du dir gar nicht erst die Mühe machst, es zu öffnen«, wundert sich Jan. Seit über zwanzig Minuten ist er vertieft, vertieft in seiner Erklärungswut. Die neue Küchenordnung will verstanden sein, denn dahinter steckt ein ausgeklügeltes System. Entzückt sitzt sie am Küchentisch. Zuhören tut sie nicht, natürlich nicht. Es ist zu faszinierend, wie er aufgeht in seiner Aufgabe. Die Denkerfalte so tief wie nie, die Arme auf dem Rücken verschränkt. Seine Körperhaltung ist nahezu perfekt.

»Einen besseren Putzsklaven hätte ich mir nicht wünschen können«, unterbricht sie ihn lachend. Räuspern, rote Wangen. Er kann es nicht verbergen, sein Strahlen, auch wenn er sich Mühe gibt. Sie hat gelernt, in seinen Augen zu lesen, aus seinen Bewegungen, aus seiner Mimik.

»Abgesehen davon, dass ich dich mit meiner Erziehung vor einem Haltungsschaden bewahrt habe … was nimmst du mit nach Hause?«

Seine Antwort kommt ohne zu zögern und ist genauso typisch Dr. Schmidt, wie sie es erwartet hat: kurz, und präzise.

Später darf er Himbeersoße von ihrem Fußrücken lecken. Ein Überbleibsel aus dem Kühlschrank, kurz zuvor entdeckt. Auch Jan ist ein Überbleibsel, jedoch unverbrauchbar. Immer da, als Notfallplan, als letzte Möglichkeit, wenn alle Stricke reißen. Er hat sich seinen Platz in ihrem Leben erkämpft. Der Vergleich mit Marc lässt sich dennoch nicht verhindern, wie denn auch, dieser Mann ist zu präsent. Sie lässt es zu, spricht sogar von ihm, während Jan sich seinem Himbeerparadies hingibt. Jan kennt Tessa. Diesen Sommer hat er sie aus vielen Gedankengräben geborgen. Seine Zunge verwischt ihre Sorgen. Er wandert über ihren Knöchel, den Unterschenkel entlang. Dass sie es zulässt, treibt ihn weiter. Ihre Nylonstrumpfhose hat eine Laufmasche, von der Kniekehle bis zum Schenkel. Die kleine Bahn aufgetrennter Fasern macht ihn nervös.

»Trau dich ruhig.«

Mit einem Ruck hat sie ein Loch in die Strumpfhose gerissen. Er hat ihr von seiner Vorliebe für zerrissene Nylons erzählt. Das Geräusch ist es, was ihm Lust bereitet, in Verbindung mit einem schönen Frauenbein, das darunter hervorblitzt. Zerstörte Faser auf blanker Haut. Seine Finger heben den losen Stoff auf ihrem Oberschenkel an. Den Rock schiebt er bis zur Hüfte hoch. Verwunderung in seinem Blick – keine Unterwäsche. Die bloßen Schamlippen drücken gegen den durchsichtigen Stoff. Sie hat nie über ihre Lust an Nylonstoffen gesprochen. Doch er sieht sie. Die Feuchtigkeit kämpft sich glänzend durch die Faser, verrät ihr Geheimnis. Er drückt seine Zunge gegen den Stoff zwischen ihren Beinen. Es ist das erste Mal, dass er sie schmecken darf. So oft hat er daran gedacht, es sich gewünscht. Mit beiden Händen fasst er unter den Stoff, reißt ihn nach oben auf.

Marc verschwindet aus Tessas Gedanken. Seine Abwesenheit ist bloß von kurzer Dauer, das ist klar. Aber er ist weg, für den Moment.

*

Zum dritten Mal ärgert sie der Text seiner Mailbox: »... gern rufe ich Sie zurück ...«

Gern? Von wegen. Er geht nicht ran. Es war naiv, ihm zu vertrauen, zu glauben, dass er es seiner Freundin erzählen, sie sogar verlassen würde. Eine Lüge steht Tessa nicht. Sie will nicht Teil eines Bildes sein, dessen Rahmen sie über kurz oder lang sprengen würde. Sein kleines perverses Geheimnis, sein Geständnis. All das widert sie an. Ausgerechnet ihr Entgegenkommen gibt seiner Lüge eine Berechtigung. Nun muss er nicht mehr zwei Frauen belügen, sondern nur noch eine. Tessa ist längst zu seiner Komplizin geworden. Spätestens mit dem Geständnis hat er sie hineingezogen in seine Lebenslüge. Freudig sogar hat sie mitgewirkt, dabei ihren Prinzipien sauber das Genick gebrochen.

Mag sein, dass er wirklich glaubt, sie zu lieben, nur reflektiert er nicht, dass es im Grunde ausschließlich um seinen Trieb geht. Doch welchen Wert hat seine Zuneigung, wenn sie aus der gleichen Quelle kommt, die ihn vor Jahren zum Besuch einer Professionellen trieb. Eines seiner weiteren sogenannten Geständnisse.

Eine Lüge muss gut organisiert sein. Wo bleibt da die Spontaneität zwischen ihnen? Malen nach Zahlen, oder Lieben nach sieben. Vorher ist er nie bei ihr. Wann genau, ist auch nicht mehr klar.

Im Hausflur greift Jan nach ihrer Hand. Abschied nehmen, wie sie das hasst. Hat sie den Kopf nicht schon voll genug?

Marc fehlt, ignoriert wieder einmal alles, auch den Anstand. Jan und er sind keine Freunde geworden. Aber sind eine kleine Geste, ein vorläufiges letztes Wort zu viel verlangt?

Sie kann es sich vorstellen: wie er jeden Morgen über dem Frühstückstisch eingeübt nach dem Brotkorb verlangt. Wie er die Butter auf dem Brötchen verteilt, während er die nächste Ausrede ausheckt, um sie der Frau gegenüber brühwarm aufzutischen. Heute mal ein langes Meeting, oder doch lieber die Geschäftsreise nach Zürich? Wie er sie wohl ansieht? Ein Blick – über Jahre eingefahren. »Bis später, Schatz.« Ob sie es ahnt? Ob sie längst davon weiß, ihn heimlich dafür verachtet, verspottet? Vielleicht übt sie ja schon Rache, trifft heimlich einen anderen Mann? Tessa nimmt Jans Hand, drückt sie so fest, dass es wehtut. Die Sonne fällt grell ins Treppenhaus. Jan zuckt: »Alles okay?«

»Klar. Lass uns gehen.«

Perversenbrunch. Pervers ist jedoch höchstens die klägliche Auswahl der im Flyer so angepriesenen Köstlichkeiten. Noch unnormaler ist nur der Preis. Die Lokation ist sehr Berlin-Kreuzberg: wenig Stil, aber Charakter. Ein Sammelsurium gammliger Sofas, gleichgültig im Raum verteilt, trübe Farbflecken in einem ranzigen Braun. Wirkungslose Kunst an den Wänden leistet ihnen Gesellschaft. Erzwungener Stilbruch. Sie probiert sich durch das bescheidene Buffet, trinkt Prosecco, wird etwas ruhiger.

Jan sorgt sich. Er braucht nicht in Erinnerung zu rufen, dass er es von Anfang an besser wusste. Selbst wenn seine Augen es ihr nicht zeigten, er behielte es für sich. Inzwischen ist es voll. Die Stimmung ist bescheiden, aber akzeptabel. Für Small Talk reicht die Ruhe nicht. Es bleibt still an ihrem Tisch. Jan hält ihre Hand, passt sich an. Er hat sie am wenigsten verdient, diese Stimmung, die Tessa verbreitet. Sie sollte sich zusammenreißen, für ihn. Später ist genug Zeit für Trübsal. Sie wird mit Marc reden, vielleicht zusätzlich mit Druckmitteln arbeiten müssen. Hello Mühseligkeit. Die Fronten sind trotz allem nicht klar. Anstrengend.

Ein weiteres Glas Prosecco und die Welt wird langsam leichter. Nicht so leicht, wie sie sein könnte, aber irgendwie besser. Draußen scheint die Sonne, wieso sitzen sie eigentlich hier drinnen? Nicht mehr lange und Berlin wird grau. Die Hitze beantwortet schnell diese Frage.

Suchend wandern ihre Blicke von Tisch zu Tisch. Jemand winkt. Es ist Bella Anna. Na toll, das war es dann wohl mit dem Versuch, die Gedanken an Marc zu verdrängen. Er nannte sie Nina am ersten Abend. Tessa ist höflich.

»Hallo Nina.«

Nina ist verwundert über Tessas Gedächtnis, bietet dann einen schattigen Platz an ihrem Tisch an.

»Woher kennst du Marc eigentlich?«, fragt sie Tessa. Nina lächelt unparteiisch, anscheinend hat sie keine Ahnung. Jan stützt genervt den Kopf in die Hände. Wieder dieses Thema.

»Ich kenne ihn gar nicht.« Zweideutigkeit in Tessas Antwort. Nur Jan weiß, was sie wirklich meint.

»Ach so, ich dachte, an dem Abend beim Salon«, sie überlegt kurz, legt einen Finger an den Mundwinkel, »ich dachte, ihr wärt gemeinsam gegangen.«

»Woher kennst *du* ihn denn?«

Tessa schaut unbeteiligt einem Kellner nach, nimmt dann wieder Blickkontakt auf. Es kommt keine Antwort, Nina zögert. Eine Regung in ihrem Gesicht erweckt plötzlich eine Befürchtung. Dieses Lächeln. Waren ihre Wangen schon vorher so gerötet? Er kennt sie »aus einem anderen Leben«, das waren seine Worte. Sie hat nie wieder gefragt, aus welchem. Jetzt spielt Nina auch noch mit ihren Haaren, dreht eine Strähne um den Finger. Ihre helle Pfirsichhaut wird wohl niemals braun, es ist doch Sommer. Feine Adern blitzen unter den weißen Wangen. Ihre Masche ist ebenso durchsichtig. Mädchenhaft gesteht sie: »Ich war mal seine Sub.«

Es dauert eine ganze Weile, bis Tessa wieder denken kann. Da ist nun diese Gewissheit, um die sie nicht einmal gebeten hat. Mit besorgter Miene schaut Nina sie an. Kreidebleich starrt Tessa auf Jans Hand, die sie ergriffen hat. Mit der anderen zupft sie nervös an der Tischkante.

»Ähm ... bist du okay? Hab ich was Falsches gesagt?«, fragt Nina scheinbar ungerührt.

»Nein. Tessa hat nur etwas viel getrunken und das bei der Hitze ...«

Jan ist ein Held und bleibt es.

Verbrauchte Luft in der U-Bahn. Verbrauchte Gedanken, Gefühle, verbraucht. Jan reicht ihr die Flasche Cola aus seinem Rucksack – eigentlich für die Zugfahrt bestimmt. Sie schraubt am Deckel herum, dreht ihn auf, wieder zu, wieder auf, trinkt. Marcs Stimme hallt durch ihren Schädel: »... aus einem anderen Leben ... aus einem anderen ...«

Unfassbar, wie viel Wahrheit in seinen Worten steckte. Wie viele Leben braucht man? Ist eines nicht anstrengend genug? Leben.

»Was wirst du jetzt tun?«, fragt Jan.

Etwas tun, sie sollte etwas tun. Zum ersten Mal verspürt er den Drang, sich einzumischen in ihr Leben. Letztlich war es doch immer sie, die Entscheidungen traf. Diese Regel jetzt zu brechen, entspricht nicht seiner Überzeugung.

»Was ich jetzt tun werde? Ich bringe dich zum Bahnhof.«

Sie lacht, schaut ihn an, mit diesem Blick, der keine Widerrede zulässt. Abschied. Der nächste Schritt, einer nach dem anderen.

Die futuristische Kuppel des Hauptbahnhofs stülpt sich mächtig über wimmelnde und wuselnde Menschenmassen. Emsige Rolltreppen, gläserne Röhrenfahrstühle, Treppen, lange Flure. Menschen überall, doch niemand hält sich lange auf. Kein Wunder, die unterkühlte Atmosphäre des metallischen Baus lädt nicht gerade zum Verweilen ein. Sie fahren mit der Rolltreppe nach oben.

Abschied: In Filmen passiert er immer auf schnuckeligen, verträumten Bahnsteigen. Die Sonne scheint durch eine modrige Überdachung und taucht das Szenario in ein warmes, hoffnungsvolles Licht. Hier steht sie der kahlen, verchromten Realität gegenüber. Dass Tessa sich wie auf einem Flughafen fühlt, passt ihr nicht. Überall Bewegung. Ein alter Mann stößt sie zur Seite, ohne ein Wort der Entschuldigung; eine Frau schreit ihr Kind an, es solle sich beeilen; Teenager drängeln lautstark vorbei. Tessa ist genervt. Jan stört sich nicht an dem, was um ihn herum geschieht, er weiß, was Abschied bedeutet. Die weichen Knie sinken auf den harten Boden des Bahnsteigs. Blicke von Passanten ignoriert er.

Sie umarmt ihn, fester als es Freunde tun. Kurz kommt sie sich lächerlich vor, wie sie ihn mütterlich an sich presst, grob irgendwie. Ein körperliches Manifest ihrer Zuneigung. Ein letzter Beweis für ihn, für sich selbst. Die Erinnerung fassbar machen. Nicht nur der erste Eindruck zählt. Der letzte ist ebenso wichtig. Wichtig für das, was bleiben soll. Im Bauch, nicht im Kopf. Ob Jan das versteht? Veränderungen halten die Zeit an. Das Leben hält für einen Moment inne. Alles kommt zum Erliegen. Gedanken winden sich los, Gefühle entgleiten. Dann ist man frei. Ganz kurz nur, bevor man zurückkehrt, was man ja muss. Erst wenn Kopf und Bauch wieder im vertrauten Zweikampf stehen, geht es weiter. Sie streicht eine Strähne hinters Ohr. Eine Geste, die er liebt, wie so vieles inzwischen.

»Ich komme euch bald besuchen, dich und Gela.«

Mit zwei Fingern zupft sie an seinem Haar herum, kämpft mit den Tränen. Er nickt.

Die Stimme einer Frau dröhnt über Gleis 13. Unruhe umgibt die beiden. Doch Jan kniet noch immer. Der Zug fährt ein, öffnet seine Türen. Jan bleibt, küsst ihre Hand. »Danke ...«, sagt er.

Sie zieht an seinem Ohrläppchen, sagt nichts. Da ist so vieles, was ihr durch den Kopf geht; viel mehr noch durch den Bauch, doch nichts davon im Einklang. Als er einsteigt, dreht er sich noch einmal um. Abschied, jetzt ist es so weit.

»Ich geh dann jetzt mal«, ruft sie und bleibt stehen.

Die Türen schließen sich, der Zug setzt sich in Bewegung. Sie steht noch immer am selben Fleck. Zu ihren Füßen ist es leer, mit Ausnahme der Colaflasche. Jan hat sie ihr dagelassen.

»Ich geh dann jetzt mal«, flüstert sie, nimmt die Flasche, trinkt.

Auf der Hauptstraße vorm Bahnhof staut sich der Verkehr. Sie steigt in ein Taxi, keine U-Bahn jetzt. Die Ampel springt um, erlöst die Wartenden. Die Stadt zieht vorbei, ebenso wie Tessas Gedanken. Spätsommer versteht nicht jeder. Nächste Woche kann es schon vorbei sein mit der Wärme, ganz plötzlich. Manch einer will den Sommer festhalten, lässt die Jacke bis Anfang Oktober im Schrank. Der andere nimmt es gelassen, den Herbst als gegeben hin. Der nächste Sommer kommt, das weiß doch jeder. Sie lehnt an der Scheibe. Es wird schon besser. Ein kleines Gefühl hat sich durchgesetzt und bis an die Spitze gekämpft, ein gutes Gefühl – irgendwie. Mit ein bisschen Glück hat der Bauch in nächster Zeit den größeren Kopf.

Die Autorin

Julia Strassburg kam 1978 in Hannover zur Welt. Nach dem Grafikdesign-Studium in Hamburg strandete sie in Berlin, wo sie heute als Freiberuflerin tätig ist. Schon früh begann sie, ihrer Kreativität beim Fotografieren und Texten freien Lauf zu lassen. Mit der Entdeckung der eigenen Sexualität, die so ganz anders war, hielt die Erotik Einkehr in ihr Schreiben. Nach essayistischen Publikationen ist »Was sie will« Julia Strassburgs erster Roman.

Julia Strassburg
WAS SIE WILL
*Roman*

ANAIS Band 18
ISBN 978-3-89602-567-8

ANAIS ist ein Label des Berliner Schwarzkopf & Schwarzkopf Verlages.
 Lektorat: Maren Konrad | Titelbild: © Azra Halilovic

Katalog
Wir senden Ihnen gern kostenlos unseren Katalog
Schwarzkopf & Schwarzkopf Verlag GmbH | Leserservice ANAIS
Kastanienallee 32 | 10435 Berlin
Telefon: 030 – 44 33 63 00 | Fax: 030 – 44 33 63 044

Internet | E-Mail
www.anais.de | info@anais.de